LE CHIOCCIOLE

Catena Fiorello Galeano

Cinque donne e un arancino

Le signore di Monte Pepe

Buona lettura e...
un morso
all'arancino

GIUNTI

Questa è un'opera di fantasia. Ogni riferimento a fatti accaduti e a persone esistenti o realmente esistite è puramente casuale.

www.giunti.it

Via Bolognese 165 – 50139 Firenze – Italia
Via G. B. Pirelli 30 – 20124 Milano – Italia

Prima edizione: giugno 2020
Prima edizione collana "Le chiocciole": giugno 2022

Published by arrangement with The Italian Literary Agency

A Pepè

Tutti possono cambiare la loro vita.
Pochi ne sono convinti.

1

Ogni trasloco è una fine.

O un inizio.

Per Rosa era un intreccio di emozioni. Passato da guardare voltandosi piano, ormai messo al riparo da colpi accidentali, e un futuro da inventarsi chissà come.

Aveva impacchettato gli oggetti più delicati, accatastandoli con cura in salotto e sobbarcandosi una maratona durata un mese.

Quarant'anni trascorsi a Milano, dove si era trasferita appena maggiorenne per condividere le belle speranze del fidanzato di allora, Pippo.

Da solo non poteva stare, *poviru figghiu*, e l'aveva chiamata promettendole il paradiso. Lei aveva dovuto lottare non poco per salire al nord senza la fede al dito, e non era stato semplice. I suoi volevano sapere, avere garanzie, e allora d'accordo con l'innamorato avevano giocato d'anticipo. Dopo pochi mesi si erano sposati in fretta e furia, come ladri rincorsi dai gendarmi. Cerimonia in Comune, per evitare l'acquisto di abiti costosi e bomboniere, e per togliersi l'assillo dell'arrivo dei parenti, che in vista di un abbondante banchetto si sarebbero catapultati al nord con figli piccoli e valigie al seguito.

I loro genitori avevano ricevuto la notizia per telefono, e nonostante la mancanza di un prete a benedire, non si erano lamentati, né avevano fatto commenti ironici dopo.

Ah, quanti ardori nascevano nella testa di Rosa in quegli anni, e tutti rivolti a conquiste inarrivabili. Si immaginava capace di stravolgere il mondo, sognando un ritorno trionfale in paese. Dalla Lombardia allo Stretto in un'unica tirata: capelli al vento, occhiali da sole all'ultima moda, abito di lino attillato, come quelli indossati dalle star di Hollywood, e sulla testa un foulard di seta dai colori sgargianti. Mentre Pippo, al suo fianco, *allicchittato* come un uomo dai gusti raffinati, avrebbe guidato una decappottabile rosso fuoco, schiacciando sul pedale per arrivare presto, sorprendendo gli amici seduti in piazza.

E chissà, durante il viaggio avrebbero pure cantato le canzoni di Little Tony, Ranieri, Mina e Vanoni, che andavano per la maggiore e spopolavano nelle hit parade, facendo ballare intere generazioni con lenti e rock and roll.

Ma tra una previsione e l'altra, smentita dal contesto nel quale vivevano, lei aveva fatto in tempo a diventare madre.

Filippo era nato un anno dopo, e poi era arrivata Sebastiana, da tutti chiamata Beba. Al nord era impensabile mandare a scuola una bambina complicandole la vita con quel nome impegnativo.

Ripensava al suo passato, e alle tante immagini in bianco e nero – qualcuna in verità anche a colori –, mentre dava disposizioni al titolare della ditta di traslochi che quella mattina aveva l'onere di mettere in fila le sue ultime indicazioni.

Dopo aver passato un fine settimana a Udine, a casa della figlia e del genero, aveva fatto ritorno alla base per ultimare i preparativi.

Il responsabile della ditta, un uomo di mezza età vestito in modo sciatto, con il viso appena sbarbato, glielo aveva consigliato un'amica soddisfatta dei suoi servizi. Se l'era ritrovato davanti con un grugno infastidito e i modi falsamente gentili. E intanto sprizzava avidità da ogni poro. Ferma di fronte a lui aveva tentennato un po' prima di farlo entrare in casa, ma poi era stata costretta a invitarlo ad accomodarsi, decidendo di trattarlo con indifferenza. Evitò perfino di offrirgli un caffè.

Non era abituata a essere scortese, ma gente di quel tipo conveniva tenerla alla larga. Di rimando lui si era adeguato, mostrandosi piuttosto guardingo. E dal volto gli era sparita la parvenza di cortesia palesata all'inizio. Dopo qualche parola, si era affrettato a intascare l'assegno, assumendo un'espressione bramosa, e per tutta risposta le aveva fatto capire che pretendeva di ricevere il resto prima di scaricare i mobili a destinazione.

Ancora fermo in corridoio, fingeva di parlare di cose da niente, ma lei aveva capito che l'escamotage era un misero tentativo per rabbonirla. Come era certa che dei servizi di quel viscido aveva bisogno. Dunque, meglio stare al suo gioco, anche se volentieri l'avrebbe mandato a quel paese.

Entrambi cercarono di fingere di sopportarsi come potevano, ma in verità speravano di non rivedersi – se non per l'ultima fase del trasloco – mai più.

Come ogni decisione importante, non era stato semplice decidere di lasciare Milano. La nostalgia per ciò che era stato la lacerava, nell'ammasso di ricordi che costituivano la sua stessa esistenza, e quella dei figli.

Le immagini di Beba e Filippo a scuola, le camminate all'alba, appena scesa dal tram per raggiungere il posto di lavoro, la vita di quartiere, che in qualche modo le riproponeva gli equilibri del suo piccolo paese, le domeniche a casa tutti insieme, e tanto, tanto altro che le *furriava* in testa facendola tremare fino alla punta dei piedi, erano un patrimonio inestimabile. Ma adesso doveva fare i conti con il presente. Beba oramai viveva a Udine, costretta a seguire il marito, ufficiale dell'esercito che si spostava di continuo per missioni inderogabili, e Filippo si era trasferito in Belgio per guadagnare di più. Gli ingegneri in Italia venivano sottopagati, tanto valeva fare un po' di sacrifici all'estero.

Alla fine si era ritrovata sola, ad affrontare un grattacapo dietro l'altro.

Sempre più sconsolata, dopo la morte di suo marito, era dovuta sottostare a indugi e ripensamenti. E poi ripensamenti e indugi.

Trasferirsi a Torino? Be', allora sarebbe stato meglio rimanere a Milano, benché nella città sabauda abitasse anche suo padre, ospite da qualche anno di sua sorella Gloria, che lì viveva da tanti anni con la famiglia, o trovare una casa in affitto a Cuneo, per avvicinarsi a suo fratello Erminio. E per fare cosa a Cuneo?

La decisione era stata sofferta, ma a un certo punto la terra natia le era sembrata l'unica alternativa valida. Lì qualche parente o amico con cui parlare non mancava mai.

Non appena uscì di casa, con ancora la sensazione di avere addosso lo sguardo di quello squallido traslocatore, decise che sarebbe andata a zonzo per la città, verso il centro. Passarono pochi minuti, due passi a piedi, e poi si infilò nei sotterranei della metropolitana. Santa Linea Rossa che permetteva l'agio di spostamenti veloci e il risparmio del costo dei taxi diventati oramai proibitivi. L'Expo nel 2015 aveva stravolto molti equilibri. Da qualche anno era tutto un mostrare ricchezze e lussi inaccessibili. Spuntavano grattacieli come funghi in un prato autunnale. Ogni giorno un cantiere nuovo, e molte strade venivano interrotte da transenne piantate qua e là. I saputelli li chiamavano prodigi delle archistar, ma a lei importava poco. Anzi, si domandava sempre più perplessa come avrebbe fatto la gente modesta a sopravvivere. Affitti alle stelle e ristoranti con file imbarazzanti davanti alle porte, nell'attesa di ricevere la grazia di un tavolo.

Era il 1977 quando aveva visto per la prima volta la Stazione Centrale.

Fischi dei treni e una benefica confusione, che a conti fatti significava lavoro, occasioni, e ricchezza da prendere al volo.

E quanti sospiri mentre con la testa piena di sogni lei e Pippo avevano osservato quella giostra colma di opportunità mai viste prima.

Si erano integrati con il minimo sforzo, aiutati sicuramente anche dalla loro tenacia, che gli aveva consentito di entrare nel mondo del lavoro velocemente.

A lei, come prima occupazione, era toccato cimentarsi in riparazioni sartoriali per un negozio d'alta moda, e poi era stata assunta come collaboratrice domestica nel bell'appartamento di due medici che abitavano dalle parti di Corso Sempione, per proseguire quindi come operaia in una piccola fabbrica nell'hinterland milanese; ma in fabbrica il lavoro era troppo noioso e mal pagato, e così negli ultimi anni si era riciclata come aiuto cuoca nel ristorante di cari amici. Ancora si pentiva di non avere accettato, dopo pochi anni dal suo arrivo, un impiego da responsabile di portineria in uno stabile di gente con la puzza sotto al naso. Eppure l'amministratore del condominio le avrebbe concesso anche un piccolo appartamento per lei e la famiglia. Ma a quel tempo era troppo ingenua per capire il valore di certi benefici.

Con la testa piena di ambizioni, aveva pensato di trovare di meglio, e invece aveva sbagliato. Mentre per suo marito l'iter era stato abbastanza semplice. Lui sin dall'inizio aveva avuto le idee ben chiare: voleva fare il manovale. Nel periodo in cui ancora non vivevano insieme, si era messo ad aiutare i mastri più anziani per fare esperienza, e quando era stato pronto al grande salto, spinto dalle sue seppur modeste ambizioni, aveva dato avvio a una piccola ditta di ristrutturazioni. Ma anche mettendosi in proprio, non è che i guadagni fossero triplicati. Trascorrevano le notti facendo e rifacendo i conti, e dopo numerose e sfiancanti riflessioni avevano compreso che non sarebbero mai diventati nababbi, né si sarebbero potuti permettere i viaggi con l'auto decappottabile, o i vestiti esposti nelle boutique del centro. La realtà gli chiedeva di scendere a patti con rinunce e accomodamenti e, quindi, di smettere di sognare. E loro prontamente avevano desistito.

Una volta risalita in superficie, guardò il Duomo incantata, parlando con la Madonnina e confidandole i più intimi pensieri. Nella mente le passavano a sprazzi ricordi vividi delle passeggiate domenicali fatte con Pippo, in quelle vie traboccanti di gente, mano nella mano, pure col gelo dell'inverno. E sempre contenti di quel poco che avevano. Ma non gli era mancato mai l'essenziale: il lavoro, una casa in cui abitare, il pane, e la possibilità di far studiare i figli.

Milano, il suo regno, Milano, la capitale del lavoro, e Milano la città degli emigranti con tanta voglia di darsi da fare.

Cinque giorni dopo era già su un volo per la Sicilia.

Filippo, nuora e nipoti, li aveva salutati via Skype, trattenendo le lacrime per rispetto, e perché andava a finire sempre così quando era molto triste.

Non le piaceva mostrare il suo lato debole. E anzi, i dispiaceri preferiva inghiottirseli in silenzio, piuttosto che buttarli addosso a chi voleva bene. Ma dopo era esplosa. Durante il volo, seduta nell'ultima fila lato finestrino, le era sgorgata dagli occhi una tragedia liquida, che aveva messo a disagio anche i due passeggeri seduti accanto. Era già cosciente che Milano sarebbe diventata un miraggio.

Sì, forse, un giorno…

Le sue amiche, quelle tre con cui aveva stretto legami importanti, le avevano garantito che poteva contare sulla loro accoglienza, e che non ci sarebbe stato bisogno di andare in albergo. E figurarsi! Riservata com'era, non avrebbe approfittato mai dell'altrui generosità.

Nelle case dove ci sono mariti, non bisogna andare. Si mette a disagio la gente.

Memorie di una educazione forse troppo rigida, ma quanto mai opportuna, pensava adesso, mentre le tornavano in mente alcuni consigli che le dava sua madre.

I primi tempi in paese non furono semplici, anche se le servirono per chiarirsi le idee. Già all'aeroporto, l'autista venuto a prenderla le aveva messo addosso un'ansia che avrebbe evitato volentieri. «Ma come signora, da Milano *si nni vinni cca? E cu ciù fici fari? Secunnu mia dopo 'na simana scappa!*» E aveva cominciato a ridere come una scimmia.

Disse quelle parole senza prendere fiato e con un tono pregno di inconsapevolezza assassina. Lei provò un forte disagio e le venne voglia di dargli uno schiaffo. Era palesemente uno stupido, senza un filo di giudizio. Se n'era accorta non appena salita in macchina, guardandolo di sottecchi, e per questo gli aveva comunicato che si sarebbe seduta davanti. La scusa dichiarata era che soffriva le curve, ma lo scopo principale invece assecondava la volontà di controllarlo alla guida. Oramai era certa dei suoi limiti.

I tipi che ridono sempre, pensò, *anche quando non ce n'è motivo, sono urticanti. Ma che pensano di fare? Spargere stupidità come coriandoli a carnevale?*

E ancora l'uomo continuava a ridere, persino per lamentarsi del traffico sulla via del ritorno. Lei lo fissava incredula, ma non trovava un nesso tra il compito che avrebbe dovuto portare a termine, ovvero accompagnarla a casa sana e salva, e quella smania di apparire un clown durante lo svolgimento di una discutibile performance.

Sì, ora era convinta che i sorridenti a oltranza le davano fastidio.

E per quello che concerneva il suo ritorno in paese, ne era certa, di cose da fare ne avrebbe avute a bizzeffe.

Per iniziare c'era da rimettere in ordine la casa appartenuta ai suoi, che un giorno, alla morte del padre (il più tardi possibile!) sarebbe stata divisa fra i tre fratelli.

Nel frattempo l'avrebbe occupata lei, ritinteggiandola e preoccupandosi di fare spazio alla mobilia che entro pochi giorni sarebbe arrivata da Milano. Poi bisognava ripulire il giardino, invaso da erbacce cresciute negli anni, e quindi, scoraggiarsi non era nei piani.

Cominciò da subito a mettere in pratica tali propositi.

Si svegliava all'alba, beveva un caffè, accendeva la radio e con accortezza aggiungeva alla lista, che man mano si allungava sui fogli di un vecchio quaderno di suo padre, gli impegni più urgenti.

Anche il sistema elettrico necessitava di un controllo. Le prese della sala da pranzo e della camera da letto facevano scintille ogni qualvolta si avventurava a infilarci una spina. Ed emettevano rumori distinguibili, simili al *cri cri* dei grilli che sentiva provenire dall'esterno quando lasciava le finestre aperte.

Una sfilza di problemi concreti, e lei sempre in prima linea ad affrontarli.

In quei momenti le mancava ancora di più Pippo. Il suo angelo in carne e ossa, e ora solo di spirito. Se l'era portato via un maledetto cancro, mangiandoselo nel giro di niente. Del suo passaggio terreno erano rimaste tracce indelebili. In assoluto, quello che lo aveva reso amabile era stata la sua bontà d'animo. Quel modo solido di occuparsi di lei, e proteggere anche i figli. Muratore esperto e gentiluomo: Rosa non faceva in tempo a indicargli un problema, che già l'indomani lui l'aveva risolto, togliendole dalla testa ogni assillo.

E i suoi baci, quanto erano teneri. Sempre così discreti, eppure così tanto appassionati.

Trascorsero due mesi prima che il nido fosse pronto. Con l'aiuto di due muratori era riuscita a rimettere a nuovo ogni stanza, dandole un volto più moderno e curato, e i mobili della casa milanese avevano fatto il resto. Alcuni strategici accorgimenti, volti a recuperare spazio, le avevano permesso di ricavare anche uno studiolo da usare come miniufficio o sala lettura. Tutto finalizzato ad accogliere figli e nipoti con ogni comodità quando fossero venuti in vacanza a trovarla. Qualche parente alla lontana si fece vedere per un saluto. Erano gli sparuti superstiti di un nucleo familiare originario che si era sparpagliato per il mondo alla ricerca di fortuna; destino comune a molti altri del paese, andati via per lo stesso motivo e che era toccato anche a lei, a suo fratello e a sua sorella. Tutti al nord, per trovare lavoro.

Infine, era stato suo padre a lasciare Monte Pepe, provato dal dolore per la vedovanza. Troppo silenzio da sopportare senza Rita, e troppa solitudine mentre da solo girava per le stanze senza più trovarla. Meglio accogliere l'invito della figlia Gloria che lo spronava a trasferirsi per un po' a Torino, ma con biglietto di sola andata. E poi chissà.

Al telefono qualche giorno prima, si era sentito in dovere di promettere a Rosa che non appena possibile sarebbe sceso in Sicilia, anche per vedere come aveva rimesso in ordine la vecchia casa, che puzzava di muffa, certo, abbandonata a se stessa da troppi anni, ma rimaneva pur sempre il tempio dei più cari ricordi.

Già, ricordi lontani nel tempo. Il tempo che fa tutto da solo, ti segue, ti avvolge e ti fa compagnia, ma poi burlone com'è sparisce dietro a un muro e si confonde con quello che hai vissuto. Tocca tenerli nel cuore certi momenti felici, per ridargli vita quando ti passano davanti.

2

Era proprio una bella soddisfazione guardare il risultato dei lavori realizzati in casa in quei mesi, che l'avevano tenuta occupata dalla mattina alla sera. Nello stesso periodo era riuscita a trovare anche il tempo per fare nuove amicizie, visto che con quelle vecchie aveva già capito che non se ne sarebbe più fatto nulla. All'inizio erano state solo sensazioni, ma poi le sensazioni si erano trasformate in certezze, consapevole del fatto che le ragazze di un tempo avevano subìto un cambiamento radicale a favore di una realtà molto triste. Toccava accettarle così: rassegnate signore che si erano fatte condizionare da qualche sopraffazione di troppo. O meglio, modeste comari interessate solo a fare il bucato o a cucinare per la famiglia, col *fantale* macchiato di sugo davanti.

La distanza, i ritorni non sempre puntuali, per via degli impegni suoi e di Pippo, avevano fatto sì che per molti anni non mettessero più piede in paese, impedendo di nutrire le loro vecchie frequentazioni. E dunque era meglio guardare avanti.

Le nuove amiche perlomeno le ispiravano una piacevole curiosità, permettendole di pensare che ci si potesse scommettere sopra.

Anche se – bisognava ammetterlo – pure queste ultime non disdegnavano di lamentarsi, costrette dalle circostanze ad accontentarsi di ciò che il paese poteva offrire. Monte Pepe era un ciuffo di case arroccato in mezzo alle montagne, ma per Rosa era il posto più bello del mondo per via delle sue meraviglie naturali.

Solo che ogni evento accadeva per inerzia e per obbligo di scendere a patti con la realtà. Questo era il presupposto da cui non si poteva prescindere. Peccato però che con le imposizioni e la monotonia lei facesse a pugni, abituata com'era ai ritmi della metropoli. E di certo non aveva intenzione di subire lo stato vetusto delle cose. I vecchi seduti in piazza, e le *fimmine*, specialmente le sue coetanee, preoccupate solo di fare le brave nonne, o di ricamare coperte e lenzuola; e quando proprio volevano darsi alla pazza gioia, si affacciavano al balcone per spettegolare con altre cenerentole come loro. Giovani pochi, e quei pochi interessati semmai a scappare da lì, non appena intravedevano una via di fuga. Con la scusa degli studi universitari, salivano su treni affollati o voli low cost, e arrivederci a Natale o a Pasqua.

Quando tornavano era un giorno di festa per tutti.

Le madri cominciavano a cucinare già all'alba per sfamarli, immaginandoseli provati da mesi e mesi di pranzi frugali e cene a base di scatolette e uova alla coque.

Viverci era davvero una prova di grande coraggio da parte dei suoi abitanti. Il primo "vero" paese dotato di ospedale, scuole e negozi si trovava a una decina di chilometri. Come non farsi sopraffare dal desiderio di andarsene?

E poi, *matruzza beddra*, sempre gli stessi a guardarsi in faccia! Ma come? Non era stata lei a esaltare l'aspetto romantico dei piccoli centri dove tutti si conoscevano? E non aveva detto sempre lei – e in tempi non sospetti –, che almeno qualcuno con cui parlare non mancava mai? Eh, ma tra il dire e il fare, c'era di mezzo il tedio.

Studiava il suo habitat da un punto di vista antropologico, e non poteva che trarne un giudizio severo: donne fin troppo ammaestrate – dai diktat dei loro uomini – a non pretendere uno scatto in avanti, e dunque era sulle generazioni future che bisognava lavorare. Le ragazze, a dire il vero, con i loro modi di fare piuttosto determinati, facevano ben sperare.

In quelle giornate di pensieri affollati nella testa, e di alti e bassi che si davano il cambio con una velocità sorprendente, capì che la vita a Monte Pepe non era niente di eccezionale. Per quanto ci pensasse su, non trovava nell'immediato un'alternativa confortante. Nell'attesa di un qualche miracolo, cuciva per riadattare vecchi vestiti con forme nuove, ornava *coffe* da regalare a chissà chi, puliva, lavava e stirava come se avesse un esercito di figli a cui badare, e ogni tanto chiacchierava col suo vicino di casa, appassionato di ciclismo e viaggi – immaginari però, perché poi nel concreto non si muoveva di un passo, se non per i soliti giri da pensionato. E quando infine arrivava sera si ammorbava davanti alla televisione come le mummie che criticava.

I programmi sui quali buttava un occhio erano le soap opera sudamericane piene di piagnistei, e i quiz che anticipavano il telegiornale.

I suoi momenti preferiti erano quelli in cui poteva telefonare a figli, nipoti, padre, fratello, sorella e alle amiche lasciate a Milano.

Con loro conversava piacevolmente, raccontandogli le giornate che trascorreva.

Sua sorella le chiedeva di tanto in tanto se si fosse pentita della scelta compiuta, ma lei rispondeva che tra i lavori di ristrutturazione e gli impegni quotidiani non aveva mai avuto tempo di ripensarci, e comunque no, oramai era contenta di essere tornata in Sicilia. Anzi, sperava che presto anche il resto della famiglia avrebbe seguito il suo esempio. Dai tempi in cui viveva a Milano quel desiderio le bussava nella testa, ma quando ne aveva parlato con Pippo lui poco dopo si era ammalato.

Accade sempre così, no? Si fanno progetti, si decide per un verso, si disegnano nuvolette coi pensieri dentro, e poi la storia cambia all'improvviso, e bisogna resettare tutto, rimodulando le priorità quotidiane.

Una mattina, dopo aver fatto colazione, si accese di speranza, punzecchiata da una trovata che avvertì come salvifica e necessaria. Una manna dal cielo, arrivata giusto in tempo per non farla soffocare nella noia.

Pensò che le sarebbe piaciuto aprire un'attività commerciale, e nello specifico una rosticceria. D'altronde di esperienza nel campo ne aveva accumulata abbastanza, visti i suoi trascorsi come aiuto cuoca nel ristorante di cari amici. Ne aveva un bel ricordo. Un locale semplice ma raffinato, frequentato da giornalisti, manager e politici, che apprezzavano qualità del cibo e gentilezza del personale. Tra i loro clienti figurava anche qualche gloria del teatro e del cinema.

La rosticceria che intendeva mettere su si sarebbe ispirata a quello stile, basando sulla ricercatezza dei prodotti e sull'arredamento il suo punto di forza.

Una sorta di regno degli arancini tra i più buoni del mondo.

Lei peraltro continuava a declinarli al maschile, contrapponendosi a chi invece pretendeva che fossero chiamate arancine, per la loro somiglianza con le arance, e dunque *fimmine*. Ma l'arancio albero era maschio, per cui, inutile accanirsi!

Nelle sue fantasie il locale che avrebbe creato sarebbe diventato un'attrattiva come non se ne erano mai viste in zona, in cui vendere arancini ripieni con prodotti della sua terra e tocchi di pesce del mare della Sicilia. Questo era il diktat da rispettare: la garanzia dell'eccellenza. E chiaramente contemplava anche l'uso di carni provenienti da allevamenti locali, e uova di galline che curava da poco nel piccolo giardino-orticello dietro casa.

L'idea la elettrizzò a tal punto che pensò di parlarne con le sue nuove amiche.

Del gruppo facevano parte Giuseppa, vedova con qualche anno in più dei suoi, e amica dei tempi che furono – anche se quando erano ragazze non si stavano granché simpatiche. L'unica del vecchio giro ad aver mantenuto nei suoi riguardi un atteggiamento solidale. Alta e ben piazzata, dai capelli biondi che teneva quasi sempre legati con un toupet, guardava dritta negli occhi attraverso due piccoli fori castani che la facevano assomigliare a una cinesina, e le sue guance paffute sovrastavano un naso corto e all'insù, e una bocca piccola dal colore intenso. Dopo la morte di suo marito era rimasta sola anche lei, perché i suoi tre figli abitavano lontano, e forse questo sentirsi abbandonata la rendeva spesso triste e propensa a lacrime improvvise.

E poi c'erano Maria e Nunziatina, gemelle eterozigote quarantacinquenni, che abitavano non lontano da lei. Entrambe esperte di cucito, soprattutto Maria, che con ago e filo si guadagnava da vivere. La sarta a cui la maggior parte degli abitanti di Monte Pepe affidava il proprio guardaroba per tenerlo al passo coi tempi, compresa la realizzazione di abiti da cerimonia. Era così preparata che venivano pure da altri paesi a chiederle di prendersi cura dei loro vestiti, solo che oramai lei era stanca. Aveva cominciato a vent'anni, anche se non era il lavoro che avrebbe voluto fare. La sua ambizione giovanile era stata quella di diventare stilista, solo che le era mancato il coraggio di emigrare, trasferendosi in un'altra regione, e per quel limite mentale aveva perso il treno della vita. L'occasione per la svolta. Nel tempo libero cercava di aiutare le persone bisognose, dando una mano alle famiglie in cui non c'erano nemmeno i soldi per comprare il pane. Ma in paese chi era povero cercava di nasconderlo per non farsi compatire. Così Maria li incontrava come se fossero partecipanti a riunioni carbonare, e sempre sentendosi il fiato sul collo dei vicini di casa. Portava latte, pane, uova, e se c'erano bambini anche dolci e cioccolato.

Sua sorella Nunziatina, con un diploma di liceo classico e qualche esame dato alla facoltà di Lettere moderne, aveva scelto di dare lezioni a casa a studenti di elementari e medie, e amava leggere e recitare poesie.

Le declamava pure in mezzo alla strada, o mentre faceva la spesa, e non erano poche le volte in cui i suoi compaesani, vedendola concentrarsi con l'espressione da interprete consumata, la prendevano in giro, sghignazzando alle sue spalle. Nei rari momenti liberi dava una mano a Maria con i clienti più esigenti, ma il cucito era venuto a noia pure a lei.

Sia l'una che l'altra amavano cucinare i piatti dell'antica tradizione siciliana, e preparavano torte squisite da offrire ad amici e parenti. Parenti che però – in particolare i fratelli – vivevano altrove, e questa era la loro spina nel fianco. Osservare le stanze in cui abitavano e rendersi conto che non sapevano che farsene era un dolore. Potevano contare solo sulla presenza della madre. Una donna anziana che aveva però anche i suoi grattacapi, essendo obbligata a prendersi cura della sorella malata, la zia Antonia, che le aveva cresciute da bambine ed era stata la colonna portante della famiglia. Eppure erano bastati cinque minuti per vederla stramazzare per terra priva di sensi, e da quel momento era rimasta solo la brutta copia della donna battagliera che era stata.

Una peculiarità che le riguardava – o meglio, la bizzarra abitudine che contraddistingueva le due sorelle –, era che spesso parlavano in simultanea, obbligando chi le ascoltava a sforzare l'udito per seguirle.

Di Nunziatina inoltre c'era da ammirare l'ostinato tentativo di acculturare quanti più compaesani poteva. A questo scopo, visto che il Comune non voleva saperne di ripristinare la vecchia biblioteca, aveva approntato in casa al piano terra un salottino culturale con tanto di divanetti e poltrone. Se non altro era un modo per ricevere adeguatamente chi passava per prendere i libri in prestito. Inderogabile però era firmare un registro che li impegnava a restituirli. In ogni caso di interessati se ne erano visti sempre pochi. Ma a quei pochi lei aveva comunque offerto informazioni e consigli.

Dei loro passati amori si sapeva a stento qualcosa.

Erano circolate voci su una presunta *liaison* di Nunziatina con un uomo del nord, vissuta in assoluta segretezza molti anni prima. A tal proposito le congetture erano state mille e tutte confuse. La più convincente restava quella di una relazione con un uomo sposato. Di contro, lei aveva sempre respinto al mittente ogni insinuazione.

Invece di Maria non si era mai detto nulla; il suo essere volutamente discreta e sorprendentemente distaccata invitava a pensare che amasse stare al posto suo, senza grilli per la testa, e contenta di non essere mai incappata in qualche lurido cialtrone che le avrebbe potuto rovinare la vita.

Era su questi argomenti che le due sorelle trovavano ogni scusa per accapigliarsi. Maria rimproverava a Nunziatina di essere troppo libertina e di fidarsi come un'allocca di uomini che poi risultavano sempre sbagliati. E Nunziatina rispondeva puntualmente alle accuse, additando Maria come retrograda e moralista.

«Io moralista?» rispondeva quest'ultima. «E tu hai visto quante delusioni ti sei presa a furia di sentirti moderna? Hai dato solo pensieri alla mamma.»

«Smettila e fatti gli affari tuoi!» concludeva Nunziatina più agguerrita che mai.

Era questa la piega che prendevano i battibecchi delle gemelle, e potevano durare anche ore. Maria in quelle circostanze malediceva la spudoratezza di Nunziatina, vomitando fiumi di rimbrotti. A furia di non ponderare le conseguenze aveva consentito a quattro imbecilli di parlare e sparlare della loro famiglia.

«Ah, se ci fosse stato nostro padre, chissà quante *tumpulate* ti saresti presa!» concludeva.

Infine compariva la quarta donna del gruppo: si chiamava Rosaria, ma dai più era conosciuta come Sarina: bella, bellissima, alta, mora, magra, capelli lunghi e naturalmente mossi a boccoli, occhi verdi con ciglia vistose, naso perfetto che sembrava modellato da un bravo chirurgo, labbra carnose tendenti al sorriso, zigomi pronunciati, e divorziata per corna mai superate.

Nel suo cuore un unico desiderio: un lavoro stabile che, ahimè, malgrado la sua età – trentacinque anni suonati – non aveva avuto la fortuna di trovare. Per cui era costretta a campare ancora alle spalle della madre.

Le aveva provate tutte fino a quel momento, cimentandosi in varie esperienze lavorative: commessa per un negozio di abbigliamento, occupata dalle nove del mattino fino alle otto della sera, con in mezzo una pausa di tre ore, più straordinari richiesti in base all'afflusso dei clienti, e il tutto per cinquecento euro pagati pure in nero; poi baby sitter, venditrice porta a porta di detersivi ecologici, cameriera ai piani negli alberghi delle località turistiche vicine a Monte Pepe, ma ogni volta era stata costretta a ricominciare daccapo, perché quando arrivava settembre veniva licenziata e le rimaneva soltanto la speranza di essere richiamata l'anno seguente.

E, inutile sottolinearlo, oramai era stanca di aspettare. E stanca pure di rispondere ad annunci che ogni tanto la obbligavano a scappare. Maniaci travestiti da benefattori, sedicenti manager alla ricerca di una segretaria *particolare*, dove particolare significava semplicemente assecondarli nelle loro *particolari* richieste sessuali.

Sognava qualcosa di più, la bella Sarina. Un lavoro *elegante*. Se lo ripeteva ogni giorno come una preghiera disperata che non sapeva più a quale santo rivolgere. Sì, un lavoro elegante di cui essere orgogliosa. Ma poteva essere *elegante* girare per le sale di un cinema con un portabibite attaccato al collo?

Eppure, l'ultimo annuncio al quale controvoglia aveva risposto le offriva questo. La possibilità di vendere agli spettatori di una multisala lontana venticinque chilometri da casa, Coca-Cola e pop corn. E con il costo della benzina pure a suo carico. Ma anche in quell'occasione, nessuno aveva ritenuto opportuno risponderle.

Così, un pomeriggio, mentre si trovavano a casa di Maria e Nunziatina, sedute sul divano in salotto, Rosa propose l'idea e la buttò lì. «Ma perché non ci apriamo al mondo, care signore?»

Dapprima le altre non avevano intuito il senso della frase. Pensavano che si trattasse della solita trovata della donna cittadina che non si arrendeva alla vita di paese, ma poi, quando lei spiegò meglio le proprie intenzioni, cercarono di dissuaderla, al fine di spegnerle ogni speranza.

Rosa, combattiva, insistette.

«Credetemi, qui manca un'attrattiva commerciale. E io la trovo un'idea interessante.»

Le supplicò di ascoltare attentamente. «Se ci buttiamo anima e corpo potremmo fare arrivare in paese un sacco di turisti.»

«Ma *vaia, vaia*» le rispose Maria. «*Cu vuoi ca veni finu a cca*? Che abbiamo di tanto bello, se non un *croccu* di case sperdute nel nulla e *quacchi* chiesa per pregare?»

Giuseppa aveva storto la bocca ed era rimasta in silenzio per tutta la durata del discorso. Quello che le passava in testa lo aveva manifestato con uno sguardo torvo. E il resto della combriccola aveva aggiunto dei mugugni e poche occhiate eloquenti. Nunziatina per prima aveva scosso la testa, guardando fuori dalla finestra.

Quella notte Rosa non riusciva a prendere sonno. Pensava e ripensava a cosa inventarsi per cambiare il "loro" destino. Non erano abbastanza giovani, certo, per cominciare come se nulla fosse stato, ma allo stesso tempo non erano – e non apparivano – ancora decrepite per accettare passivamente una vita anonima.

Verso l'alba le idee erano diventate centomila.

La rosticceria "Il regno degli arancini", pensava nel silenzio della sua camera – mentre già il nome per l'insegna sembrava averlo azzeccato –, dovrebbe distinguersi per il modo in cui serviremmo i nostri prodotti e per l'atmosfera rilassante che creeremmo ad hoc. Inoltre, ognuna di noi potrebbe mettere a frutto le proprie esperienze per raccontare la Sicilia a chi non la conosce.

Sì, ma come?, si domandava al contempo tra il sonno e la veglia.

Non era per niente semplice raggiungere i turisti che occupavano i grandi alberghi, dislocati a pochi chilometri da lì. E disdetta per chi ci abitava, quello stesso paese non era segnalato nemmeno sulle mappe più conosciute. E i responsabili della gestione del flusso dei nuovi arrivi, ovvero le agenzie turistiche e i tassisti che se li contendevano, non sarebbero stati disposti a spartire le loro entrate con cinque avventuriere inesperte e per giunta avanti con l'età.

Maliditti a iddri, era l'urlo dissenziente che a lei saliva in gola come un acido malefico, ogniqualvolta rifletteva sui discorsi che facevano molti maschi decerebrati. Stupidi che additavano come vecchia persino una quarantenne. Una malattia alquanto diffusa, che poteva riassumersi nell'ossessione di alcuni galletti (non uomini!) nel cercare la giovinezza dietro a conquiste di giovani pollastre.

Ne aveva conosciuto più di uno nei suoi tre anni di vedovanza, e sembravano tutti uguali. Abbigliamento casual, moto di grossa cilindrata (o auto cabrio potenti) e ritocco del colore sui capelli. Ma dovevano stare attenti, i nonnini Superman, perché ogni tanto la tintura col caldo poteva colargli sulla faccia, e allora addio ad amplessi amorosi infuocati, ottenuti a suon di pillolette magiche, e addio alle signorine interessate solo ai loro soldi.

In ogni caso, quale conforto per il suo progetto, lei contava su un'arma infallibile, ovvero, un telefono cellulare di ultima generazione che aveva acquistato prima di partire in un centro commerciale vicino a Milano.

Con quella scheggia elettronica superpotente, che usava per inviare messaggi a figli, nipoti e amiche lontane, poteva aprirsi un varco sulla piazza virtuale.

Nel caso avrebbe chiesto aiuto a Sarina, la sua quasi socia più giovane (e socia sperava lo diventasse davvero), e non si sarebbe fatta scrupoli di rivolgersi anche a Nicoletta, la figlia di una sua cara amica. Quest'ultima era una studentessa di Lettere appassionata di musica classica. Una ragazza rimasta miracolosamente ancorata ai vecchi valori della famiglia e scevra da ogni velleità riguardante mode e manie. Tuttavia, sapeva aggiustare computer, telefoni e ogni sorta di elettrodomestico con le sue mani di fata. A Rosa piaceva perché era una ragazza all'antica, anche se nell'aspetto risultava più che moderna, e vestiva come una rockstar. Tutto ciò sarebbe potuto apparire una stonatura, in contrasto con la dolcezza angelica del suo volto, invece era un tocco di estrosità che non guastava.

Ancora diciannovenne, Nicoletta suscitava negli altri stima e rispetto, ed era giudiziosa e concreta, capace di lasciare a bocca aperta chiunque le si rivolgesse per ottenere un parere o un consiglio. Infatti, pur frequentando un ateneo molto distante da casa, aveva scelto di viaggiare in bus per seguire le lezioni che più le interessavano, visto che aveva necessità di aiutare sua madre nella gestione di un piccolo negozio di alimentari. Si era fidanzata da poco con Salvatore, il figlio del medico condotto del paese. Il dottore per tutti era un dio in carne e ossa e aveva un forte ascendente su ogni membro della comunità, inoltre era al di sopra di ogni sospetto. La moglie invece era invisa ai più, essendo un soggetto *molto particolare*, nel senso che si comportava come se fosse un membro della famiglia reale inglese. Ma Salvatore non le assomigliava affatto, ecco perché Nicoletta lo amava, e anzi, trovava in lui la forza per non buttarsi giù, non avendo un padre su cui contare. Se avesse dovuto descrivere Salvatore, ne avrebbe parlato come di un ragazzo molto maturo e responsabile. Uno studente modello, e senza grilli per la testa. Si applicava allo studio con grande scrupolo, e quando gli impegni glielo permettevano, cercava di stare quanto più tempo possibile con lei per trascorrere delle ore liete insieme, godendosi con semplicità il loro amore: qualche giro fino in piazza, una pizza al sabato sera, un cinema alla domenica, stando attenti a non fare tardi, perché la madre di Nicoletta non lasciava scampo. Da quando le era morto il marito, e oramai erano passati quasi quindici anni, e cioè un secolo, si sentiva addosso le responsabilità di crescere una figlia da sola. Eh già: Mario se n'era andato troppo presto, e si era perso il meglio. Vedere crescere la sua *picciridda*, saperla studentessa all'università, occuparsi del piccolo negozio di alimentari che malgrado le tasse e i clienti limitati andava bene… E insomma, chissà di quante gioie avrebbe potuto godere se non fosse andata diversamente.

3

Dopo qualche sera, le cinque si ritrovarono di nuovo a casa di Maria e Nunziatina. Occorreva studiare un piano strategico (e preferibilmente infallibile) per la realizzazione della rosticceria.

La "loro" strabiliante rosticceria supermoderna, pronta a diventare centro di innovative creazioni culinarie.

In verità, solo Rosa lo desiderava.

E forse nemmeno lei aveva ancora le idee ben chiare. L'unica cosa che sapeva era che quell'estate in procinto di arrivare avrebbe segnato una svolta per tutte.

Non poteva e non potevano permettersi il lusso di commettere errori.

O cambiava il vento o non avrebbero mai più avuto un'altra occasione.

Il tempo avrebbe bruciato qualunque speranza.

Una alla volta, anche in quella occasione, manifestarono diverse perplessità: tasse strozza-gente, burocrazia perversa, difficoltà fisiche dovute agli anni – perché insomma, bisognava ammetterlo, non erano più ragazzine – e poi, cosa potevano inventarsi di così eclatante nel campo delle prelibatezze siciliane che non fosse un déjà-vu? Convincere la gente ad arrivare fino a Monte Pepe, affrontando curve da brividi, solo per mangiare un semplice arancino, era davvero difficile. Ovunque nei bar in Sicilia se ne trovavano a buon prezzo. Qual era la novità?

A Rosa non piaceva affatto quel modo di mostrarsi passive.

Anche le *coffe* erano oggetti che si vendevano sin da quando erano bambine, e anzi da molto tempo prima; bastava osservare le vecchie foto di famiglia. Eppure, da qualche anno era esplosa una vera e propria mania intorno a quelle borse artigianali che ora si portavano anche per uscire la sera. Dolce e Gabbana ne avevano fatto un cavallo di battaglia per le loro sfilate. Così come la cucina siciliana, che continuava a essere regina sulle tavole di tutto il mondo, con la sua antica tradizione. Per non parlare dei successi degli chef siciliani all'estero.

«Il lavoro di preparazione lo farei io» disse per apparire rassicurante. «Ho abbastanza esperienza. E poi la fatica non mi fa paura. Sarina si occuperebbe della sala. E Maria dei condimenti con cui riempire gli arancini. Sono o non sono i sughi la tua passione, Maria? Inoltre Nunziatina le darebbe una mano. Anche se so che lei ama di più leggere i libri di poesie.»

Rimarcò la domanda con lo sguardo colmo di suppliche.

Maria annuì, tuttavia sembrava poco convinta. Ma aveva calato la testa!

Quello era già un buon inizio.

Giuseppa, che malgrado le congetture notturne di Rosa si trovava ancora nella precaria condizione della mancanza di un ruolo, rimase nel suo stato catatonico.

«Senti Rosa, la Sicilia è piena di arancini!» ribatté sempre più scettica Nunziatina, al fine di spegnere l'indisponente entusiasmo che le leggeva negli occhi e che correva il rischio di propagarsi e contagiare anche le altre.

«Lo so bene» obiettò lei con un tono un poco aspro «ma nessuno in questa zona ha ancora pensato di aprire un locale dove si mangiano "solo" arancini e farciti con ogni ben di Dio.»

E aggiunse, invasata da un progetto che oramai non le consentiva di tornare indietro: «Inoltre noi li serviremmo accompagnati da un buon vino locale, quello che produce mio cugino Franco. Nasce dalle sue vigne pregiate, lo sapete, no? Me lo ha proposto lui stesso pochi giorni fa, mentre parlavamo delle cose buone che ci sono in questo paese e che nessuno vuole vedere».

Il messaggio ficcante era rivolto proprio a Nunziatina che cercava di affossare il suo progetto con tutta la negatività possibile.

«E allora perché non aggiungere anche la vendita delle *coffe* che ricami tu?» suggerì timidamente Sarina, rivolgendosi a lei con una punta di complicità nello sguardo.

Ciò significava che almeno Sarina era dalla sua parte, anche se non aveva il becco di un quattrino. Di speranze, tuttavia, ne aveva da vendere e anche di voglia di lavorare.

«Be', non saprei» rispose Rosa titubante.

Per la prima volta da quando aveva cominciato a sognare l'apertura della rosticceria, non le sembrò logico accostare all'offerta di arancini anche la vendita delle *coffe*. E poi, le sue aspirazioni erano già fin troppo ambiziose.

Ma subito dopo, forse ispirata da un ragionamento più conciliante, concluse che in effetti avrebbero potuto proporle come un'aggiunta folcloristica.

«Potremmo provarci, perché no? Tanto, una volta realizzate, restano in casa ad ammuffire, e non so mai a chi regalarle.»

Dopo averlo detto le venne fuori una risatina isterica. E isterica lo era davvero, forse perché nata dalla disperazione.

Malgrado la buona volontà e la voglia di mettercela tutta per convincerle, non ravvisava nessun coinvolgimento. Sembravano quattro statue perplesse. A stento aveva percepito la debole volontà di una, ma certo non poteva bastare.

Ciononostante non vedeva l'ora di mettersi all'opera.

«Dunque, care signore, datemi ascolto: di giorno potremmo

preparare il ripieno degli arancini e il riso, e intanto nel pomeriggio potremmo occuparci di pulire e abbellire la sala, mentre esponiamo le *coffe*, e perché no? anche qualche centrino fatto all'uncinetto dalle vostre mani esperte. Come vere e proprie opere d'arte. Sono convinta che ne avete a bizzeffe ammucchiati nei cassetti, no? La sera invece friggeremmo gli arancini. E per quanto riguarda l'investimento, state tranquille, sarei io a occuparmene. Metterei a disposizione quel po' di soldi messi da parte a Milano, oltre al gruzzolo investito in banca dalla buonanima di mio marito. Certo, da quello che era si è dimezzato. La clinica, i farmaci e tutto il resto sono costati un occhio della testa, pace all'anima sua. Dunque, ve lo chiedo per l'ultima volta, ci state o no? A me sembra un progetto fantastico.»

«Invece è una pazzia» ribadì Nunziatina.

Com'era strano il suo accanimento. Eppure, sin dai primi incontri le era sembrata la più lungimirante e la più illuminata. La donna piena d'iniziativa che, attraverso le tante letture e la curiosità nei riguardi di ciò che non conosceva, sapeva amalgamare la ricchezza delle tradizioni con la necessità di inglobare la modernità, come invece non era abituata a fare sua sorella, e non certo per ottusità becera, quanto per naturale ritrosia verso i cambiamenti.

Sennonché, proprio in quella riunione, era venuta fuori la sorprendente mutevolezza del suo modo d'essere, forse perché impaurita dall'incertezza dell'operazione.

Rosa c'era rimasta male. Non chiedeva altro che un po' di fiducia, e la volontà di fare qualcosa di buono per il loro paese, così tristemente abbandonato a se stesso e senza speranze per il futuro.

Ma non era dell'estro femminile e del suo potenziale che parlavano tutti, sia in televisione che nei giornali? Di quel guizzo intellettuale indispensabile per cambiare le regole nel mondo del lavoro? La maggior parte degli intervistati, quando le telecamere si accendevano, fingevano di esserne convinti, dando fiato alla bocca.

E perché invece quando c'era da passare dalle parole ai fatti, per prime le donne si tiravano indietro?

Nessuna del gruppo ebbe il coraggio di aggiungere altro, nemmeno un accenno a quelle difficoltà che pensavano fossero insormontabili.

Scese il gelo nella stanza.

Un moscone gli girava intorno alle teste, fino a quando Maria non lo schiacciò con una paletta. Nunziatina mostrò disgusto per il gesto violento, ma sua sorella rispose che non le importava se non era d'accordo. Quel coso nero l'aveva infastidita tutto il tempo, e alla fine aveva ricevuto la lezione che meritava.

Delusa dalle inconcludenti reazioni del gruppo, Rosa decise che era arrivato il momento di darsi da fare, anche da sola.

Nei giorni che seguirono si accanì sulla ricerca di informazioni riguardanti l'apertura di una rosticceria.

Internet spiegava ogni cosa.

Dei requisiti richiesti, pensava di possederne a occhio e croce almeno l'ottanta per cento. Mancava solo il locale e il disbrigo delle pratiche burocratiche.

L'aspetto in cui si sentiva meno preparata era la conoscenza del mondo dei Social, tanto indispensabili per la buona riuscita del lancio di un'attività, almeno a sentire il parere degli esperti. Ma per lei era ancora un mondo sconosciuto. Dunque doveva darci dentro e innescare l'esplosione della bomba – o poteva chiamarsi il fischio d'inizio? – E più di ogni altra cosa voleva capire una volta per tutte se Sarina, Giuseppa, Maria e Nunziatina avrebbero aderito alla sua proposta. Intanto, il vero patto con se stessa nacque in quel preciso istante.

Diede vita, in mezzo a una baraonda di emozioni forti, a una nuova fase esistenziale, siglata dalla registrazione di un account Facebook e Instagram, e per non farsi mancare niente ne aggiunse anche altri due alla lista: Twitter e Pinterest. A ognuno dedicò lo stesso nome e una foto eloquente che inneggiava alla bontà dell'arancino siculo. "Il regno degli arancini" adesso era pronto per farsi conoscere in ogni dove. All'inizio non pubblicò nulla, perché aveva bisogno di più informazioni, e perché in fin dei conti non era in grado di mostrare niente di interessante. Si concesse il beneficio del tempo, ripromettendosi che si sarebbe messa all'opera solo quando avesse avuto dei soggetti degni di una foto, ovvero, arancini perfetti preparati con le sue mani.

«Pronto, Gloria, come stai?»

«Bene, e tu?»

«Io tutto a posto. La casa è pronta da un po', e sto per mettermi all'opera con una mia attività.»

«Ma *chi dici, daveru*? E che lavoro *truvasti*?»

«No, sorella mia, il lavoro me lo sto inventando io. Apro una rosticceria!»

«E come? *Lassàsti* Milano per riposarti, e ti metti a *travagghiari attonna*?»

«Sì, io senza fare niente m'annoio.»

«E *'o papà e a Erminio l'avvisasti*?»

«Ancora no, ma ora *i chiamu e ci u dicu.*»

«Va bene Rosa, *sugnu cuntenta pi tia. Si tu si soddisfatta va bene accussì. Semu tutti cuntenti. Mi raccumannu*, se hai bisogno chiama, *ca lassu tutto e scinnu.*»

«Grazie *giiuzza*, lo so che su di te posso contare. Sangue non mente, *'a mamma fussi* felice, *mu sentu*…»

Dopo aver avvisato sua sorella, chiamò il fratello e gli spiegò passo passo qual era il progetto su cui si era intestardita, e con molta pazienza raccontò la stessa storia anche al padre, e lui, malgrado l'entusiasmo ridotto per via dell'età, rispose favorevolmente.

Le diede alcuni consigli, non ultimo quello di lottare per portare a termine i propri sogni. Le fece piacere sentirlo coinvolto. Fu come ricevere la benedizione di cui aveva bisogno. Forse non era stato un caso che proprio quella sera lui le avesse parlato in quel modo sereno. Fece sua ogni parola, ogni frase che aveva ascoltato nel silenzio della camera da letto, e prima di riattaccare lo pregò di venire a trovarla quanto prima.

«Papà, *scinni prestu. Io senza di tia non mi sentu* sicura.»

«*Tu penza a fari cosi boni, ca io cercu di vèniri* appena possibile. Fatti onore e vai avanti *figghia mia. Ti vogghiu beni.*»

4

Una settimana dopo, forse per incoscienza o forse per un'accelerata sul pedale dell'amor proprio, Giuseppa, Maria, Nunziatina e Sarina risposero: «Okay, il dado è tratto».

Alleluia! Salpavano con lei, e con lei sarebbero andate al largo.

Perché di questo si trattava, di un salto nel buio assoluto, convincendosi che tanto, cosa avrebbero fatto di male? Qualche soldo in più serviva sempre e di stare chiuse in casa ne avevano fin sopra i capelli.

Con la grazia divina, Rosa aveva abbattuto il muro della loro passività.

Un atteggiamento che sembrava avere ammorbato anche le altre donne del paese. Una sorta di malìa che si portavano dentro e che, chissà come e perché, era sparita almeno nelle sue quattro amiche.

La Camera di Commercio fu il passo successivo.

Fortuna volle che in uno degli uffici preposti alla concessione delle licenze ci lavorasse una ragazza originaria proprio di Monte Pepe. Rosa lo scoprì andando a chiedere informazioni per l'apertura.

Nello stabile anni '70 dalle pareti scrostate, umido e sporco anche nei bagni, stava quasi per perdersi. Lungo i corridoi, si aprivano stanze illuminate da tristi neon, e gli impiegati avevano facce assonnate. Fu Giusy a riconoscerla e a salutarla con molto affetto, spiegandole nei minimi dettagli i documenti necessari per ottenere i permessi, compresi i pagamenti e quant'altro. Era una giungla di richieste che forse da sola non sarebbe mai riuscita ad affrontare. Ma la divina Provvidenza anche in quel caso le stava dando una mano.

Inoltre, Giusy sembrava essersi rallegrata per la notizia.

«Bella quest'idea di aprire un locale in cui vendere solo arancini. E per il nostro amato borgo sarà una grande novità.»

Anche se non viveva più in paese, con il cuore non se ne era mai allontanata. Sentimento che accomunava anche la restante parte dei suoi abitanti, costretti ad andarsene per trovare lavoro. Giusy si mostrò felice di scoprire che ora cinque donne cercavano di darsi da fare per renderlo migliore. E senz'altro la loro attività avrebbe contribuito a fare arrivare anche molti turisti.

«Davvero lo pensi?» le domandò Rosa con un sorriso che via via le illuminava il viso.

«Certo, signora! Vedrà che sarà così. Gli stranieri in particolare amano la nostra cucina e sono convinta che spopolerete.»

«Speriamo. Noi ce la metteremo tutta!»

Cercando di sdebitarsi, Rosa avrebbe voluto offrirle un caffè. Grazie a quella ragazza, un inizio di giornata che si prospettava pieno di insidie e fastidi, consumato tra zig zag in mezzo a file interminabili e domande che si sarebbero perdute nell'indifferenza generale, si era rivelato più tranquillo del previsto e anche piacevole.

E pensare che la notte prima non ci aveva dormito per la preoccupazione. «Sai, al nord è diverso» spiegò, sempre più grata per l'aiuto che stava ricevendo. «Quando ci si rivolge all'amministrazione pubblica ognuno fa il suo dovere» aggiunse dopo.

Ma Giusy rispose cercando di esprimere con poche parole il suo pensiero al riguardo. Non si trattava di nord o sud, ma di educazione e senso del dovere posseduti o meno dalle persone.

«Anche qui ci sono impiegati efficienti,» ribatté «però alcuni dei nostri capi ufficio, quelli che ci dirigono, e a cui dobbiamo rispondere di ogni azione, sono i primi a fregarsene della qualità del servizio; quindi capita che ci sentiamo abbandonati al nostro destino. E chi è meno attento lascia che il mondo vada a rotoli. Ha visto in televisione quanti fingono di timbrare il cartellino? E poi arrivano i giornalisti e li svergognano. Da noi qualche furbetto ci ha provato, ma è stato messo subito in riga. Ripeto, si tratta solo di correttezza, e quella ce l'abbiamo anche in Sicilia. Sono contenta che oggi lei sia riuscita a risolvere le sue pratiche, e il resto, lo sa, può portarlo a termine tranquillamente in paese, o per mezzo del vostro commercialista. Ne avete già uno?»

Rosa rispose che non avevano ancora trovato la persona a cui affidare la cura della contabilità.

«Se vuole la aiuto io. Mio suocero è molto preparato e ha lo studio a pochi metri da qui.»

Si vedeva lontano un miglio che era orgogliosa del padre di suo marito, ovvero un secondo padre per lei, come era chiaro che glielo stava consigliando più per stima che per interesse. A Rosa sembrò una buona idea e le promise che ne avrebbe parlato con le socie non appena fosse rientrata in paese. D'altronde era preferibile affidarsi a qualcuno che aveva già delle referenze.

«Però ti prego,» aggiunse rivolgendosi dolcemente a Giusy «da oggi diamoci del tu. Altrimenti mi fai sentire vecchia.»

«Va bene» confermò la ragazza. «Allora alla prossima, ciao Rosa!»

«Ma il caffè lo accetti o no?» riprese sfacciata Rosa, con l'intento di sdebitarsi per le attenzioni a lei riservate.

«Purtroppo oggi è un giorno complicato» disse Giusy. «Manca una collega che è malata, quindi devo rinunciare. Abbiamo molte pratiche da evadere e non posso assentarmi nemmeno un minuto. Ti ringrazio, ma davvero non posso. Ci rifaremo un'altra volta.»

Poi le si avvicinò e l'abbracciò con un trasporto fraterno. Rosa provò un'immensa tenerezza e in quei pochi istanti comprese quanto quella giovane impiegata fosse attenta. Mentre si allontanava non poté fare a meno di apprezzarne la dedizione al lavoro, costretta suo malgrado a fare un passo indietro pentendosi per quei suoi preconcetti immotivati.

Tornò a casa con la testa appesantita, ma sollevata dalla certezza che nel giro di pochi giorni avrebbe ottenuto i permessi per aprire.

Trovare il locale, ultimo e necessario passaggio per dichiarare operativa l'attività, fu abbastanza semplice. Con la sua smania di accelerare le operazioni, l'aveva adocchiato da un po' di tempo. Sperava in cuor suo – dopo averne parlato con le altre – che il proprietario si decidesse ad abbassare il costo dell'affitto.

Erano tre stanze grandi, tenute bene. Una immaginava già di adibirla a cucina-laboratorio, l'altra a zona per la vendita, e la più grande sarebbe servita come sala per consumare il cibo. Necessitava al massimo di una ritinteggiata, più qualche lavoretto di ripristino. E una volta acquistati i macchinari, sarebbero state pronte per partire. Trattarono e ritrattarono con l'interessato, e alla fine la spuntarono per una cifra decisamente abbordabile. La stessa che Rosa si era prefissata sin dall'inizio.

Su molti fronti furono aiutate da Damiano, un vecchio carpentiere conosciuto per la sua serietà e modestia. Da poco in pensione, l'uomo racimolava qualche extra industriandosi come meglio poteva. Tutto l'opposto di quel losco trasportatore milanese, che aveva preteso l'assegno ancora prima di scaricare i mobili in Sicilia. Se un giorno le fosse ricapitato di incontrarlo in mezzo alle difficoltà non gli avrebbe concesso la benché minima pietas umana, giusto per fargli capire quanto potesse nuocere non donarne al prossimo.

Ancora le risuonavano nelle orecchie – come se fossero state dette il giorno prima –, le parole di una sua vecchia zia che le consigliava di osservare con attenzione la forma delle labbra delle persone, perché da quel dettaglio si potevano comprendere le loro inclinazioni, e pure il carattere, che spesso per tendenza ipocrita non facevano venire fuori.

Chi le aveva sottili, come la fessura di un salvadanaio, era quasi sempre cattivo. E a ripensarci, il tipo della ditta di traslochi le aveva proprio così, e ancora peggio, non sapeva sorridere.

Ma anche Nunziatina aveva la bocca sottile!

Dunque, non valeva per tutti quel modo di dire.

Ah, se fosse stato così semplice catalogare le miserie umane. Se per emettere sentenze potesse bastare guardare degli occhi, una bocca, grande o piccola, o sdentata, o un paio di braccia o gambe storte o a ics, o una schiena curva, o i capelli radi, nasi adunchi, mento sfuggente, pelle raggrinzita, peli superflui – ma superflui per chi? – e capirci qualcosa.

Meglio liberarsi di certi stereotipi per non danneggiare nessuno. Forse sua zia glielo aveva detto in un momento di insensata superficialità. E Rosa era testimone attendibile di quanto alcuni pregiudizi riuscissero a influenzare i rapporti con gli altri.

Lei stessa, da ragazza, per colpa del suo seno florido si era ritrovata costretta a schivare gli sguardi di uomini assatanati.

Quel portamento da femmina procace le aveva dato tanti problemi. Ma Pippo per tutta risposta non si era mai tirato indietro quando c'era da fare a cazzotti o tirare calci. Non permetteva a nessuno di mangiarsela con gli occhi.

E ancora alla sua età – non era vecchia, ma nemmeno giovane –, accadeva che ogni tanto qualche signore decisamente sfrontato le si avvicinasse con la scusa di chiederle l'ora, e poi andava a finire che la invitava a mangiare un gelato o a fare un giro in macchina.

Nel periodo in cui in televisione spopolava la telenovela *Dancin' days*, i playboy da strapazzo le dicevano che assomigliava a Sonia Braga. E in effetti…

Stessi capelli mossi e folti (in verità l'attrice li aveva ricci), forma del viso triangolare e scarna, occhi grandi e intensi – fuoco vivo incassato dentro due olive fiammanti – e una sensualità che faceva perdere la testa, anche solo camminando.

Quel complimento le aveva sempre fatto piacere, perché era tra le fan più sfegatate della telenovela brasiliana. Non se n'era mai persa una puntata. Delle vicende di Julia era stata devota seguace. La storia raccontava di una donna che aveva scontato una pena di undici anni per omicidio e appena uscita dal carcere si era ritirata nel suo mondo casalingo per ricominciare daccapo con un bagaglio di paura e rabbia.

Ah, quanto aveva patito per le sconfitte di quella donna, e poi gioito per i suoi traguardi.

Le erano sempre piaciute le eroine femministe, libere di sbagliare con la propria testa e determinate, e malgrado non avesse studiato, si era data da fare per colmare i suoi limiti culturali. Tra le protagoniste dei libri che aveva letto, figuravano Antigone, Evita Perón, Colomba Antonietti, Giovanna D'Arco e Franca Viola.

Era cosciente che la lista non finiva lì, perché grazie a Dio di donne valorose ce n'erano state tante, e proprio per questo non dimenticava di raccomandare alle sue nipoti di leggere, leggere, leggere e di farsi valere nella vita, e soprattutto di non permettere mai a nessun uomo – nemmeno al fidanzato o marito –, di schiacciarne la personalità. Pur essendo molto giovani, confidava nella loro capacità di distinguere tra il bene e il male. E la sopraffazione non era mai un bene, nemmeno se spacciato per tale dietro parole di amore che nascondevano gelosia soffocante.

Un giorno – ne era certa – si sarebbero ricordate dei suoi consigli, e ne avrebbero fatto buon uso.

Quanto ancora doveva durare la pazienza delle donne?

E perché malgrado il progresso nessuno aveva il coraggio di dire che anche nella società moderna vivevano come se il tempo non fosse passato?

Qual era la verità?

C'erano altri interessi dietro le continue offese verso il genere femminile?

Possibile che tutte messe insieme non riuscissero a stabilire nuove regole?

5

In quel periodo molto impegnativo le cinque socie di prove in cucina ne fecero a iosa. E ognuna necessitò di pazienza e calma. Ma quando una domenica mattina si ritrovarono intorno a un cucciolo di riso fritto perfetto, il ventesimo tirato su dall'olio bollente, protesero il collo, sbarrarono gli occhi e spalancarono le bocche, formando delle O giganti.

L'arancino migliore era appena venuto al mondo.

Il prototipo da prendere ad esempio.

Dorato, compatto, con i chicchi asciutti, e profumava di bontà.

Gli diedero il benvenuto continuando a friggerne altri.

Nunziatina era la più concentrata, come se avesse sulle spalle la responsabilità di sfamare l'intero universo. E nessuno doveva parlarle mentre farciva quei pomi di riso che accarezzava con la stessa cura che avrebbe riservato a uno dei suoi amati cardellini.

Sarina, guardando le altre assorte nei loro compiti, imparava le tecniche per acquisire almeno le basi del mestiere, ma il suo interesse era soltanto parziale, non avendo velleità di quel tipo. In effetti non provava chissà quale trasporto nell'arte di modellare il riso farcito da vari ingredienti a forma di triangolo o tondeggiante per poi friggerlo. Anzi, la passione rasentava lo zero. Da sempre stare in cucina la annoiava e per fortuna aveva una madre che le preparava delle ricette eccezionali e non doveva preoccuparsi né del pranzo né della cena, e quando invece aveva vissuto con

Melo si era dovuta sforzare tutti i giorni per farlo contento. Lui pretendeva che si comportasse come una brava mogliettina. Per amore aveva imparato in fretta e non aveva mai ricevuto una lamentela. Fare la brava donna di casa, anche se innamorata e devota, era stato un impegno frustrante talvolta. Aveva cercato di parlarne con l'interessato, ma dopo qualche battuta pungente da parte sua, lei si era ripromessa di cucirsi la bocca. Le poche amiche con cui poteva confidarsi le avevano garantito che tutti gli uomini erano uguali, per cui ne aveva fatto tesoro, risollevandosi in parte, perché il male che credeva fosse toccato solo a lei e a poche altre era più diffuso di quello che pensava. Tornando al suo disinteresse per tegami e pentole, rifletteva che chef, cuochi, pasticcieri, e personale addetto a trafficare tra i fornelli erano condannati a trascorrere il tempo dentro ai fumi delle cucine, e a sacrificare intere giornate preparando pietanze per fare godere gli altri. E peggio, erano costretti a lavorare soprattutto durante le feste, quando i più si divertivano con gli amici e i familiari, mentre loro dovevano faticare il doppio. Per non parlare dei risvolti raccapriccianti della vecchiaia. Quasi tutti andavano incontro ad acciacchi dovuti alle fatiche dello stare in piedi con le mani spesso nell'acqua. A un certo punto queste diventavano deformate e piene di calli, e in aggiunta arrivavano i reumatismi che portavano dolori lancinanti.

Tuttavia le piaceva l'odore del cibo quando si spargeva nell'aria. E soprattutto era grata a Rosa per averle dato quell'opportunità. Anche se sotto sotto continuava a sognare un *lavoro elegante*. Ecco perché sperava di potersi occupare della gestione della sala. E già nelle precedenti riunioni ne aveva parlato con le sue quattro socie.

Dedita alla clientela, avrebbe potuto esprimersi al meglio, consigliando le specialità della giornata e cercando di far aumentare gli incassi.

Ogni tanto si guardava allo specchio e vedeva la sua immagine sgranata.

Non era la Sarina di sempre, la Sarina che faceva sognare quei quattro scemi del paese. Le si era spento l'entusiasmo. E tutto per colpa della superficialità e dell'egoismo del suo ex. Per quanto, se solo indugiava qualche attimo in più sui dettagli della sua figura riflessa, riusciva a scorgerne lontani bagliori. Le sarebbe bastata un po' di fiducia in più per riprendersi la felicità perduta.

La bellezza dei suoi occhi verdi ereditati dalla nonna materna sarebbe tornata a brillare come prima. E le sue labbra rosse e morbide avrebbero trovato ancora un motivo per allargarsi in nuovi sorrisi.

6

A fine maggio il locale era pronto, e decisa anche la data dell'inaugurazione: il giorno dedicato a Santa Rita. Non si trattava di una scelta casuale per Rosa. La Santa degli impossibili, dei casi difficili, le avrebbe dato una mano. Sua madre aveva quel nome, dunque le avrebbe portato fortuna.

Sopra la porta d'ingresso fu installata un'insegna appariscente, tanto luminosa che sparava luce sull'intera via. Emanava colori fluorescenti a intermittenza. Un richiamo psichedelico, e doveva essere proprio così, per non passare inosservata. Infine procedettero ad avvisare amici e parenti. Aggiunsero alla lista anche amici di amici, e contattarono il prete per la benedizione. Rosa si preoccupò di consegnare l'invito cartaceo al signor sindaco. Eh già, lui non poteva mancare.

Giuseppa telefonò ai suoi figli, pregandoli di prendere un treno per partecipare all'evento, ma nessuno dei tre poteva permettersi di assentarsi dal lavoro. Dovette farsene una ragione, anche controvoglia. Nei momenti più importanti, era il conforto che le mancava. Non riusciva a sconfiggerlo quel dolore. Maledetta tristezza che non la mollava un attimo. Le occasioni peggiori per sperimentarla erano le domeniche e i giorni festivi, quando gli altri si riunivano in famiglia e a lei non restava che piangere per il dolore. Nessuno l'aveva educata alla resistenza e a mettere in ordine di importanza le priorità. Un accumulo di nozioni tossiche l'aveva ingozzata di falsi miti e stupide credenze, spostando gli interessi di una donna sempre verso l'esterno, con la conseguente incapacità di autogestirsi e rendersi la vita degna anche da sola.

Il giorno prima dell'evento, Rosa telefonò ai suoi figli, confidando loro che le scoppiava il cuore per l'emozione, ma allo stesso tempo aveva paura dell'ignoto.

Beba le ordinò di restare positiva e di pensare ai suoi affetti più cari, e Filippo le disse di essere fiero di avere una madre tanto intraprendente. Chissà come sarebbe stato bello averli con sé, ma comprendeva le loro difficoltà.

Alle ore diciotto dell'indomani una discreta folla si raggruppò davanti all'ingresso del "Regno degli arancini" e il sindaco indossò la fascia tricolore per tagliare il nastro. Si era presentato senza la moglie. Rosa si dispiacque molto per quell'assenza. Forse la signora era impossibilitata per via di qualche impegno pregresso. In ogni caso non volle chiedere il motivo. Le sembrava impertinente farlo, tuttavia quell'assenza procurò un discreto scalpore tra i presenti. Fra i primi fu Giuseppa a notarla, e mormorò con le labbra serrate qualcosa di poco benevolo.

Rosa finse di non darle peso, ma al contrario si era infastidita alquanto, e già provava antipatia per la signora, anche senza conoscerla. Preferì spostare l'attenzione su don Pino che stava per dare inizio alla benedizione. Lontano dalla parrocchia sembrava ancora più basso. Si guardò intorno, sorridendo ai fedeli, e disse compiaciuto: «Nostro Signore e tutti i Santi sono qui con noi per augurare ogni bene a questa nuova attività».

E quanta emozione Rosa si sentì addosso. All'improvviso, tra le facce assorte dei suoi compaesani, in mezzo a tante teste che si muovevano, vide i volti di Beba e Filippo.

Si mise a piangere. Non riusciva a calmarsi. Poi si precipitò verso di loro e li abbracciò lasciandosi sopraffare dall'emozione.

«Che sorpresa figli miei, non la dimenticherò mai!»

Filippo affondò tra le sue braccia come un bambino, e poi lasciò che lo stesso facesse Beba. In quella baraonda di sorrisi e lacrime la festa poteva cominciare. Non prima di…

«Mamma, voltati, guarda chi c'è!»

Più in là Rosa vide sua sorella Gloria con il marito e uno dei figli, e accanto a loro anche suo padre. Stavolta non resse allo stupore. Era troppo, anche per una che aveva deciso di tenere a bada le proprie emozioni, ma che ora rischiava di svenire da un minuto all'altro.

L'abbraccio con don Turiddu Marino, suo padre, la travolse.

A quel punto si sentì libera di non nascondere più le lacrime che le avevano riempito gli occhi, e pianse senza vergogna.

Il cuore stava quasi per scoppiarle nel petto.

Dopo i primi attimi di stordimento chiese a sua sorella, con tono scherzoso, se ci fosse qualche altra sorpresa in serbo per lei. In tal caso era meglio che venisse fuori subito, altrimenti rischiava di svenire davvero. Il riferimento al fratello era chiaro, ma Gloria si premurò a spiegarle che…

«No, Erminio e *so mugghieri non pòttiru vèniri picchì dumani* si laurea Margherita.»

«E non mi *dicistu nenti*?»

«Sì, *u sacciu*. Ma *iddru non vulèva ca ti preoccupavi, e pi chistu non tu dissi. Poi festeggiate chiù avanti tutti assemi.*»

Quella riunione familiare era la ciliegina sulla torta e dava un senso a tutto.

Sui tavoli approntati all'esterno, presi in prestito da conoscenti, gli invitati si ingozzarono come lupi affamati da mesi.

Nunziatina trovò subito da ridire, notando tra le presenze anche alcuni infiltrati.

«*Chissu non era 'na lista*» diceva puntigliosa, rivolgendosi a Maria e Giuseppa.

Ma sia l'una che l'altra cercavano di rabbonirla al fine di evitare qualche scenata.

Il paese era piccolo e l'indomani quegli stessi infiltrati, se rimandati indietro, avrebbero parlato male del locale e pure di chi lo gestiva.

Che differenza poteva fare qualche arancino in più sgraffignato senza permesso?

«Non è questo, lo sapete, ma è una questione di principio» disse lei prontamente, in perfetto italiano. Quando era arrabbiata e voleva puntualizzare rifiutava il dialetto.

Allora, dopo qualche battuta di troppo, le due sorelle stavano quasi per accapigliarsi. Dovette intervenire Giuseppa per acquietare gli animi. E Sarina aveva ben altro da fare, che seguire l'ennesima litigata delle gemelle.

Nel bailamme di quei concitati momenti passò di là – anche lui non invitato – Melo.

Si presentò in compagnia di un'atletica pupa straniera. La ragazza bionda, magra e muscolosa, indossava un giubbotto di jeans sopra una minigonna di pelle nera, da cui facevano bella mostra calze a rete color carne, coperte fino alle ginocchia da un paio di stivali di cuoio scuro con le frange. Sembrava pronta per un rodeo, o un numero sulla pista di un circo equestre.

Sarina finse di ignorarlo, ma dentro avrebbe voluto prenderlo a calci.

Tuttavia, nessuna delle cinque, a parte la sfuriata veloce di Nunziatina, perse il sorriso. Alternandosi, ora l'una, ora l'altra, mostrarono agli intervenuti gli arredi del locale, compresi i macchinari del laboratorio, e li accompagnarono nell'esplorazione della sala, arredata con grande gusto, e grazie agli interventi di mastro Damiano, anche le belle opere murarie e i rivestimenti delle pareti in pietra gialla siciliana. Inoltre si impegnarono a rendere chiari – e lì fu indispensabile la capacità di racconto e lo stile sagace di Nunziatina – i progetti per il futuro. Per qualche minuto lei si scordò degli infiltrati e diventò una guida impeccabile, interessata soltanto a soddisfare le tante curiosità degli intervenuti. Dentro ai discorsi che faceva ci infilò anche dei versi di Pessoa:

Voglio, avrò
se non qui,
in altro luogo che ancora non so.
Niente ho perduto.
Tutto sarò.

Qualcuno la guardò come se avesse detto parole inutili, poi ci fu chi sorrise compiaciuto per far mostra della sua raffinata sensibilità. Ma nessuna donna volle farle i complimenti perché provavano invidia per la sua cultura. Ricevettero molte pacche sulle spalle, oltre a vari regali da mettere in sala, qualcuno carino, qualche altro veramente orribile, come una maschera nera del Carnevale di Venezia, riciclata da un vecchio regalo rimasto inutilizzato. Nemmeno loro l'avrebbero mai esposta, anche perché solo a guardarla istigava il nascere di allucinazioni. Consumarono un discreto numero di spumanti e vino proveniente dalle botti del cugino di Rosa, Franco, che per l'occasione lo aveva offerto gratuitamente come buon augurio.

Lei si era sentita in dovere di insistere, confermando che non voleva approfittare della sua generosità.

«Almeno un minimo, Franco, *giustu pi spisi. Macàri me' patri dissi ca è giustu.*»

«*Ma quali spisi, u fici cu piacìri*» continuava a dire lui. «*U zu Turiddru u sapi ca vi vogghiu beni.*»

Con quelle parole, Franco manifestava l'ingenuo piacere di contribuire a rendere la festa ancora più bella. E poi tra persone veramente affiatate era giusto aiutarsi a vicenda.

Finì che a una certa ora si presentò anche un gruppo folcloristico apprezzato in tutta la Sicilia. In pochi minuti cominciarono a suonare vecchie canzoni e tarantelle. Si entusiasmarono tutti, compresi anziani e bambini, iniziando a muovere prima timidi passi e poi ballando come scalmanati.

Il sindaco, che era rimasto lì per chiacchierare con alcuni assessori (lavorava sempre, anche nei momenti di apparente distrazione), si staccò dal gruppo per invitare Rosa a fare quattro salti con lui.

«Questo è un omaggio per voi da parte della mia amministrazione, cara signora.»

Non si sarebbe mai aspettata un gesto tanto generoso da parte dell'uomo più in vista del paese, se non altro per scongiurare l'eventualità (certa!) dell'insorgere di invidie da parte dei suoi avversari politici.

Ma pensò che l'uomo di navigata esperienza l'avesse già messo in conto, e infatti lo vide ballare senza preoccuparsi di niente. Per una inattesa alchimia con lei sembrava che gli fosse scoppiata dentro la smania del bravo ballerino deciso a sbalordire il pubblico.

Si esibì in figure degne di nota, fino a quando la cantante del gruppo non intonò una melodia romantica.

Di colpo Rosa si fermò ringraziandolo per la gradita sorpresa, ma adesso voleva concentrarsi nell'ascolto di quella serenata struggente.

Era la canzone che suo padre cantava di tanto in tanto sbarbandosi davanti allo specchio. Ora cercava il suo sguardo. Lo trovò, e avvicinandosi gli prese un braccio. Lo tenne stretto al suo e il loro passato gli tornò subito in mente accarezzandoli.

Lu suli è già spuntatu di lu mari
E vui bidduzza mia durmiti ancora
L'aceddi sunnu stanchi di cantari
Affriddateddi aspettanu ccà fora
Supra ssu balcuneddu su pusati
E aspettanu quann'è ca v'affacciati

Lassati stari nun durmiti cchiui
Ca 'nzemi a iddi dintra sta vanedda
Ci sugnu puru iu c'aspettu a vui
Ppi viriri ssa facci accussì bedda
Passu cca fora tutti li nuttati
E aspettu sulu quannu v'affacciati

Mentre la cantante emozionava il pubblico, a suo padre scesero delle lacrime. Gli attraversarono il viso seguendo le ossute prominenze degli zigomi. Lei gliele asciugò con il dorso della mano.

«Papà, *ti ricordi quannu 'a cantavi pa mamma?*»

«Certu, figghia mia! E comu mi pozzu scurdari? Tutta 'a nostra filicità non scumparìu, e 'a tegnu cca, intra 'o cori.»

E ancora, quella canzone…

Li ciuri senza i vui nun vonnu stari
Su tutti ccu li testi a pinnuluni
Ognunu d'iddi nun voli sbucciari
Se prima nun si rapi ssu balcuni
Intra li buttuneddi su ammucciati
E aspettanu quann'è ca v'affacciati

Lassati stari nun durmiti cchiui…
Ca 'nzemi a iddi dintra sta vanedda
Ci sugnu puru iu c'aspettu a vui
Ppi viriri ssa facci accussì bedda
Passu cca fora tutti li nuttati
E aspettu sulu quannu v'affacciati.

Ora suo padre si era spostato più in là per andare a bere qualcosa con Filippo e Beba.

Mentre osservava i suoi passi stanchi, ma rigorosamente allineati come quando era ancora forte e giovane, Rosa passò sotto al filtro dei suoi occhi attenti anche le immagini del presente.

Quella gente davanti a lei, il suo paese, un piccolo presepe da cui, malgrado la distanza di anni e anni, non si era mai staccata del tutto.

Ed era tragicamente vero che a Monte Pepe ogni aspirazione era ostacolata dall'ottusità degli incapaci che lo amministravano; come era vero che molti spettegolavano e criticavano senza sapere; ed era anche vero che per andare a vedere un film ci si doveva mettere in macchina e fare un tot di chilometri, che detto così poteva sembrare quasi normale, ma nella realtà dei fatti si trattava del fastidioso obbligo di sorbirsi salite, discese e viceversa, e quando pioveva un po' di più si rischiava di rimanere intrappolati nel nulla per giorni e giorni. E poi c'erano da considerare la scomodità della mancanza di un ospedale, di negozi aperti la domenica (anche se Letizia non disdegnava di aprire il suo buchetto di alimentari per qualche cortesia), e della noia di fare sempre avanti e indietro dalla piazza alla chiesa e viceversa. Ogni tentativo una seccatura, e un dispendio di energie. Ma se fermava lo sguardo, limitandolo a un concentrato di buone intenzioni, non poteva che vederne il lato gentile; quel cuore pulsante di piccolo borgo cullato dai dorsi delle montagne era la sua cuccia, il suo "posto delle fragole" e non poteva che volergli bene, senza chiedergli nulla in cambio. Le contropartite d'altronde, e ne era convinta, servivano solo negli affari. Fiera dunque di appartenere a quel minuscolo universo di persone semplici (seppure pettegole e un po' retrograde) e fin troppo vere.

Di ritorno a casa, lei, Filippo, Beba, Gloria, Piero (suo cognato), Marco (il nipote ventenne) e suo padre, parlarono molto, raccontandosi le ultime novità.

Filippo era stato spostato in un ufficio più grande, assumendo un ruolo di complesse responsabilità. Qualcosa l'aveva già anticipato a sua madre per telefono, ma ora, di presenza, aveva modo per spiegare meglio anche a Beba com'era accaduto. Sua sorella lo ascoltava attenta, mostrandogli un sincero orgoglio. Aggiunse poi che la propensione a non disdegnare turni e ritmi massacranti gli aveva consentito di essere apprezzato dall'amministratore dell'azienda, ecco perché si era guadagnato la sua stima. Di conseguenza anche lo stipendio era aumentato, permettendogli una discreta agiatezza. Quando concluse il discorso, iniziò Beba a informarli di un nuovo traguardo raggiunto da suo marito.

Si trattava di un avanzamento di grado, e a lei l'aveva comunicato solo da pochi giorni. Certo, non era un trofeo personale di cui andare fiera, ma in qualche modo aveva contribuito anche lei con le sue rinunce e tanti sacrifici. Anche se questa nuova avventura avrebbe significato sopportare ulteriori assenze di Luigi, con la responsabilità di crescere chissà ancora per quanto i figli da sola.

Fu un attimo, e Rosa scorse nei suoi occhi una profonda tristezza. Per lei sarebbe rimasta in eterno una bambina e conosceva ogni remoto angolo della sua anima. Evitò di enfatizzare quella brutta ombra apparsa, come evitò di farle altre domande. Se ne fossero derivate sgradite risposte, rischiava di rovinare l'atmosfera lieta delle ultime ore. Confidava nella complicità tra lei e sua figlia, e sperava in cuor suo che si trattasse di una impressione sbagliata.

Subito dopo Beba aggiunse:

«Ah, volevo dirti che mi sono iscritta a un corso di cucina con specializzazione in pasticceria».

«Pasticceria? E da quando in qua ti piace fare dolci?»

«Da quando non vivo più con te. Pensi che sia semplice accontentare un marito e due figli che mi chiedono di continuo torte e biscotti?»

«Mi fa piacere» commentò Rosa. «Però mi raccomando, i cannoli falli sempre a modo mio. Al nord non ci capiscono niente delle nostre tradizioni.»

«Certo mamma, stanne certa. Faccio esperienza, ma non dimentico i tuoi consigli e nemmeno quelli della nonna Rita.»

Poi proseguì Gloria con i suoi racconti familiari. Ed erano fatti belli. Figli che si erano diplomati e che piano piano, chi all'università come Marco, o Laura che già lavorava, e Riccardo che dopo il diploma partecipava a uno stage per ottenere l'ingresso nel mondo del lavoro, si stavano costruendo il loro futuro.

«E tu papà? Che fai di bello a Torino?»

«Io cerco di rendermi utile» disse lui con aria rassegnata, seppure nessuna traccia di tristezza o turbamento aveva attraversato il suo sguardo.

«*E picchì non ti nni veni un pocu nni mia, e mi duni 'na mano? 'A stanza pi tia c'è… U sai!*» aggiunse Rosa, per fargli capire che qualora avesse voluto stare con lei qualche giorno sarebbe stato il benvenuto.

«*Certu ca u sacciu, ma per ora restu a Torino. Ci dugnu 'na manu a Piero a caricare 'a frutta o mercato…*»

Ancora alla sua età, don Turiddu cercava di rendersi utile aiutando a caricare cassette di frutta e verdura che il genero acquistava al mercato centrale di Torino, per venderle poi in un banco posizionato in una delle vie più eleganti del centro cittadino. Lì Piero si era assicurato una clientela raffinata, esigente e devota.

Dopo quella lunga chiacchierata Rosa accompagnò per prima sua sorella in camera. Una delle due destinate ad accogliere gli ospiti, e quella stanza in particolare, che aveva trasformato in studiolo e sala tv, negli anni della sua infanzia era stata occupata dalla nonna materna. Le consegnò asciugamani e quanto altro potesse servire, e poi passò ad aprire anche la camera attigua per suo padre. Nel lettino di fianco avrebbe dormito lei. Al piano di sopra, nella soffitta munita di divano letto, si sarebbe accomodato Marco, il nipote.

Lasciò per ultimo il compito di accendere l'abat-jour nella camera dovre avrebbero dormito Filippo e Beba.

Si sentiva fiera di aver organizzato la propria abitazione come un buon albergo.

C'era spazio per tutti.

Ciò che non doveva mai mancare in una casa degna di essere definita tale, aveva sempre pensato, erano reti e materassi, perché insieme al cibo rappresentavano la sua ossessione.

Quel bisogno ancestrale di non sentirsi sprovvista del necessario.

Sempre in più che meno.

Quando ebbe la certezza di avere provveduto alle esigenze di tutti, passò al controllo degli ultimi dettagli, comprese bottigliette d'acqua sul comodino, ciabatte di spugna sul tappetino, e lucine accese in corridoio, ritornò in salotto per dedicarsi ai figli. Più incuriositi che mai, loro vollero conoscere tutti i passaggi, compresa la gestazione, che l'avevano portata ad aprire la rosticceria, e già che c'erano sapere come fosse riuscita nel giro di niente a rendere la vecchia casa di famiglia bella come una reggia.

A lei non sembrò vero di avere la possibilità di raccontargli quello che aveva fatto dal giorno in cui aveva lasciato Milano, comprendendo nelle tappe anche il brutto incontro con il titolare della ditta di traslochi. Quel viscido approfittatore di donne sole e sprovviste dei necessari artigli (anche se non era il suo caso) aveva lasciato un segno indelebile tra i suoi incubi. Proprio non ce la faceva a dimenticarsi di lui.

E dopo, cambiando registro, si soffermò con affettuosa accortezza nel descrivere il carattere delle sue quattro socie, elencandone le numerose qualità, e sottolineando che era stato grazie alla loro presenza se aveva avuto modo di realizzare il suo piccolo ma audace sogno.

«Io non so cosa accadrà da qui in avanti, però credetemi, farò di tutto perché siate orgogliosi di me.»

«Lo siamo già, mamma» sottolineò Filippo.

«Appunto» aggiunse Beba. «E non abbiamo bisogno di prove.»

«Siamo sempre messi davanti a prove per capire chi siamo» commentò lei. «Per esempio, tu, Filippo, ora con il tuo nuovo lavoro dovrai far vedere ai superiori di meritarti la loro fiducia, e tu, Beba, dovrai dare un senso alla fatica che la carriera di Luigi vi impone, garantendo serenità ai vostri figli. E non potete permettervi di sbagliare. Ma a me la fatica, l'impegno, i sacrifici, non fanno paura, anzi, mi danno la forza per andare avanti. Quello che invece detesto è la mancanza di coraggio da parte di chi non muove un dito per migliorarsi.»

«Quella è la peggiore disgrazia per ogni essere umano» commentò Beba. «Ma in particolare ti riferisci a qualcuno?»

«No, in verità penso al potenziale della nostra isola, a donne e uomini che si lasciano attraversare dagli eventi non facendo nulla per cambiare la realtà in cui vivono. Se solo volessimo, in Sicilia potremmo creare posti di lavoro e attrattive in ogni centimetro di terra. Abbiamo tutto, non ci manca niente, solo il coraggio di osare.»

«Mamma, è così da secoli, non puoi cambiare il mondo in pochi giorni. Me lo hai detto tu stessa che papà è stato costretto ad andarsene quando era giovane, e poi lo hai seguito anche tu perché qui c'erano solo miseria e rassegnazione» commentò Filippo.

«Ma è proprio questo l'errore: accettare qualunque destino, allargare le braccia in segno di resa e non lottare per cambiarlo. Non è la strada giusta. Io nel mio piccolo provo a far risorgere la mia terra. Lo so, non bastano pochi arancini per fare la rivoluzione, tuttavia anche un chicco di riso può essere un seme per infondere speranza.»

«Mamma, sei commovente con la tua passione per la tua terra» disse Beba.

«Ma è casa mia, la mia vita, la mia stessa essenza» rispose lei. «Sai che quando esco la mattina, l'odore dei fiori, i colori delle montagne mi riempiono l'anima di gratitudine? Siamo cullati da madre natura; qui ci avvolge dolcemente. Immersi in questa valle ricca di platani, vigneti e uliveti secolari, con una storia che arriva fino alle radici più antiche dell'umanità, cos'altro potremmo chiedere di più alla vita?»

«Com'è che hai cominciato a interessarti anche alla storia? Non te ne ho mai sentito parlare con tanta passione» domandò Filippo.

«È colpa di Nunziatina.» E sorrise. «Già, è davvero una fonte incredibile di cultura. Infatti è stata lei a dirmi che da qui sono passati Greci, Bizantini, Arabi e anche i Romani, lasciando testimonianze importanti.»

«Pazzesco,» riprese Filippo «abitiamo per anni nello stesso posto e magari non sappiamo nulla di ciò che è accaduto prima.»

«Come no!» rispose Rosa. «Per esempio io, ma anche vostro padre, siamo stati piuttosto disinformati sulla storia di Monte Pepe. Al massimo conoscevamo qualche episodio senza importanza, raccontato dai nostri genitori, o appreso al bar o in mezzo alla strada. Ma poi ce ne siamo dimenticati. Invece conoscere le radici è fondamentale, almeno per capire chi siamo, da dove arriviamo. Sai che alcuni ragazzi di qui hanno avviato un'attività che permette ai turisti di visitare le piccole cascate vicino al fiume? Devo ammettere – e me ne vergogno – che non vi ci ho mai portati. Non avete idea della bellezza! Io ci sono stata per la prima volta giorni fa. La potenza dell'acqua che scende senza sosta ha scavato forme nella pietra, sagomandola come se fossero sculture, e i giochi di luce che nascono dai movimenti assumono colori potenti, a volte sembra che diventino rosso sangue.»

«Addirittura!» esclamò Filippo.

«Già,» confermò lei «per via dei minerali che la terra contiene. Te l'ho detto, devo dire grazie a Nunziatina se posso darti queste informazioni. E non solo, vanno ricordati anche i Santuari Mariani sparsi per il territorio. Insomma, figlio mio, è immensa la ricchezza che abbiamo, ma per assurdo da qui la gente è costretta a emigrare per cercare lavoro.»

Quando si misero a letto (a maggio era ancora fresco lassù durante la notte), Rosa gli rimboccò le coperte con la stessa tenerezza di quando erano bambini.

Spense l'abat-jour e gli augurò la buonanotte.

Per quella giornata pensava di aver dato fondo a tante emozioni: ansia, paura, preoccupazione, gioia, felicità, soddisfazione, orgoglio, nostalgia.

Quanti stati d'animo si potevano provare nell'arco di ventiquattr'ore, e senza per questo dargli la giusta importanza? Almeno non nell'immediato. Era innegabile il beneficio del tempo per analizzarli con più lucidità. Riflettendo nel silenzio, si disse che anche dell'incoscienza c'era bisogno. Per esempio, quando ci si addentrava nell'interpretazione del proprio destino, non sapendo cosa ci fosse oltre la siepe, era materiale esplosivo, da maneggiare con cura; roba per menti sopraffine. Restare quanto più possibile dunque distaccati dal terrore di ciò che ci attende e impiegare il tempo con altro per non rimuginarci sopra. "Ignoranza" necessaria specie nei riguardi di disgrazie e dolori che prima o poi potrebbero arrivare.

Capitava che facesse di quei pensieri prima di andare a dormire.

Disquisizioni che le servivano per non sentirsi solo un pezzo di carne mischiato a sangue e ossa, che viveva tanto per giustificare la sua presenza nel mondo. E ragionava fin troppo a volte, rasentando il muro dell'illogicità, perché a Rosa piaceva strafare, ma ciò che contava – al di sopra di tutto – era cercare un senso al proprio cammino. In fondo, il senso delle azioni quotidiane, la normalità – chiamata così solo da chi si sentiva ingiustamente detentore di buonsenso e intelligenza – avevano mille sfumature, e non mancavano esempi in cui quella stessa normalità poteva apparire follia, se analizzata da una prospettiva diversa.

A Rosa la vita aveva affidato dei compiti ben precisi e un posto modesto nel tessuto sociale, e per quanto concerneva il suo lavoro, dandosi da fare e non disdegnando mai la fatica, non aveva preteso chissà che, e anzi si riteneva fortunata per gli obiettivi raggiunti; tuttavia, le sue limitate ambizioni non l'avevano mai privata del desiderio di affinare i propri gusti e munirsi di uno spirito critico per andare avanti.

Si domandava, mentre leggeva pagine dei libri ricevuti in regalo da Nunziatina, quanto la lettura fosse in grado di sensibilizzare l'animo di ognuno e cioè se chi leggeva avesse reali chance di migliorarsi. Ma dopo brevi ragionamenti si rispondeva che no, non potevano bastare le letture per diventare individui sensibili. Conosceva persone che avevano studiato tutta una vita, eppure non avrebbero offerto una carezza o il benché minimo conforto al prossimo, lasciando che il mondo andasse alla deriva. I libri dunque potevano plasmare solo chi aveva già la materia su cui lavorare.

Barba non facit philosophum, aveva letto da qualche parte.

Quando entrò nella camera dove c'era suo padre, lo trovò che dormiva. Si sedette sul bordo del letto per osservarlo. Dentro le si smosse una forte emozione. Non riuscì a trattenere le lacrime. Fermò lo sguardo su una mano rimasta fuori dalle lenzuola. Seguendo le linee delle dita nodose, ricoperte di graffi sottili, ripensò alla fatica dei tanti lavori che aveva svolto nella vita, e che ancora, malgrado l'età, continuava ad affrontare per dare una mano al genero. Mani da lavoratore fiero che non si era mai lagnato per un problema o per la fatica. E quel patrimonio di dignità, che le era stato trasmesso per naturale imprinting, le era servito quando si era ritrovata a Milano, in quella realtà crudelmente competitiva.

Padre mio, pensò, spostando lo sguardo sul viso amato, mentre lui respirava con un leggero affanno e ogni tanto liberava piccoli fremiti dal petto, *lasciami il più tardi possibile, che di te ho bisogno. Sapere che ci sei, anche se vivi lontano, mi fa sentire figlia, e questo vorrei che si prolungasse all'infinito, ma so che non è possibile.*

7

L'indomani i figli di Rosa tornarono alle rispettive famiglie.

Il volo di Beba sarebbe atterrato a Venezia, dove c'era Luigi ad aspettarla, e Filippo avrebbe raggiunto l'aeroporto di Bruxelles due ore dopo, per proseguire il tragitto verso Anversa con un taxi. Si salutarono a Fiumicino con un abbraccio che durò qualche minuto, dicendosi poche cose, perché tanto quelle poche bastavano a entrambi, abituati com'erano a dirsi il meglio con gli occhi.

Già essere riusciti a rendere felice la loro madre li ripagava di un po' di stanchezza. E quanta ne aveva affrontata lei per rendere a loro due la vita serena?

Per non parlare dell'amore immenso che nutrivano per il padre, anche se adesso era vivo solo nei ricordi.

Di pomeriggio, in seguito a quella partenza, Rosa si sentiva svuotata.

Per fortuna c'erano ancora Gloria, Piero, Marco e suo padre a farle compagnia. Al momento non si trovavano in casa con lei, perché avevano deciso di andare a salutare alcuni parenti, proseguendo poi il giro fino al cimitero per una visita alla tomba della madre.

Sistemando la camera dove avevano dormito i suoi figli, si soffermò sul letto ancora disfatto. Aveva voluto lasciarlo così, per assecondare un momento di malinconia amorosa, e mentre osservava alcuni lembi della coperta scivolati sul pavimento, ripensava alla gioia di averli avuti con sé in quella bella giornata. Non era dolore, ma bisogno di godere della loro presenza ancora adesso. Tutto ciò la riportava ai ricordi di un passato felice, di quando erano ancora piccoli e non volevano saperne di alzarsi dal letto per andare a scuola.

Sì, riusciva a visualizzare quei momenti come se il tempo non fosse passato, e malgrado la tristezza di quella stanza vuota. E per quanto avesse un disperato bisogno di averli accanto a sé tutti i giorni, accettava che vivessero lontani la propria vita.

Quante volte li aveva guardati pensando al loro futuro.

I figli sono del mondo, dicevano le madri più emancipate e moderne. E lei le ascoltava dissociandosene, anche a costo di sentirsi egoista. E invece il tempo le aveva insegnato a cambiare opinione. Tuttavia sapeva che non era incapacità di allargare le sue vedute, quanto il desiderio di proseguire il cammino uniti, come se fosse immaginabile mantenere uno stato simbiotico per sempre. Più o meno l'augurio che aveva fatto a suo padre, sperando di averlo ancora accanto per anni e anni.

E dunque, l'amore era semplicemente contradditorio: esigeva libertà, la millantava quando il raziocinio prendeva il sopravvento, ma poi intrinseco a quei ragionamenti compariva prepotente il senso del possesso, senza riuscire a spiegarsi il perché.

Si parte da un punto, pensava, convinti che nessun corto circuito possa alterare gli equilibri conquistati, ma dopo un po' si arriva all'alt, e bisogna fermarsi: ci sono priorità a cui cedere il passo.

D'altronde, chi potrebbe obbligare un figlio a riempire i vuoti che ci attanagliano?

E chi avrebbe mai il coraggio (o l'incoscienza) di imporgli le proprie paure per farlo sentire in colpa e tenerselo vicino?

Non era la vecchiaia che si era immaginata, certo. Però se era vero che amava Filippo e Beba più di se stessa – ed era così, senza dubbio –, gli avrebbe mostrato sempre il lato più bello della medaglia.

Gli altri problemi erano suoi e basta.

La sera, insieme ai suoi familiari, festeggiarono l'ultima giornata insieme concedendosi una cena a base di pietanze siciliane. A tavola diedero vita a un'intensa carrellata di ricordi e si fecero promesse che speravano di mantenere.

Un giorno; lo faremo eccome; la prossima volta, quando tornerete; ci sentiamo presto; mandami le foto via mail…

Suo nipote le mostrò uno scatto sul cellulare a cui sembrava tenere molto, e quando lei si avvicinò per osservarlo meglio, vide il sorriso di una ragazza bionda che la colpì piacevolmente.

«È la mia ragazza, si chiama Jasmine. Che ne pensi?»

«È *beddra comu a tia*. La prossima volta portala qui» disse.

«Eh, magari!» rispose Marco. «I suoi genitori sono abbastanza severi. Ha diciassette anni, non è semplice.»

«E che problema c'è? Oramai voi giovani siete liberi di fare quello che volete.»

«No, non è il caso di Jasmine. Lei deve rispettare le regole. Infatti, si lamenta sempre della sua situazione.»

«E meno male» aggiunse Rosa. «Allora vuol dire che c'è ancora qualcuno che può permettersi di dire no ai figli.»

«Altroché» replicò il ragazzo.

«Be', allora fai i complimenti a questi genitori da parte mia.»

Poi suo nipote le parlò di Laura e Riccardo, i suoi fratelli, e a lei sembrò che fosse trascorso un secolo dall'ultima volta che li aveva incontrati. Invece era passato soltanto un anno e mezzo. Disse a Marco di tornare presto con loro.

«Come hai visto qui non c'è nessun problema di spazio, e letti ne ho in abbondanza.»

L'indomani all'alba ripartirono in macchina. Piero guidava un SUV che a Torino usava per caricare la frutta al mercato, molto comodo nei lunghi viaggi.

Tra le due sorelle ci fu un abbraccio che durò qualche minuto e obbligò gli altri a voltarsi da un'altra parte per evitare di commuoversi.

«Ti aspetto quanto prima. Mi raccomando, non far passare troppo tempo» disse Rosa a Gloria, e intanto non riusciva a staccarsi da lei.

«Buona fortuna, *soru mia. Ti portu 'no cori*» rispose Gloria.

«E tu papà, *mantèniti sempri un figurinu comu sii ora, ca poi t'aspettu* in rosticceria *pi travagghiári un pocu cu mia*, va bene?» Rosa adesso era passata a stringerlo forte tra le braccia, e per qualche istante poggiò la sua testa sulla spalla di lui. Infine ci furono i saluti tra lei e Piero, e tra lei e Marco.

Il frastuono dell'auto messa in moto nel silenzio del mattino fece accendere qualche luce dietro le persiane chiuse dei vicini. Poi, dopo il boato la scia del rumore si allontanò.

Mentre ancora seguiva il movimento della carrozzeria blu, che appariva e scompariva seguendo le curve della lunga discesa, sentì il cigolio di una finestra che si apriva.

Le comparve il volto assonnato di Carmelo da dietro un battente. Lui la salutò evitando di chiederle chi fosse partito, ma era presumibile che lo sapesse già. Cosa poteva accadere a Monte Pepe che non fosse di dominio pubblico dopo qualche minuto? Pure se disgraziatamente si forava la ruota dell'auto, dopo un battito di ciglia erano tutti informati. E questo aveva due aspetti egualmente significativi: da un lato la certezza di non essere mai soli – infatti dopo poco arrivava l'amico a darti una mano senza bisogno di telefonargli – e dall'altra l'incubo di non essere liberi di farsi i fatti propri. Come al solito la salutò con un impercettibile "ciao" sospirato dietro un sorriso. Ma scossa com'era, e triste, le fece quasi rabbia che Carmelo non avesse altro da dirle. D'altronde, cosa ci si poteva aspettare da un uomo che da quando era arrivata non si era mai spinto più in là di due chiacchiere innocue, e senza mai prendersi la responsabilità di osare un pochino di più? Si stupì per la sua stessa reazione. Cosa le doveva Carmelo in fondo? Niente. E allora? E allora, niente e niente, ma l'aveva contrariata lo stesso. Gli rispose con un saluto quasi freddo, e rientrò in casa.

8

Una mattina dal parrucchiere, mentre l'addetta alla piega le pettinava i capelli, Rosa non poté evitare di ascoltare dei commenti che faceva una donna a proposito di Sarina. Sembrava che la conoscesse bene, vista la quantità di particolari che offriva alle presenti. Finse di essere distratta dal cellulare, invece era tutta orecchie e anche infastidita. La pettegola insisteva nello screditare la sua cara amica, riferendo di quanto le fosse debitrice. Riassunta in poche frasi, la faccenda poteva racchiudersi nella storia di una donnaccia (Sarina) che aveva cercato di rubare il marito a un'altra (e cioè la stupida che parlava), ma quest'ultima, in quanto signora e in quanto donna perbene, l'aveva graziata con la sua indifferenza. E ora – ed era questa la ciliegina sulla torta –, la stessa svergognata si metteva a vendere pure arancini!

Che squallore!

Dopo la descrizione del fattaccio le era partita una risata isterica che aveva contagiato tutte, titolare del salone compresa.

«Ma vi rendete conto? Venderanno arancini in paese! E per chi poi, per questi quattro gatti?»

E giù a sganasciarsi insieme.

«Chiuderanno dopo una settimana! Cinque disgraziate che non sanno come passare il tempo!»

Dunque l'insolente ora stava parlando anche di Rosa.

Lei non sapeva se andarsene con i capelli ancora per metà spettinati, o se alzarsi e dirgliene quattro in faccia. Almeno si sarebbe fatta spiegare il motivo di quell'accanimento sfacciato. Perché c'era da considerare che si parlava di una persona assente, e dunque, impossibilitata a difendersi.

Stette ad ascoltarla ancora qualche minuto, ma poi si accorse che aveva smesso di blaterare; infatti non appena pronta pagò il conto e se ne andò.

A quel punto Rosa chiese alla ragazza che la pettinava se conosceva la signora in questione. Si sentì rispondere che era la moglie del sindaco.

Ah, pensò, con un misto di rabbia e indignazione, ecco perché quel giorno suo marito era venuto all'inaugurazione della rosticceria da solo. E poi, rimuginandoci sopra, comprese anche il motivo dei continui sguardi del sindaco verso Sarina, e dell'ossequioso omaggio del gruppo folcloristico. Non era certo stupida. E dunque, il dono musicale si era rivelato un messaggio in codice per la bella ragazza che rappresentava probabilmente il suo sogno erotico.

Tuttavia le fece accapponare la pelle scoprire quanto la sua cara moglie fosse stata cattiva verso un'altra donna. E ancora con più forza desiderò che la rosticceria diventasse un avamposto di riscatto sia per lei che per Maria, Nunziatina, Giuseppa e Sarina. Perlomeno ci avrebbero provato, *malgrado i vari malgradi*, e malgrado la gente malvagia che la vita gli avrebbe messo contro.

L'indomani, davanti agli occhi questuanti di Rosa, Sarina ammise di non avere nessun rapporto con la moglie del sindaco, anche se si conoscevano per forza di cose. Il paese era quello che era, non potevano ignorarsi.

«Non ero ancora sposata, ma ad Achille piacevo. Lui studiava all'università per diventare avvocato, e in seguito si buttò in mezzo alla mischia attratto dalla politica. Abbiamo avuto una storiella senza importanza, ma credo di piacergli ancora. Tutto qui. So che sua moglie mi odia, ma credimi, tra me e lui non c'è stato niente di che. Fantasie di una pazza. E poi…»

«E poi?»

«E poi, insomma, oramai lo so. Qui mi attribuiscono più amanti che a Cleopatra.»

A Sarina era accaduto più volte di essere additata come una rubamariti, o comunque una donna pericolosa. Quella diceria non le lasciava scampo. E nel tempo aveva anche cercato di mostrarsi meno appariscente, per convincere le tante bocche malvagie a tacere, ma forse aveva sbagliato, perché comportandosi in quel modo aveva dato adito alle sue stesse detrattrici di pensare a un'ammissione di colpa. E in fin dei conti, sapeva già che avrebbero continuato a buttarle fango addosso.

«Sei mancata tanto da Monte Pepe, ma la vita in questo posto può essere avvilente.»

«In che senso?» le domandò Rosa.

«Nel senso che non ti perdonano di essere carina o appariscente, o di vestirti in un modo diverso da loro. Se ti curi per te stessa sei egocentrica, se sei sciatta fai schifo. Non ne posso più di essere sulla bocca di tutti.»

«E pensi che a Milano sia meglio? No, cara mia. È uguale ovunque. Solo che lì sperimenti il quartiere, o l'ambiente in cui lavori. E qui invece c'è la piazza. L'invidia è un pane che piace mangiare a molti. Certo, alcuni si abbuffano, e questo non va bene.»

«E cosa dovrei fare allora? Sfigurarmi per piacere meno? Lo so che sono carina… ma…»

«Carina? Tu sei splendida, ma devi fregartene. Dicono che sei l'amante di questo e di quello? Okay, accettalo, tanto non è vero. Vorrà dire che te ne farai una ragione. Meglio sentirsi Cleopatra che un'anonima scema.»

L'aveva intuito conoscendola meglio che Sarina soffriva per certe dicerie. E oltre alla cattiveria degli ingiusti pettegolezzi, c'era da considerare che ogni donna può essere angelo o demone, a seconda delle conquiste che ha fatto nella vita. Era stato uno dei primi insegnamenti inculcati a Beba: la solidarietà tra donne. Nel suo immaginario si prefigurava un mondo evoluto dove non ci fosse più posto per stupide galline, convinte di poter conquistare il successo a suon di sgambetti alle altre. La solidarietà era la vera conquista di ogni donna da mostrare come vessillo per la propria intelligenza.

Gli inizi in rosticceria furono duri.

Entrava qualche cliente a singhiozzo, e loro cinque, sempre col sorriso stampato in faccia. Cercavano con ogni mezzo di non perdere l'entusiasmo. Certo, come indizio per una buona partenza non era il massimo, ma bisognava ammettere che non era nemmeno tra i peggiori. Era quello che era, però, arrivate alle otto di sera, quando controllavano l'incasso, veniva loro da piangere. Rosa non voleva saperne di darsi per vinta, non poteva. Aveva investito per intero i risparmi tenuti in banca.

Soldi di una vita di rinunce, sacrifici fatti senza pensare alla fatica, cercando di dare il massimo per garantire un avvenire ai figli.

In tanti anni di lavoro, Pippo si era fatto carico di accettare anche trasferte fuori Milano, e aveva affrontato viaggi estenuanti sia in auto che col treno, trascurando involontariamente anche le necessità di Rosa e dei bambini, e lei, in quel periodo turbolento, si era fatta venire pure strane idee in testa. Chissà se in quell'avanti e indietro un giorno avrebbe incontrato qualche signora compiacente in grado di attirarlo sessualmente. In fondo non sarebbe stata chissà quale novità. Un uomo solo in giro era sempre un rischio.

A casa lui telefonava intorno alle cinque del pomeriggio, quando finiva di lavorare al cantiere, per sapere come stavano, ma dopo, che faceva?

E insomma, non era stato tutto rose e fiori tra loro. E poi c'era da dire, ma non l'aveva mai rivelato – forse per pudore e per mantenere in santa pace l'anima di un defunto – che Pippo aveva avuto un bel caratterino.

Tuttavia, rivangare le cose passate non le era mai piaciuto, e ancora meno giudicare a posteriori, tanto non serviva a niente, specie ora che aveva altro a cui pensare.

Preferiva focalizzare i ricordi solo sui momenti belli vissuti. E di quelli aveva il massimo rispetto. Ecco perché non voleva buttare al vento il risultato di tanti sacrifici.

Cominciò allora per le componenti del gruppo una nuova quotidianità scandita da impegni e appuntamenti da rispettare. Non avevano preventivato la stanchezza, invece stare in rosticceria, preparare gli ingredienti, cucinarli, sistemarli per la vendita, curare la sala affinché fosse impeccabile, pulire i bagni, occuparsi dell'immondizia, lavare pentole e posate – oltre a quelle che andavano a finire in lavastoviglie –, fare la spesa, controllare i conti, e apparire sempre felici e disponibili non era un passatempo. Nunziatina si lamentava di tanto in tanto per il fatto che da quando aveva accettato di lavorare con il gruppo, non trovava più il tempo da dedicare ai suoi studenti, eppure per lei era importante. Gliene erano rimasti pochi in verità, giusto quelli che le assicuravano un introito utile a pagare le bollette e qualche capriccio personale. Ma quando tornava dal lavoro, si sentiva già stanca, e continuare a occuparsi dei compiti dei suoi studenti, lezioni di storia, italiano e quanto altro, era diventato un supplizio. Ogni tanto volavano parolacce anche per invitarli a stare più attenti. Una di quelle sere ricevette la telefonata della madre di uno di questi, allarmata per i metodi non proprio docili che usava e per le continue assenze che li destabilizzavano. In quel caso però Nunziatina riteneva di avere totalmente ragione e di essere accusata solo per il capriccio di una mamma troppo apprensiva. Il figlio della dottoressa Spatola non solo era uno che si applicava poco, ma era pure bugiardo, e quando diceva che lei non spiegava bene perché aveva sempre fretta, faceva più che altro i propri interessi, omettendo invece che non aveva seguito con la giusta concentrazione le sue lezioni.

Come fu e come non fu, le due donne arrivarono a litigare, e finirono per dirsi brutte cose.

A quel punto la mamma petulante protestò ancora più forte, proclamandosi indignata e minacciando di non mandare più suo figlio a studiare da lei. Nunziatina, per tutta risposta, continuò a provocarla, confermandole che si trattava della scelta più saggia per tutti.

Da quel giorno non si salutarono più, nemmeno quando si incrociavano per strada.

Non era per la stanchezza che Nunziatina aveva reagito così, quanto per il tono acido che aveva usato la signora; e anche per l'arroganza con cui l'aveva giudicata. E solo perché lavorava in una rosticceria. Nunziatina ne era certa. I ritardi, le assenze più che giustificate non c'entravano nulla. E siccome per lei era un tasto dolente – visto che le era già venuto il dubbio che insieme alle sue socie stessero girando a vuoto come criceti nella gabbia –, non aveva resistito e l'aveva mandata a quel paese.

Maria non la sopportava quando cominciava con quelle lagne.

«Ma che vuoi? Siamo ancora all'inizio! E smettila di *chiàncìri scuntintizza, ca nni porti sfurtuna! Ci vuoli tempu… e basta! E allura io?* Non ho più cucito per nessuno, e quando mi chiedono qualche favore, anche se si tratta di vestiti da sposa, rispondo che ho da fare.»

«Ah sì? E intanto io *u tempu u perdu appressu a vuautri...*» rispose Nunziatina.

«E *allura diccillu* a Rosa e licenziati!» le ordinò Maria.

Parole di stizza, minacce non ponderate, perché a conti fatti Nunziatina non si sarebbe mai licenziata. La appassionava preparare sughi e farcire arancini, come le piaceva stare in compagnia di Giuseppa, Sarina e Rosa. E pure Maria, va'! Anche se sua sorella, ogni volta che lei parlava, aveva sempre un commento acido da fare.

Ma tra le cinque, in quel periodo, la più provata sembrava Giuseppa.

Colpa forse dei suoi problemi di salute, niente di che, però infastidivano, e soprattutto dei brutti pensieri che non le davano tregua. Già. Il suo passato di vergogna portato sulle spalle e in gran silenzio come una condanna.

Impossibile confidarsi con anima viva.

Ecco perché, se anche a lei avessero imposto di rinunciare a quel lavoro sarebbe morta. Era l'unico stimolo per sentirsi utile e non concentrarsi sempre sui soliti demoni. E anche la ragione per cui riusciva, seppure con fatica, a sopportare la solitudine che la tormentava. Rosa si era accorta da tempo del suo stato depressivo, e trovava ogni scusa per coinvolgerla in vari progetti, fosse anche la semplice decisione di spostare una credenza da un punto all'altro della sala, o di cambiare tipo di sapone in bagno. Quei musi lunghi che le aveva mostrato sin dall'inizio del rapporto, o meglio, da quando avevano ripreso a frequentarsi dopo che lei era tornata da Milano, erano stati utili per farla riflettere, fino a quando non si era sentita obbligata a domandarsi come mai Giuseppa era cambiata così brutalmente dai vecchi tempi.

Di certo doveva essere accaduto qualcosa mentre lei era lontana.

O si trattava del suo matrimonio non proprio felice, o qualche guaio capitatole dopo.

Non poteva riguardare solo la nostalgia dei figli… No, non era una spiegazione plausibile. Tuttavia Rosa si rendeva conto che la sgradevole sensazione di sentirsi abbandonata aveva portato Giuseppa la sera dell'inaugurazione della rosticceria, a guardare lei con un velo di sana invidia, mentre si stringeva a Filippo e Beba e al resto della sua famiglia.

E a Rosa era bastato un attimo, uno sguardo più attento, rubato in mezzo alla folla, per accorgersene. Un magone fastidioso l'aveva assalita mentre ballava col sindaco. Adesso che ci rifletteva sopra, ancora una volta, non poteva esimersi dallo sconforto di pensare alla sua vecchia amica con un macigno nel cuore. Certo, non era solo colpa dei figli, ma… quei figli non c'erano mai quando la loro madre ne aveva bisogno.

Anche se…

I figli sono del mondo… dicevano quelli convinti di avere ragione.

Solo che fra testa e cuore c'è un dirupo in mezzo e non sempre si può eludere.

9

Pochi giorni dopo l'apertura si presentò in rosticceria uno sconosciuto che chiedeva di Rosa. Lei non era ancora arrivata, e allora fu Nunziatina ad accoglierlo.

Il tipo, mai visto prima, disse di essere un venditore di spazi pubblicitari.

Riferì di aver sentito parlare dell'attività da un comune amico, anche se non ne rivelò il nome. La proposta che intendeva fare riguardava l'offerta di un pacchetto di annunci, mirati a incrementare la clientela. Si trattava dunque di comparire su quotidiani regionali ma anche su radio locali a un prezzo convenientissimo.

Mentre parlava, enfatizzando il valore dell'offerta, dal laboratorio ascoltavano anche Sarina e Giuseppa. Prontamente lasciarono pentole e mestoli per dare man forte a Nunziatina. Gli dissero in coro di ripassare, visto che la "vera" titolare non era presente, ma l'uomo insistette, confermando che la promozione sarebbe scaduta da lì a qualche ora, e dopo, gli stessi annunci sarebbero costati il doppio.

Tra i tanti "non so" e i molti "non possiamo decidere noi", Nunziatina si prese la responsabilità di accettare, confermando con un sì chiaro e inequivocabile.

Avrebbe pagato l'ammontare della somma con gli incassi dell'ultima settimana, aggiungendo il resto di tasca sua. Era una bella cifra, ma stando alle previsioni del tipo, i risultati si sarebbero visti già dopo una settimana.

Si trattava di due quotidiani molto letti, più tre radio ascoltate in quasi tutta la Sicilia. Della fama di una di queste, Nunziatina era certa, visto che la mattina appena sveglia si sintonizzava proprio su quella frequenza, per ascoltare canzoni con dediche.

Sarina sul momento si astenne dal fare commenti, e Giuseppa non ci capiva niente di certe cose moderne. Intanto, l'uomo che aveva proposto l'affare si guardava intorno. Mentre Nunziatina leggeva il contratto, lui studiava il locale come se volesse capire con chi aveva a che fare, ovvero, che tipo di commercianti fossero le donne che lo gestivano, oppure lo faceva solo per darsi un tono. A Nunziatina il contratto sembrò regolare, per cui, dopo avere tirato fuori dal cassetto gli incassi messi da parte per le emergenze, e preso dal suo portafogli il resto, gli passò il dovuto. Si salutarono con la promessa che le avrebbe chiamate quanto prima per avere un feedback da parte loro.

«*Chi dissi ca voli*?» domandò Giuseppa, mentre Nunziatina rileggeva ancora alcuni punti sul foglio che lui le aveva lasciato.

Sarina le spiegò che la parola feedback significava *riscontro*. «In sintesi» aggiunse «ci chiamerà per sapere se la pubblicità che abbiamo pagato servirà a qualcosa.»

«E *ci ll'avemu a diri niautri si funziona? Iddru no sapi*?»

«Giuseppa!» la ammonì Nunziatina, e subito la fissò dritto negli occhi. «*Di sicuru 'na sta vita non c'è nenti, u capisti?*»

«*E allura picchì ci dasti i soddi si non è sicuru nenti*?» la rintuzzò Giuseppa.

Le storielle che aveva raccontato quel fanfarone l'avevano resa inquieta, e ora faceva notare a Nunziatina che sarebbe stato opportuno lasciar perdere. Di esperienza nella vita ne aveva accumulata abbastanza, per non sentirsi parzialmente responsabile di tanta leggerezza.

«Senti, non farmi innervosire» la interruppe infastidita Nunziatina, come se si fosse ritrovata all'improvviso con un fucile puntato alla fronte. «Piuttosto torna a friggere gli arancini.»

«E certo, *sulu tu sii acculturata e furba*» continuò Giuseppa molto, ma molto seccata. «*Tu sai tuttu e niautri nenti*, però io dico *ca chiddru vinni cca pi fàrini 'na truffa bella e buona.*»

Non si dava pace, povera donna, e sotto sotto non era l'unica a essere assillata da mille dubbi. Anche Nunziatina forse temeva di aver fatto un errore. Ma oramai era troppo tardi per riparare. Sperava in cuor suo che la poca fede della sua socia più anziana fosse smentita dai fatti.

Sarina si mise a pulire la sala, e intanto ripensava con crescente ansia alla sensazione di disagio che le aveva messo la visita di quell'uomo. Allo stesso modo di Giuseppa, non le era piaciuto il signor Antonio. Tra l'altro, ora ricordava che quando si era presentato al locale, aveva omesso volutamente (sì, lei se n'era accorta) di dire il suo cognome. E sul biglietto da visita che ora stava osservando c'era riportata soltanto la sigla della ditta che si vantava di rappresentare: PubliCity. Di certo non deponeva a suo favore nemmeno il fatto che quando Sarina lo aveva costretto a guardarla negli occhi, lui avesse spostato lo sguardo dirigendolo altrove.

E per fortuna non si era messa a puntualizzare con Nunziatina, lasciandole campo libero, perché sapeva che in un modo o nell'altro voleva avere sempre ragione. Quando si metteva in testa qualcosa, non c'era niente che la convincesse a cambiare idea.

Rosa stranamente arrivò con un leggero ritardo. All'ufficio postale aveva trovato una fila lunghissima. In tanti erano in attesa davanti ai pochi sportelli per il ritiro della pensione. Ora, però, era pronta per mettersi a lavorare.

Fu Nunziatina a informarla della visita del pubblicitario che le aveva proposto l'affare. Cercò di presentarle la promozione come il migliore accordo commerciale del secolo. Lei lì per lì non disse nulla, ma poi pretese di vedere il contratto.

«Dammi *u nummiru du* cellulare» disse dopo una lettura attenta, e poi aggiunse dubbiosa: «*Vogghiu capiri megghiu, picchì a mia mi pari ca na sti fogghi non c'è mancu 'na garanzia*».

«*Ancora cu 'sta storia da garanzia?*» commentò Nunziatina con un tono inviperito e la voce stridula. A seguire ululò offesa: «*Ma chi garanzia vuliti pu n'pocu di pubblicità?*».

«Oh, senti!» ribatté ancora più accigliata Rosa. «*Forse liggisti male tu! Ca non c'è specificatu nenti, né di che radio si parra, né di quanti passaggi vonnu fari, ma sulu concetti in astratto. Unne' u numero di telefono di 'stu cretinu?*»

«*Già cretinu u chiamasti, senza mancu canuscillu?!*» replicò Nunziatina oramai in stato di furia conclamata.

Tra le due donne si innescò un duello senza esclusione di colpi. Volarono parole pesanti, e vecchi attriti vennero a galla facendole litigare di brutto.

Mai si erano spinte fino a tanto, oltrepassando i confini di un accettabile conflitto verbale, accusandosi a vicenda di colpe gravi.

Rosa non si fece scrupolo di rivolgerle frasi spiacevoli e additarla come una sempre troppo convinta di avere ragione, che in più mortificava spesso e volentieri chi non accettava le sue imposizioni. Nunziatina non fece un passo indietro, ma anzi, rincarò la dose sottolineando che semmai era proprio lei a comportarsi con tutte come se fosse la *capessa* e che ogni suo desiderio era un ordine.

«Indichi me come quella che vuole comandare, quando invece sei tu che ogni giorno ti metti sul trono e dai disposizioni!» le urlò senza più un velo di pudore.

«Trono? Io? Ma che dici?» disse Rosa «Sei fuori strada, e non ci fai una bella figura a mortificarmi per deliri che non ho!»

Di colpo una giornata come tante si era trasformata in un incubo, e solo perché Nunziatina era una testona.

Rosa tirò fuori il cellulare con la speranza di riuscire a parlare con il fantomatico pubblicitario, ma la missione dopo vari tentativi non portò a nulla. Il numero sembrava inesistente; così domandò a Nunziatina di guardare meglio sul bigliettino da visita che il truffatore le aveva lasciato, e di riprovare a scandire le cifre scritte sul cartoncino, ma il numero era lo stesso che aveva digitato prima. Riprovò ancora, e ancora, e ancora, e alla decima prova si arrese.

Si sentirono proferire altre accuse pesanti, e poi, davanti alla supponenza della sua socia, Rosa le rivolse un'ultima e intollerabile considerazione riguardo al suo carattere. Oramai erano andate oltre il semplice battibecco e Nunziatina non resse allo smacco.

«*Chistu è chiddru ca pinzati di mia? E allura mi nni vaiu.*»

«E *vattìnni*» le rispose Rosa di rimando, facendole intendere la sua indifferenza verso una minaccia tanto ridicola quanto spropositata.

Nunziatina si tolse velocemente il grembiule e uscì dalla sala senza voltarsi per salutare. Giuseppa e Sarina rimasero a bocca aperta.

Fortuna volle che quella mattina Maria fosse occupata da un'altra parte per consegnare un abito a una vicina di casa che il sabato successivo avrebbe partecipato a una cerimonia. Se fosse stata presente, forse le sarebbe venuto l'istinto di strappare i capelli a sua sorella.

10

Di bello, malgrado la scarsità di lavoro, l'estate portò due novità: i tavolini messi fuori per le consumazioni e la notizia dell'arrivo dei figli e nipoti di Rosa.

Finalmente la ditta a cui avevano affidato la realizzazione della pedana in legno con pareti in plexiglas, delimitante lo spazio ricevuto in concessione – e trasportata con un grosso camion che aveva fatto una fatica immane per passare attraverso le viuzze di Monte Pepe –, l'aveva assemblata con grande professionalità, e ora era pronta per l'utilizzo da parte dei clienti.

Alla fine era venuto fuori un lavoro coi fiocchi, da fare invidia anche ai ristoranti cittadini. Sarina si occupò di abbellirla con piante mediterranee, che erano la sua passione, e su ogni tavolo poggiò dei piccoli vasi in vetro con delle candele all'interno. Ogni mattina c'erano le sedie da spolverare e il recinto trasparente da lucidare, ma i risultati la ripagavano della fatica compiuta. Quanto era bello poter dire alla gente: «Prego, accomodatevi all'aperto e mangiate in santa pace!».

E poi stava arrivando il momento più atteso da Rosa, quello in cui avrebbe riabbracciato i suoi cari.

Verso metà luglio fu il turno di Beba e Luigi, e dei figli Santi e Caterina, di otto e sei anni, e a Ferragosto sarebbero arrivati Filippo e Margaret, con Anna e Asia, di dodici e undici anni. Asia era identica alla nonna, sia nei tratti del volto, che nel modo di camminare, mentre Anna aveva gli stessi occhi del papà, che poi erano quelli del nonno, visto che Filippo assomigliava in maniera impressionante a suo padre. Ogni volta che Rosa lo guardava rivedeva in quegli occhi profondi e scuri suo marito.

Quando Beba ritornò in rosticceria, esplose per la contentezza di vederla ancora più curata di come se la ricordava, arricchita da quadri appesi qua e là sui muri, tende nella sala, sedie e tavolini sulla piazza, che non c'erano ancora quando era venuta per l'inaugurazione.

«Mamma, sei stata bravissima! Quanto è bello il tuo regno. Davvero una chicca. Solo tu potevi trasformarlo così.»

«Condivido» le aveva fatto eco suo marito, che invece ci entrava per la prima volta, e mentre si guardava intorno non poteva che apprezzarne la pulizia in ogni angolo e l'attenzione ai dettagli. Davvero l'impatto visivo era più che esaltante.

«Il *nostro* regno, vorrai dire» precisò subito Rosa. Approfittava dell'occasione per rassicurare le sue socie, e in particolare Sarina e Giuseppa, che le stavano accanto in quel momento. Per lei erano presenze importanti e insostituibili, vere colonne dell'attività, anche se non avevano investito denaro per tirarla su. In ogni caso contribuivano con il lavoro quotidiano, duro e complesso.

Da sola, sapeva che non sarebbe andata da nessuna parte.

«È il gruppo a fare la storia, lo sapete» disse a seguire, per evidenziare dei presupposti da cui non si poteva prescindere.

Una frase che si ripeteva sin dai tempi del suo lavoro in fabbrica a Milano, perché era semplice e veritiera. E d'altronde, era consapevole che sia i grandi industriali, che i lavoratori più umili come artigiani, fabbri o giù di lì, erano in grado di raggiungere i loro obiettivi grazie all'aiuto di altre persone. Dietro tante belle storie di successo, grandi e piccole, c'erano i sacrifici di poveri cristi che il più delle volte rimanevano anonimi.

Anche la sua parrucchiera un giorno le aveva confessato l'importanza (e la fortuna) di avere accanto bravi collaboratori, ammettendo che senza le sue ragazze non sarebbe riuscita a portare avanti il salone, dato che aveva una famiglia composta da marito più quattro figli a cui badare.

E con quegli argomenti aveva affrontato il ritorno di Nunziatina al lavoro, dopo giorni di latitanza di quest'ultima in seguito al loro scontro.

«Inutile fare l'offesa per niente» le disse. «Qui siamo tutte sulla stessa barca, e se beve acqua una, affogano anche le altre.»

In fin dei conti le stava dicendo che serviva soltanto immaginarsi parte di un tutto, e che anche ammettere i propri errori poteva aiutare a far crescere il gruppo.

«Ce l'hai con me per qualcosa?» aveva aggiunto. «Ho sbagliato nei tuoi riguardi e non me ne sono resa conto?»

All'inizio Nunziatina aveva mostrato ritrosia e non le aveva risposto, ma poi si era premurata di chiederle scusa rivolgendosi anche alle altre quattro, pregandole di dimenticare quel brutto episodio.

Era mortificata per i soldi che aveva buttato al vento, ma giurava di aver commesso quell'errore per ingenuità. Infine, anche Maria l'aveva perdonata, ma sempre ricordandole che i principi che Rosa promulgava erano fondamentali e necessari per portare avanti la baracca, e che l'umiltà era la prima dote da mettere davanti a tutto.

Nei giorni di permanenza di Beba e Luigi, e dei nipoti Santi e Caterina, Rosa si fece convincere ad andare al mare.

Pur sacrificando ore di lavoro, sapeva di avere le spalle ben coperte, per cui partiva contenta. Il mare di luglio aveva un che di rilassante, e restava il migliore dei mesi estivi. Senza la ressa dei vacanzieri chiassosi era ancora più godibile.

Ma ogni volta che ritornava verso casa, a pomeriggio inoltrato, chiedeva a suo genero di essere lasciata nei pressi della rosticceria. Passava per controllare, e per chiedere come fosse andata la giornata. Ma le facce di Maria, Sarina, Giuseppa e Nunziatina le mostravano l'amara verità, e quelle sedie vuote, con i tavolini senza tracce di lattine sopra, e i tovaglioli rimasti al loro posto nel dispenser d'acciaio, parlavano chiaro.

Per cui a un certo punto smise di perderci il sonno, e si convinse che amareggiarsi a oltranza, rischiando di rovinare anche l'atmosfera in famiglia, non servisse a niente. A ciò seguì un lungo periodo di passeggiate al chiaro di luna con la speranza di godersi un po' di fresco con figlia, genero e nipoti, e gite in bicicletta per le campagne intorno a Monte Pepe. Fu Carmelo a prestare a Luigi una vecchia bici da corsa, per far sì che la sua vicina di casa fosse orgogliosa di lui, anche se badava bene a non prendere troppa confidenza con i nuovi arrivati, cosa che invece faceva innervosire l'interessata, in quanto avrebbe gradito più che volentieri un piccolo passo in avanti da parte sua, almeno per fare evolvere il loro rapporto d'amicizia. Magari mostrandosi più aperto e simpatico agli occhi di Beba e Luigi. Ma lui non era in grado di reggere una responsabilità simile, e peggio, mal sopportava l'idea di un eventuale giudizio da parte di chi non lo conosceva bene, e per questo continuò a comportarsi come sempre: in modo serioso e apparentemente distaccato. Già, perché la sua discrezione non rivelava alcunché del suo vero essere, né delle intenzioni taciute. Solo che quando aveva a che fare con una *fimmina* che gli piaceva (ma lo sapeva solo lui), si bloccava, e non riusciva a manifestare i sentimenti che provava.

In quei giorni lieti e spensierati i bambini fecero amicizia con Nicoletta, che quando era libera dal lavoro in negozio con la madre – e non tanto per lo studio, che d'estate rallentava la pressione – li portava a fare dei giretti per ammirare i luoghi meno conosciuti di Monte Pepe, o a mangiare un gelato. Il loro posto preferito era il belvedere, perché da lì le montagne di fronte sembravano grossi arancini con la punta più larga. Caterina e Santi si affezionarono così tanto a lei che la invitarono ad andare a Udine, e infatti, arrivati ai saluti per la partenza piansero disperatamente, e rimasero tristi fino al ritorno a casa. Rosa lo scoprì durante una delle telefonate che le fece Beba dall'auto, oramai esasperata per come continuavano a ripeterle che gli mancava Nicoletta.

Quando ad agosto arrivarono Filippo, Margaret, Anna e Asia, Rosa era sicura che il lavoro in quei giorni, a ridosso del periodo più affollato dell'estate, sarebbe aumentato, e di tanto.

Il caldo che invitava a uscire di casa, gli emigranti che ritornavano per trascorrere le vacanze coi parenti, e la voglia di stare fuori a chiacchierare in piazza erano un punto a loro favore.

Chiese a Filippo qualche consiglio per rendere l'attività più concorrenziale. Pensandoci sopra lui rispose che andava già bene così, anche se…

«Anche se?» ripeté preoccupata.

«Mamma, è tutto perfetto, ma se devo essere sincero fino in fondo, ecco, l'insegna…»

«E perché non me l'hai detto la sera dell'inaugurazione?»

«Non ci avevo fatto caso quella sera. Secondo me è troppo moderna. Non c'entra niente con il *mood* dell'attività.»

«*Mood*? Che vuoi dire?»

«Intendo l'atmosfera che si respira in un determinato luogo. Già il nome dell'attività, "Il regno degli arancini", richiama la tradizione del passato, la lentezza del vostro modo di vivere, e invece questa insegna psichedelica fa venire l'ansia con tutti quei flash nevrotici.»

«Allora, per cominciare precisiamo che non è solo il *nostro* modo di vivere, ma anche il *tuo*» disse piccata. «Tu *sei* siciliano quanto tutti noi. E non dimenticare che tuo padre anche a Milano parlava in dialetto, proprio per sottolineare la sua provenienza. Ma sull'insegna credo che tu abbia ragione. Semmai, dopo l'estate la sostituiremo. Ora non possiamo permettercelo. Abbiamo speso troppi soldi. E sai, quando hai investito fino all'ultimo euro che avevi in banca, non puoi essere così irresponsabile da fare debiti per un capriccio.»

«Vuoi dirmi che non ti è rimasto più niente sul conto?» le domandò Filippo.

«Esatto. Ho lasciato solo quel poco che potrebbe servirvi per… Sì, insomma, hai capito.»

«Ma che intendi? Mamma, smettila! Sei ancora troppo giovane per pensare a queste cose!»

«E mica si muore solo da vecchi, eh!? Meglio pensarci in tempo e non lasciare agli altri l'incombenza di preoccuparsene dopo…»

«L'avevo già inteso che parlavi di questo» ammise Filippo. «Ma è comunque assurdo che tu ne abbia parlato!»

«Non è assurdo. È la vita. Potrebbe capitare in qualsiasi momento. Siamo umani. E poi… la morte ci accompagna dal giorno in cui nasciamo. Mannaggia, alla fine mi hai costretta a commentare sul mio funerale.»

«Non voglio sentire questi discorsi, basta!»

«Come vuoi, però a me la morte non fa paura. Ho solo il terrore della malattia, quando penso a tuo padre…»

«Ti prego, dài, parliamo d'altro mamma.»

«Fammi dire un'ultima cosa. Non devi temere per me. Non immaginare qualcosa di terribile nell'addio a questo mondo. Se mi vuoi bene, accetta ciò come parte del nostro destino, perché questo è, e se ci siamo voluti bene continueremo a volercene anche dopo. Per cui, adesso possiamo chiudere il discorso.»

Filippo la abbracciò e lei sentì qualche lacrima scenderle dagli occhi e asciugarsi all'istante sulle spalle forti del suo amato figliolo.

Quel ragazzo così dolce, che assomigliava in modo straordinario a suo padre, come se un bravo scultore ne avesse plasmato lo stesso corpo, era il suo capolavoro. E da Pippo aveva preso le braccia forti e muscolose, e anche gli stessi occhi scuri: piccoli fari accesi che quando sorrideva emanavano gentilezza verso il prossimo. La prova vivente del miracolo dell'amore coniugale. Filippo suo, che tante soddisfazioni continuava a darle, mantenendosi umile con tutti e, dunque, motivo di grande orgoglio personale.

E quell'estate Rosa si sacrificò (ma solo per dire, perché a conti fatti con Santi e Caterina si era divertita da morire) anche per le nipoti Asia e Anna, andando al mare a fare bagni e tuffi nelle belle spiagge vicine.

Le vedeva sempre meno di quello che desiderava, e ogni istante trascorso con loro era anelato e prezioso. Pur affrontando lunghe file sulla strada, e caldo, caldo soffocante, non le sembrava vero di potersene stare in santa pace a chiacchierare con le sue principessine di amori impossibili e cotte, di palpitazioni e gelosie, anche se, per una apprensiva come lei, potevano rappresentare esperienze non prive di insidie. Tuttavia, trattandosi di due adolescenti che stavano per aprirsi alla vita, non si poteva prescindere dall'accettare anche l'eventualità (più che certa) di qualche delusione. Come impedirgli di sentirsi attratte dal fuoco?

Lei stessa aveva provato alla loro età il delirio del primo amore, e non si era di certo scordata delle emozioni vissute. Aveva sì e no tredici anni. E la sua sofferenza non era stata provocata da Pippo. No, no, affatto: il principe azzurro di quel tempo (il primo in assoluto, l'amore più bello) si chiamava Enzo. Per lui aveva nutrito una gelosia ossessiva, quasi una smania. Desiderava stare sempre con lui, baciarlo, abbracciarlo, sentirsi appiccicata alla sua pelle, notte e giorno. E i suoi genitori, come era prevedibile che accadesse, vista la giovane età, avevano contrastato il loro amore in ogni modo. Rosa di contro non si era mai scoraggiata, inventandosi qualunque pretesto per incontrarlo, ora con la scusa di andare a studiare a casa della compagna di banco, ora per una passeggiata con l'amica del cuore. E quando suo padre aveva capito che Enzo si nascondeva ovunque, e che al momento opportuno si palesava come un fantasma, non le aveva più permesso di uscire di casa. E poi, e poi, il tempo era passato, Rosa si era fatta grande, ed era arrivato Pippo, che a diciott'anni compiuti l'aveva convinta a seguirlo a Milano, mentre Enzo da quel dì non l'aveva più incontrato, nemmeno per caso. Probabilmente, visto che era figlio di un carabiniere, arrivato in Sicilia per motivi di servizio, se n'era tornato con la famiglia in Puglia, la terra d'origine dei suoi genitori.

Quante emozioni le si accavallavano nella testa.

Un semplice flash bastava per farle rivivere i batticuori di un tempo, quando ancora le venivano strane idee sul futuro.

Ma di una cosa era stata sempre certa: non sarebbe mai finita a fare la casalinga come sua madre. Piuttosto cameriera in casa d'altri, ma a un uomo no, perché era la peggiore delle umiliazioni. E poi, e poi l'amore l'aveva convinta ad affidarsi a suo marito.

Per il resto, la stagione estiva si stava rivelando una meraviglia, malgrado le insoddisfazioni in rosticceria.

Le belle passeggiate notturne con le nipoti, che presentava agli amici e ai pochi parenti con grande orgoglio di nonna, e ogni tanto, con la complicità delle sue socie che le garantivano la possibilità di assentarsi dal lavoro tranquillamente, anche le gite in macchina con i suoi familiari fuori da Monte Pepe. Visitavano i centri turistici più belli, movimentati dalla presenza di tanti stranieri, con l'opportunità di godere dei divertimenti che invece in paese mancavano. Era soprattutto per Anna e Asia che lo faceva. Vedere sui loro volti la felicità non aveva prezzo. Bastava per decretarla un'estate da incorniciare. Fecero anche una gita sull'Etna, affrontando un interminabile ingorgo sull'autostrada e concludendo con un'abbondante cena a Milo, e poi ancora numerose visite al bar in piazza per gustare granite e brioche.

Alle sue nipoti piacevano così tanto che ne divoravano in quantità preoccupante.

«Calma, *giuiuzze*» diceva lei, mentre loro continuavano a ordinarne a iosa «che se poi non le digerite vi viene una congestione.»

Sua nuora Margaret sorrideva davanti a quelle rimostranze, sebbene certe ansie non riuscisse a capirle. E certo, lei era milanese! Troppo moderna! E per non angosciare le bambine minimizzava, confermando che avrebbero potuto mangiarne anche una dopo l'altra, senza per questo rischiare di morire.

Momenti che Rosa avrebbe ricordato nelle serate malinconiche dell'autunno, e a quel punto, per non soffrire della loro mancanza le avrebbe cercate al telefono per sentirle più vicine.

In paese faceva un caldo eccezionale.

E caldo, caldissimo anche la notte.

Qualche turista capitava di vederlo in giro, ma si trattava più che altro di presenze che non cambiavano il flusso delle vendite. Pure gli emigranti tornati per le ferie estive sembravano recalcitranti ad acquistare arancini in rosticceria. La maggior parte li preparava in casa per risparmiare. Le entrate, dunque, erano da ricondursi a quei pochi clienti che avevano fidelizzato sin dagli inizi. Poteva capitare che passasse anche qualche curioso in più perché aveva sentito parlare della qualità dei loro arancini, ma nient'altro. E d'altronde, Sarina era bravissima a convincere i passanti a fermarsi per guardare il locale, e poi, una volta entrati, li invogliava a consumare.

Cominciava con due chiacchiere, e dopo qualche minuto li aveva ipnotizzati. E proprio lei aveva scoperto (rispolverando un vecchio adagio delle nonne sul potere della sensualità femminile) che l'abbigliamento aveva una certa importanza anche negli affari, nel senso che, quando era più scollacciata, si affacciavano più clienti disponibili a spendere soldi.

In quei frangenti, pur intuendo il motivo di alcune visite, non si sentiva affatto sminuita nella sua dignità di donna, o offesa, ma al contrario pensava di possedere un'arma vincente nei riguardi di chi ci cascava. E soprattutto si compiaceva di essere venuta fuori dal torpore dei mesi precedenti, quando osservando la sua immagine allo specchio si vedeva sgranata e scolorita.

Quindi, trascorse l'estate a studiare *mise* in grado di intontire papabili nuovi clienti. E figuriamoci cosa venne fuori dalle bocche delle solite comari. Circolarono voci che al "Regno degli arancini" c'era una svergognata che serviva al bancone mezza nuda. Ma lei, facendo tesoro dei vecchi consigli di Rosa – *Meglio sentirsi Cleopatra che un'anonima scema* – decise di andare avanti per la sua strada. Un modo come un altro per provare a se stessa la sua forza interiore. E quell'audacia le diede ragione, permettendo una boccata di ossigeno anche alle socie. Infatti chiusero in bellezza la parentesi estiva. Nessuna lacrima versata, e nessun arancino avanzato da regalare o buttare nell'immondizia perché non si sapeva che farne.

L'estate però già a fine settembre era diventata un miraggio, e stare con tubini attillati o pantaloncini corti e canottiera non era più possibile.

Anche Nunziatina si acquietò del tutto, riuscendo a non dare più peso al suo vistoso disappunto. La procacità di Sarina le aveva suscitato non pochi singulti di invidia.

Più volte, trovandosi di fianco a lei, la scrutava con i suoi sguardi assassini, facendole avvertire la sensazione di trovarsi sotto i raggi di uno scanner che le studiava il corpo dalla testa fino alla punta dei piedi. Eppure mai aveva trovato il coraggio di dirle in faccia ciò che pensava.

Solo una volta, ed era stato inevitabile, si era espressa con qualche parolina sarcastica, dopo che un cliente aveva chiesto a Sarina il suo numero di cellulare, e lei – giustamente – era sbottata mandandolo a quel paese.

«*Chissu ci manca!*» Si era espressa in questo modo Nunziatina, e i pochi clienti presenti in rosticceria l'avevano guardata male. Un impeto mal gestito, che l'aveva messa in ridicolo davanti a occhi scettici.

Ma poi, memore dei dissapori avuti con sua sorella, che senz'altro non le avrebbe risparmiato altre dure critiche, aveva cercato di recuperare con una battuta che, a dire il vero, le era venuta proprio male.

11

Ottobre trascorse come un fiacco accomodamento verso giornate cupe e freddolose, e poi, proprio l'ultimo giorno del mese, arrivarono a Monte Pepe il padre di Rosa e suo fratello Erminio per una visita lampo al cimitero, onorando il ricordo della madre. Fu una bella riunione di famiglia, anche se mancavano la cognata e i nipoti, ma stare insieme fu davvero un momento di perfetta armonia.

Nel giro di pochi mesi, più o meno cinque, Rosa aveva avuto la possibilità di stare insieme a suo padre due volte, e averlo vicino era per lei di grande conforto, oltre ad alleggerirla da qualche brutto pensiero.

La figura paterna le mancava sempre, in special modo da quando era diventata vedova. Non sapeva spiegarsi il perché del suo bisogno. Ma i perché non hanno sempre una spiegazione.

Come se la mancanza di Pippo l'avesse catapultata con forza in una dimensione infantile nella quale sentirsi al riparo. Era questa la sensazione che provava nei momenti che la mettevano alla prova. Si sentiva una fanciulla priva del supporto dell'esperienza per affrontare le avversità; la bambina che per sentirsi protetta necessitava del conforto del padre. Non importava che ora lui si trovasse in quella fase della vita in cui – al contrario dei superpoteri che gli aveva attribuito quando era giovane – doveva ricorrere al sostegno dei figli. Per Rosa, don Turiddu Marino era sempre quel meraviglioso papà a cui aveva stretto la mano quando il buio le faceva paura, o quando in certe mattine fredde, con il temporale che minacciava di farsi tempesta, lei doveva comunque andare a scuola, ma stringendosi al suo braccio l'angoscia passava. E le tornavano davanti agli occhi le fasi fondamentali della sua crescita: comunione, cresima, fino ad arrivare all'età adulta. Escludendo il matrimonio, che era stato celebrato in fretta e furia a Milano, in presenza dei soli testimoni, le arrivavano altri ricordi come quelli di lei all'ospedale, dopo la nascita dei figli, e di suo padre che era il primo ad affacciarsi nella stanza per farle gli auguri con in mano un mazzo di fiori (sua madre al contrario non amava spostarsi dal paese e aspettava che lei e Pippo scendessero in Sicilia d'estate per vedere i nipoti). E così, arrivando fino al presente, davanti a quel viso pieno di rughe che le faceva provare tanta tenerezza. L'effetto che le faceva stare accanto a lui era sempre lo stesso: un'esplosione di amore nel petto.

Accadeva sempre allo stesso modo, dopo aver proferito quella parolina magica, "papà", tutto si ammantava di fulgore, solidità e nei suoi pensieri lui si trasformava in un re in carne e ossa.

E a proposito di re e principesse, a suo fratello Erminio la casa di famiglia rimessa a nuovo sembrava un castello. Le fece tanti complimenti.

«Pure i miei figli l'hanno trovata bella, sai?» commentò Rosa. «E l'hanno paragonata a una reggia. Però così mi fate arrossire... Non credo di aver fatto chissà quali miracoli. Certo, era messa male, e io l'ho stravolta, ma credetemi, a parte le spese che non mi aspettavo, e sono state tante, ho affrontato tutto con semplicità. Aveva solo bisogno di essere valorizzata, e con l'arrivo dei miei mobili della casa di Milano ho fatto il resto – e lì si ricordò di quel brutto ceffo del traslocatore...»

«È proprio perfetta» rimarcò Erminio.

Di quel cambiamento era contento soprattutto suo padre, che già a maggio l'aveva ringraziata per l'eccellente lavoro.

«Ma quale ristrutturazione coi fiocchi, papà, davvero, in fondo ho speso il giusto.»

«Chi dici figghia mia, pari 'na casa nova. Quanti ricordi c'haiu cca intra. Èruvu picciriddi e 'u tempu passau lestu.»

«Già papà, *u tempu* dopo i diciott'anni vola. Mi ricordo che *quann'eru nicuzza accusì»* e con la mano a palmo in giù diede dei colpi netti nell'aria, per indicare la sua altezza ai tempi delle elementari *«non videvu l'ura di divintàri ranni, e ora vulissi turnari arrètu.»*

Erminio rallegrò la compagnia a tavola raccontando qualche aneddoto della sua famiglia e del lavoro che si svolgeva fuori dal centro di Cuneo. Poi parlò dei figli, Melissa e Salvatore (il nome del nonno era stato una scelta doverosa, ma fatta con gioia) che oramai stavano diventando grandi ed erano ragazzi volenterosi, che affrontavano la vita con grande senso di responsabilità.

«Chissà» disse Erminio «se un giorno quando io e Teresa saremo in pensione potremo tornare qui per goderci gli anni che ci restano da vivere.»

Da quello che diceva, anche sua moglie Teresa era d'accordo sull'idea di tornare in Sicilia. Alla fine che senso aveva starsene in un posto dove non avevano altri legami se non quello del lavoro? Certo, prima però c'era da capire che strade avrebbero intrapreso i loro ragazzi, e poi semmai…

In quel semmai, proferito con esplicita speranza, Rosa intuiva una concreta possibilità di invecchiare tutti insieme.

Poi Erminio e suo padre ripartirono dopo quattro giorni e a lei non rimase che un cumulo di nostalgia addosso.

Con loro aveva ritrovato parte di quel calore familiare che le mancava sempre, ed essere riuscita a dedicargli del tempo, vista la calma piatta in rosticceria.

Certo, sarebbe stata più contenta se in quel contesto ci fossero stati anche i suoi figli, ma...

I figli sono del mondo...

Sempre difficile, e se lo ripeteva di continuo, fare andare d'accordo cuore e cervello.

Digerita la partenza dei suoi, ritornò alle conosciute abitudini e alle solite noie quotidiane. «Quando le persone a cui vuoi bene vanno via, se ne va un pezzo del nostro cuore. Perdonatemi se ultimamente sono più triste, ma è normale, passerà. Prima i figli, poi gli altri, insomma...»

Si sfogava con le sue amiche, ovvero le persone che ogni giorno condividevano con lei tante ore di lavoro, per scusarsi di qualche défaillance.

Non era una macchina, aveva le sue angosce, e non ambiva a mantenerle segrete. E con loro sentiva di avere più di un'affinità elettiva. Seppur diverse, seppure lontane per alcuni modi di intendere e di agire, la base comune era quel vivere in maniera semplice ciò che la quotidianità gli imponeva come esercizi da affrontare diligentemente. E ogni evento, triste o felice, veniva condiviso con il senso della grande famiglia, in cui ognuno aiutava l'altro, anche quando per divergenze di opinioni potevano nascere scintille.

Dopo le parole di Rosa aveva fatto seguito un'improvvisa confessione di Giuseppa, che di mancanze di figli e nipoti aveva molto da dire. Ne soffriva enormemente. Anche se, come aveva commentato subito dopo Sarina, di assenze che facevano male ce n'erano anche di altri tipi, e non meno dolorose.

Ed era vero.

La mancanza di un padre, per esempio, come lei stessa aveva patito.

«Dal giorno in cui è morto il mio, niente ha avuto il sapore di prima. Sento che mi manca una spalla su cui fare affidamento per affrontare i problemi di ogni giorno.»

E anche a Maria mancava il sostegno della famiglia: i fratelli, i nipoti, che vivevano distanti, ma che rappresentavano (e non solo per lei, ma anche per sua sorella) la dimensione affettiva più importante, specie nei momenti più bui.

«Però essendo donne, sappiamo farci forza» disse Nunziatina, rompendo una pausa di silenzio troppo pesante. «Ascoltate questa poesia.»

Fragile, opulenta donna, matrice del paradiso
sei un granello di colpa
anche agli occhi di Dio
malgrado le tue sante guerre
per l'emancipazione.
Spaccarono la tua bellezza
e rimane uno scheletro d'amore
che però grida ancora vendetta
e soltanto tu riesci
ancora a piangere,
poi ti volgi e vedi ancora i tuoi figli,
poi ti volti e non sai ancora dire
e taci meravigliata
e allora diventi grande come la terra
e innalzi il tuo canto d'amore.

La prima a complimentarsi per il modo in cui l'aveva recitata fu

Giuseppa. Le domandò chi fosse stato ad aver scritto quei versi, e che cosa volesse dire, o meglio, su che cosa volesse far riflettere il poeta che l'aveva composta.

«È una poesia di Alda Merini, rispose l'interpellata, ed è dedicata a tutte le donne. La poetessa descrive noi come creature belle e fragili, ma viste sempre con occhio negativo dall'uomo, e anche da Dio, per colpa del peccato originale causato da Eva. Infatti, anche in virtù di questa assurda marchiatura, nei secoli abbiamo dovuto lottare per affermarci e dimostrare quanto valiamo. E pensate, siamo ancora schiave di certi pregiudizi, e mai veramente del tutto libere. Per cui, amiche, dobbiamo imporci con la forza della nostra intelligenza, ogni istante, ogni giorno, per far capire agli uomini che non devono trattarci come esseri subordinati ai loro piaceri. La donna ha sofferto molto per amore, e piange ancora per ogni delusione, ma quando vede i suoi figli, il cuore le si riempie di gioia, scorda ogni negatività, e si sente come la terra che canta il suo inno alla vita.»

Mancanze, donne, forza, esistenza, amicizia, lealtà, valore, cultura, curiosità, storie, figli, madri, amore. Di quante parole potevano beneficiare per addentrarsi nei meandri della vita stessa? Anche una semplice e bella poesia, come quella che avevano appena ascoltato, poteva servire per riflettere e accogliere – dai commenti che ne sarebbero scaturiti – un sentimento comune che le avrebbe avvicinate. Tutte, madri e non madri, mogli e non mogli, generose e avide, gentili e scorbutiche, moderne e antiquate, solidali o egoiste, ognuna col proprio vissuto da confrontare.

Non era questo il vero senso della conoscenza? Avvicinare gli uni agli altri, seppure diversi, concedendosi la possibilità della comprensione.

Dopo la prima settimana, con una pausa di bel tempo che durò dalla Commemorazione dei Defunti fino alla festa di San Martino, il mese di novembre fu particolarmente piovoso, e portò anche molti disagi e il bisogno di stringersi agli affetti più cari, invogliando di conseguenza molti abitanti di Monte Pepe a continuare le visite al camposanto. D'altronde, il cimitero era così a portata di mano, e inglobato nel tessuto urbano, da sembrare una continuazione della comunità dei vivi, e non dava l'impressione, entrandoci dentro, di immergersi in una realtà insolita.

I morti e i vivi sembravano portare avanti un dialogo oltre le comuni convenzioni. Quelli di là silenziosi li aspettavano, e quelli di qua, di tanto in tanto, anche prima di recarsi al lavoro o nelle ore più tranquille della giornata, si premuravano di andare a fargli visita.

Per strada si incontravano vecchie cariche di fasci di fiori da distribuire sulle lapidi familiari. C'era chi pregava ancora prima di entrarci in quel luogo sacro, e chi invece girava tra un corridoio e l'altro con l'innaffiatoio in mano, chiacchierando con qualche amico, come se fosse in un luogo di svago qualunque.

E tutti, dopo aver salutato il guardiano, sempre occupato da qualche incombenza, in giro tra tombe ricoperte di erbacce e secchielli da riporre negli appositi ganci, si scambiavano un saluto e si raccontavano degli ultimi affanni.

Ddra intra semu tutti i stissi, diceva il nonno di Rosa quando lei da bambina accettava di accompagnarlo per portare un fiore ai parenti.

E ddra intra – pensava lei oramai cresciuta, era proprio così. Un comune afflato e ogni velleità perdeva inevitabilmente importanza. Niente altro.

Un giorno chiederò la traslazione della salma di Pippo per portarlo qui, si diceva. *Ho sbagliato a lasciarlo a Milano, ma è successo tutto così in fretta che non ho fatto in tempo a ragionarci sopra. Almeno qui un fiore e un saluto non gli mancheranno mai.*

Per il momento erano le sue amiche milanesi a occuparsene, ma non poteva durare a lungo. Troppo impegnativo pretendere che a turno, ognuna di queste si preoccupasse di controllare che le margherite (a lui piacevano tanto) nel vaso fossero sempre fresche. Già non vedeva l'ora di riportare Pippo a Monte Pepe.

12

In quel periodo col cielo spruzzato di grigio e qua e là qualche striscia più scura, Rosa diventò molto guardinga nei riguardi del vicino di casa, Carmelo. Lui era un uomo gentile, non c'era dubbio – e forse lo era fin troppo –, ma l'eccessivo esercizio a mantenersi distaccato, quasi scontroso, l'aveva sfiancata, portandola a dedurre che non fosse più opportuno continuare a pensare a lui.

Si salutavano, un sorriso semmai, e poi ognuno per i fatti propri.

Né avevano aiutato a conoscersi meglio i mesi trascorsi dal suo arrivo, come era prevedibile che fosse tra due persone che vivevano sole e spesso, incontrandosi per caso davanti alla porta, si ritrovavano faccia a faccia senza riuscire a dirsi niente di eccezionale, se non i soliti «Come va» o «Oggi c'è un bel sole, eh?».

Pippo peraltro era ancora una presenza importante e fin troppo viva nella memoria di tutti, per cui se Rosa avesse fatto intendere di provare simpatia per un altro uomo, i suoi figli, gelosi com'erano, avrebbero avuto senz'altro da ridire. Per non parlare di suo padre, che del rispetto a un coniuge defunto aveva le sue idee, ed erano tutte indirizzate verso un unico pensiero: l'amore, anche dopo la morte di uno dei due doveva restare eterno. Non avrebbe potuto dargli torto, perché era certa della profondità di quei ragionamenti, e non si trattava di grettezza od ottusità, piuttosto era un rivendicare l'importanza della solidarietà coniugale.

Ancora le sembrava di sentire nelle orecchie il tono severo con cui suo padre all'epoca dei fatti l'aveva osteggiata, cercando di impedirle di andare a Milano, se prima non avesse sposato Pippo. Ma si era trattato semplicemente di una forma di gelosia quasi autorizzata e anche non troppo tenera. Certo, questo lo pensava a posteriori, perché sul momento l'avrebbe strozzato.

Si nun sii spusata, non parti. Mi vuoi svergognare pi tuttu u paisi?

Glielo aveva detto una sera mentre erano a tavola, battendo forte i pugni e facendo vibrare piatti e bicchieri, ma lei non aveva fatto un passo indietro. Sua madre era rimasta ferma di spalle, fingendo di essere occupata ai fornelli, mentre preparava il sugo per l'indomani. In verità aveva semplicemente scelto di non intromettersi, lasciando a suo marito il compito di mettere in riga la figlia. Era ancora troppo giovane, e una lavata di testa le avrebbe fatto bene.

Rosa, infastidita, si era alzata di scatto ed era andata via, piangendo disperata, e poi, sbattendo la porta si era chiusa in camera.

Non rassegnato, lui l'aveva inseguita come una tigre pronta all'agguato, minacciandola se non avesse aperto subito di dargliele di santa ragione. Solo a quel punto sua madre era intervenuta, e poi, e poi… Rosa era partita e si era sposata nel giro di pochi mesi, senza nemmeno avvisare, per dimostrare le buone intenzioni di Pippo.

Dal giorno seguente sapeva che sarebbero stati fieri di lei, e da signora con tanto di fede al dito, nessuno avrebbe più avuto da ridire.

Un po' di luce in rosticceria cominciò a vedersi intorno al periodo precedente al Natale.

Con la voglia che la gente aveva di stare insieme, si usciva per fare una passeggiata e poi ci si fermava in piazza per quattro chiacchiere, poche battute, un pettegolezzo tira l'altro, e dopo veniva un po' di fame. La rosticceria era a un tiro di schioppo.

Quell'euforia però durò poco.

Finita la messa del ventiquattro, appena dopo la mezzanotte, iniziò un temporale violento sulla vallata. La gente si chiuse in casa e non uscì nemmeno per andare a trovare i parenti per scambiarsi gli auguri. A peggiorare il quadro già scuro di suo, ci si misero anche le previsioni di altri bruschi temporali in arrivo, che includevano la data del 31, ovvero, la sera del cenone e degli abiti eleganti.

Tutte quelle piogge rischiavano di rendere inutili i vari preparativi, tra cui l'allestimento delle sale da ballo, le prenotazioni nei ristoranti, e anche la sistemazione delle case in campagna dove i giovani avrebbero festeggiato. Persino inutile l'acquisto di lenticchie e cotechino.

A un certo punto Rosa e le sue socie decisero di smettere di affidarsi ai comunicati meteo. Controllare sul display dei cellulari gli avvisi dei siti meteorologici non faceva altro che spingerle a essere sempre più negative e spegnere quel po' di entusiasmo che era rimasto. Meglio assecondare la volontà divina, senza farsi ulteriori domande. Tanto, le richieste di arancini erano comunque modeste.

Le madri di famiglia preferivano cucinare il menù di fine anno da sole; non c'era l'abitudine di affidarsi a terzi per alleggerirsi il lavoro, figurarsi pensare di mettere in tavola degli arancini comprati in rosticceria. Dunque, non sarebbe stata una grave perdita per l'attività. E per quanto riguardava la previsione del loro capodanno, le cinque amiche sapevano già che lo avrebbero trascorso insieme, a casa di Giuseppa.

I figli di quest'ultima non sarebbero tornati in paese per stare con lei, e nemmeno i figli di Rosa. Al netto di quelle assenze, si sarebbero fatte compagnia tra loro, invitando anche Letizia e Nicoletta, più la madre di Maria e Nunziatina e la madre di Sarina.

Ognuna avrebbe portato una pietanza cucinata prima in casa propria.

Già da giorni Giuseppa lustrava per accogliere le ospiti nel migliore dei modi. Aveva tirato fuori dalla cristalliera il servizio buono, quello che le aveva regalato una testimone di nozze con tanto di certificato di garanzia.

C'era affezionata a quei piatti di porcellana bianca con disegni floreali sul bordo, di marca Rosenthal originale, e li maneggiava come se fossero pezzi di un tesoro che solo lei possedeva. Un attaccamento che andava oltre la legittima proprietà, quasi una venerazione.

Quando si sedettero a tavola, Rosa decise per doveroso rispetto che le donne più anziane stessero a capotavola, mentre le altre si sistemarono scegliendo come capitava il loro posto. In fila, furono esposte le pirofile con le pietanze cucinate da ogni invitata, e un profumo di cose buone si diffuse nella stanza. Si erano vestite con grande cura, rasentando un'eleganza da circolo esclusivo. Sarina aveva messo i tacchi a spillo, ma lei era abituata a vestirsi da sirena. Nunziatina non smetteva di osservarla, e ogni volta che la sua (immaginaria) antagonista si voltava verso di lei, tornava a guardare da un'altra parte. Quanto le piaceva quella ragazza, e quanto era consapevole di non possedere nemmeno un grammo del suo fascino ammaliante.

A mezzanotte, oltre ai botti in piazza, squillarono tutti i cellulari poggiati sulla tavola.

Rosa rispose a Filippo e Beba, genero e nuora, e ai suoi nipoti che urlavano come esaltati. Arrivò anche la chiamata di Gloria che le passò il marito e il padre, mentre i figli, come prevedibile, erano andati a festeggiare con gli amici; e poi telefonò anche Erminio con Teresa e Melissa, e chiamò pure Luisella, la sua amica del cuore milanese, e... udite udite, ricevette un messaggio dal titolare della ditta di traslochi che le augurava *Buon Anno e tanta gioia*, quello sciagurato!

Giuseppa pianse rispondendo agli auguri dei suoi figli, e si asciugò le lacrime con un fazzoletto che in pochi minuti si trasformò in un pezzo di stoffa fradicio; Maria e Nunziatina urlarono parole incomprensibili ai parenti che le cercarono dieci minuti dopo lo stappo della bottiglia in televisione. Rispondendo entusiaste a chi le aveva chiamate, cercarono di far partecipare anche la madre, ma siccome la povera donna era mezza sorda, urlava ancora più forte per farsi sentire; Nicoletta invece si sciolse in paroline dolci con Salvatore, e Letizia rispose a un'unica telefonata, lagnandosi con la suocera per non avere accettato di unirsi a lei e alla figlia per festeggiare. «*Vossia puteva vèniri, almeno pi stari cu vostra niputi*» disse risentita. Sarina le rivolse un'occhiata complice, come per suggerirle di lasciar perdere. E a proposito di Sarina, occorre evidenziare che subito dopo aver dato man forte a Letizia, prese il suo cellulare per controllare cosa mostrava il display.

Lo schermo si accese, ma lei con un gesto secco lo allontanò infastidita. Forse un brutto messaggio, o forse peggio, non le aveva scritto nessuno, e quel nessuno era l'unico da cui avrebbe desiderato ricevere gli auguri di buon anno.

Dopo l'euforia della notte del 31, nei giorni a seguire Monte Pepe si ritrovò isolato a causa di nuove e abbondanti piogge, che procurarono una serie di frane venute giù sull'unica strada di collegamento a disposizione.

Scese tanto di quel fango che impedì la viabilità anche a piedi.

L'unica alternativa restava una vecchia mulattiera che conoscevano solo i contadini esperti. Ma avventurarsi su un sentiero rischioso, con tanto di pericolo di ulteriori smottamenti, non era consigliabile nemmeno a quei pochi. In mezzo al macello generale, con la gente che evitava anche di uscire per andare a fare un giro in piazza, le spese al locale superarono gli incassi.

Sconveniente e mortificante.

Al peggio si aggiunse anche l'assurdo, e vennero a galla ulteriori grattacapi con cui fare i conti: spese su spese e preoccupazioni su preoccupazioni, pure un tubo della cucina che scoppiò allagando ovunque.

Una emorragia che andava tamponata con buona volontà e impegno.

Impegno?, si chiedeva Rosa la notte.

Quale altro impegno dovevano ancora accollarsi, che non fosse già stato contemplato nel quotidiano?

Era tutto ciò che riuscivano a fare.

Non potevano inventarsi clienti immaginari.

La gente, signori! Mancavano gli esseri umani interessati agli arancini che vendevano. Ovvero, la condizione necessaria per andare avanti, a parte il prodotto che mettevano in vetrina, che era sempre fresco e cucinato con le migliori intenzioni, ma che da giorni erano costrette a regalare ad amici e parenti, o a buttare nella spazzatura.

Di folla avevano bisogno, ovvero di gente che arrivasse a mo' di sciame per rianimare il mortorio dell'inverno. Altrimenti si profilava l'incubo della chiusura.

Fu una di quelle mattine che in rosticceria venne recapitato un fascio di rose alla cortese attenzione delle cinque socie.

Lo consegnò il fioraio del paese vicino, porgendo a Rosa una busta fuori misura.

Lei la prese in mano e ne avvertì la consistenza, tutt'altro che trascurabile. Non era la solita busta munita di biglietto di auguri. Conteneva qualcosa in più; erano fogli su fogli che gonfiavano la carta rendendola panciuta. Strano, pensò, è come se ci fosse dentro l'incartamento di una pratica.

La aprì, davanti a Sarina, Maria e Nunziatina e ne vide fuoriuscire un mazzetto di euro piegati dentro a fogli color ocra.

Li contò, ma non capiva il motivo di quella somma di denaro che ora teneva fra le mani.

Lesse:

Care signore,
sono Antonio, il titolare di PubliCity.
Sicuramente vi ricorderete di me, come io di voi.
Queste rose per farmi perdonare di non essere riuscito a portare a termine l'impegno che mi ero preso nei vostri riguardi, ma i giornali per mezzo dei quali dovevo farvi pubblicità non hanno accettato le nostre condizioni, così mi sono sentito in dovere di restituirvi i soldi.
In verità sono stato un po' superficiale, perché dovevo prima assicurarmi di alcuni dettagli, e dunque devo chiedervi scusa doppiamente, anche per il fatto di avervi lasciato un biglietto con un numero di telefono inesistente. Insomma, è andata com'è andata e io non mi sono comportato da gentiluomo.
Mi scuso ancora e vi auguro tanta fortuna. Ma ne avrete, sicuramente, perché siete persone perbene e grandi lavoratrici.
Quando sono venuto a conoscervi ho capito molto di voi. Saluto in particolar modo le signore Rosa e Maria che quel giorno non erano presenti.
Spero di conoscerle presto,
magari tornando per assaggiare uno dei vostri arancini.

Con stima,
Antonio Fondachello.

Nel secondo foglio, attaccato al primo per mezzo di graffette metalliche, c'era un biglietto con caratteri in corsivo bene in vista che mostravano nome, cognome, indirizzo e due numeri di telefono (fisso e cellulare) dell'interessato.

Stavolta si sperava che i dati fossero corretti, ma era così certamente.

Che senso avrebbe avuto reiterare un comportamento da furfante?

E la sorpresa non finiva lì.

Oltre ai due fogli piegati, in cui Antonio aveva protetto gli euro restituiti, ce n'era un terzo più piccolo e sottile. Il ritaglio di un articolo di giornale in cui si informavano i lettori dell'apertura di una rosticceria a Monte Pepe.

Nessuna delle socie lo aveva ancora letto, perché in quel periodo erano totalmente affaccendate nel lavoro.

A volte capitava che si dimenticassero persino di loro stesse, trascurando sia l'aspetto estetico che il vestiario. Solo Sarina se ne ricordava con una discreta costanza. E insomma, grazie al signor Antonio, erano riuscite a godere, seppure con un po' di ritardo, di quel momento di gloria in ambito locale.

Dopo l'apertura della busta, Rosa restò a bocca aperta, e ancora di più Sarina, che di quell'uomo si era fatta un'idea pessima. Tagliarono con un coltello il nastro che teneva strette le rose e le immersero in un vaso di vetro con abbondante acqua fresca.

Sarina telefonò a Giuseppa per raccontarle della sorpresa.

Dapprima quest'ultima commentò che il furbacchione aveva fatto solo il suo dovere, ma poi si rese conto che gli doveva più clemenza, e allora ammise con qualche residuo di stizza che in ogni caso si era trattato di un gesto cortese.

«*Megghiu dopu ca nenti*» concluse.

Per quello che la riguardava, Sarina era felice di appurare che al mondo esisteva ancora la pietra preziosa dell'onestà. Spesso sembrava perduta, e non era rincuorante rendersene conto.

Quando aveva lavorato come cameriera ai piani negli alberghi le era capitato più volte di rinvenire oggetti dimenticati dai clienti che avevano occupato le camere: collanine sotto i cuscini, orologi vicino al lavabo del bagno, braccialetti e quanto altro. Avrebbe potuto scriverci un trattato sull'argomento, eppure mai, nemmeno per soddisfare quella appetibile tentazione umana, le era passato in testa di metterseli in tasca. In cambio, spesso e volentieri, non aveva ricevuto nemmeno un grazie, ma sua madre l'aveva educata così. La correttezza non pretendeva baratti.

Forse era anacronistico ragionare a quel modo, tuttavia gli insegnamenti materni le avevano sempre dato conforto.

Meglio comportarsi col prossimo nel modo in cui vorremmo che agisse con noi, pensava. L'etica della reciprocità, che affondava le sue radici nella filosofia greca, nell'ebraismo, nel buddismo, nel confucianesimo e nel cristianesimo, e che aveva influenzato anche le filosofie e teologie moderne.

Donna Mariuccia sì che sapeva stare al mondo, e aveva istruito con quei principi anche sua figlia. Lei, donna di grande sensibilità, sempre disponibile ad ascoltare gli altri e a spendere una buona parola per tutti – fuorché uno, quel disgraziato del genero –, era tenuta in grande considerazione dai suoi compaesani, ma per anni si era dannata nel tentativo di comprendere perché Sarina si fosse innamorata di uno screanzato e perditempo come Melo.

«*Figghia mia, cu nasci tunnu nun po' mòriri quatratu, e si travagghiu non mi mancia oggi, non nni mancerà mancu dumani.*»

Poi, messo da parte il sentimento materno, era arrivata alla *logica* conclusione che in amore non esisteva *logica* ed era per questo che doveva farsene una ragione.

C'erano misteri, specie se si trattava di questioni d'amore, che era meglio rimanessero tali.

Ciononostante, all'inizio del suo rapporto con Melo, Sarina aveva voluto dargli fiducia, solo che, poco dopo, nell'infinito mare di promesse millantate lei era annegata, mentre lui la stessa fiducia ricevuta se l'era messa sotto alle natiche.

13

Nei mesi più freddi in paese calò un silenzio spettrale.

Anche la nebbia ci si metteva a dare il colpo di grazia. Alle sei della sera le donne erano già intente a preparare la cena, e i più giovani si preoccupavano di studiare per le interrogazioni in classe dell'indomani.

I padri di famiglia ritornavano dal lavoro stanchi e sperando di rilassarsi, prima di rientrare a casa, si attardavano al bar per una partita a briscola, scambiando qualche imprecazione contro la politica del governo o fumando una sigaretta fuori dal locale.

Di tanto in tanto in rosticceria passavano ragazzine con strati abbondanti di trucco sul viso e profumate in modo eccessivo, che chiedevano arancini per tamponare l'appetito del tardo pomeriggio, e poi se ne andavano via tutte contente raggiungendo gli amici in motorino da qualche parte.

Chissà che pensieri facevano i loro genitori, costretti ad aspettarle a casa, e consci della pericolosità delle strade impervie del paese. Fino a quando non rientravano, stavano in silenzio a letto col fiato sospeso.

Ma i figli, i figli, sono del mondo…

Già. E non consentono ai momenti di noia di prendersi neanche un minuto del loro tempo.

Sarina le osservava provando per loro un naturale trasporto e tanta tenerezza. Avevano sguardi pieni di sogni. E per molti aspetti le ricordavano i giorni felici della sua giovinezza. A lei però quel tempo era scivolato dalle mani troppo in fretta. Tuttavia sentiva di avere ancora vivo quel fremito di entusiasmo che le si agitava dentro.

Ah, se avesse dato ascolto a sua madre, quando le diceva che Melo l'avrebbe rovinata, e che era meglio che si concentrasse sugli studi per rendersi indipendente. Ora non si sarebbe trovata a trentacinque anni dietro un bancone a vendere arancini e bibite.

Studiare, ecco cosa avrebbe dovuto fare!

Studiare, per coronare le giuste ambizioni. E in testa c'era sempre quel lavoro *elegante* che sognava dai tempi della scuola superiore.

Studiare, laurearsi, un miraggio per poche elette.

Le donne che raggiungevano posti di comando, nel mondo facevano la differenza. Ma lei di quel cerchio magico non avrebbe mai fatto parte. Ciononostante avvertiva il bisogno di concedersi almeno il beneficio della speranza e dell'illusione, e allora si diceva sottovoce che alla fine ogni lavoro aveva la sua dignità, e se fatto bene poteva dare soddisfazioni.

E lì, ancora in debito con la vita, si augurava che prima o poi qualcosa di buono sarebbe accaduto.

Già constatare la stima di Rosa, che l'aveva voluta con sé per far parte del suo gruppo, era una bella conquista. Per cui non doveva fare altro che dare il meglio che poteva per continuare a meritarsi quella fiducia.

La sera, quando fuori non si sentivano altro che i cani abbaiare, e il suono minaccioso del vento tra agli alberi, cercava comunque di rendersi utile.

Puliva la sala, spostava gli arancini in vetrina per mostrarli meglio alla clientela, ripassava il panno sopra le superfici e spazzava il pavimento, anche se non era suo compito farlo. Ma pur di non stare con le mani in mano si inventava di tutto.

Delle pulizie normalmente si occupavano Giuseppa e Maria, e qualche volta anche Rosa. L'unica a lamentarsi, se veniva coinvolta in mansioni che non la riguardavano – perché le reputava svilenti e frustranti – era Nunziatina. Per una donna del suo livello intellettuale era impensabile farsene carico, anche e soprattutto a casa. E a Maria quell'atteggiarsi a gran dama dava sui nervi; la redarguiva un giorno sì e l'altro pure.

E Giuseppa, intanto, sentiva l'inverno entrarle nelle ossa. Quel freddo, misto a vento gelido, la sconquassava dentro e fuori.

Era troppo angosciante il silenzio per strada; si nascondeva nel buio del cielo, e già dalle prime ore del pomeriggio tutti si ritiravano in casa come se fuori ci fossero gli emissari della Santa Inquisizione.

Spinta dagli effetti di quei giorni angosciosi, si decise a parlare con Rosa della sua *vergogna*.

Con lei era certa di non essere giudicata.

Era una donna di mondo. Avrebbe capito, e poteva permettersi di allungare il ragionamento oltre i comuni moralismi.

E poi Giuseppa non ce la faceva a tenersi nell'anima quella melma schifosa, e di notte, quando era da sola nel letto e ripensava alla sua vita, al suo matrimonio mai esistito, e a quello che rimaneva di lei e dei suoi sogni infranti, quegli spettri pesavano il doppio.

La invitò a casa per un caffè. Rosa arrivò verso le tre del pomeriggio.

Per strada, al solito, non c'era nessuno. Piovigginava. Quando le aprì la porta provò sollievo. La invitò a entrare nella stanza buona, quella che lei chiamava salotto, ma che in verità era poco più che una sala da pranzo dove tanti anni prima aveva aggiunto un divano per guardare comoda la televisione.

Rosa, infreddolita, espresse il desiderio di andare dritto in cucina, perché lì si poteva parlare meglio, con più familiarità.

Si sedettero una di fronte all'altra.

«Che c'è Giuseppa, qualche problema? Non mi dire che non stai bene in rosticceria perché…»

Prevedeva una di quelle confessioni liberatorie che l'avrebbero costretta a parlare con le altre socie rimettendo tutto in discussione. Le isterie lampo di Nunziatina, gli eterni dubbi di Sarina, l'eccessiva timidezza di Maria, e forse anche la sua naturale propensione a prendere il timone delle beghe nascenti col rischio di sembrare qualche volta troppo dominante e volitiva (Nunziatina glielo aveva dichiarato senza peli sulla lingua), le si palesarono d'improvviso tutte davanti agli occhi.

Andavano sempre di corsa mentre erano affaccendate tra tegami e fritture, e spesso, asfissiate dagli impegni, trascuravano fatti che avevano la loro importanza. Quindi, non era strano che ora Giuseppa volesse chiarire un battibecco di cui lei non si era accorta.

«Rosa, io…»

«Dimmi, *parra* Giuseppa, non mi fare preoccupare.»

«Io… mi *sentu* colpevole…»

«Colpevole? E di cosa?»

Pensò subito a un furto. La docile Giuseppa aveva aperto la cassa e di nascosto si era messa in tasca qualche soldo. Era già pronta a dirle di non pensarci, che erano cose che potevano capitare e… insomma, non ne avrebbe fatto una questione di stato. Va be', non sarebbe risultato piacevole scoprirlo, ma poteva considerarsi già perdonata. Sarebbe rimasto un segreto tra loro.

«Rosa, io…»

«Giuseppa *pi faùri* dimmi…»

«Io mi *sentu* in colpa *cu viautri.*»

«Va bene, *u capii, ma dimmi subbitu u motivu.*»

«*M'affruntu...*»

«Non c'è vergogna *si unu* si pente. Tutti *putemu sbagghiari.*»

«Sì, ma io c'*haiu un passatu bruttu.*»

«Vergogna? Passato? *Chi voi diri*? Rubasti?»

«Peggio, io *fici 'a...*»

«*'A...*»

«Rosa, *non ci rinesciu a dillu, m'affruntu...*»

«E *allura non diri nenti.*»

«No, Rosa, *io sentu u bisognu di parràri cu tia.*»

Quando lasciò la casa di Giuseppa, Rosa era sconvolta e pianse. Non se ne accorse lì per lì; i tanti pensieri accavallati, uno sopra l'altro, avevano fatto passare in secondo piano il peso delle sue lacrime. Rifletteva, tentando di dare ordine alle parole ascoltate, traendone la conclusione che ogni reazione umana era sempre sottoposta all'influenza delle ragioni esterne. Non bastava la buona volontà. Il caso, le variabili non contemplate, gli incidenti di percorso, tutto influenzava e modificava il cammino di una persona. Ripassò una a una le parole di Giuseppa, per dargli un senso e trovargli un verso.

Puttana. Per autodefinizione.

Le aveva detto questo.

Fici 'a buttana, Rosa e mi nni dolu. Vulissi mòriri. Ogni ghiornu mi talìu 'no specchiu e calu l'occhi.

Non posso accettare che tu dica così, le aveva risposto. Ed era quello che pensava davvero. Nessuna condanna.

Hai venduto una parte di te... perché...

I perché erano stati tanti: un marito che beveva, quasi sempre assente, i debiti fatti da lui ma caricati solo sulle spalle di quella povera donna, la necessità di far studiare i figli per dar loro la chance di un futuro degno, il lavoro che non si trovava, e poi gli incontri sbagliati, le tentazioni, e tutte le indecisioni; ma sì, lo faccio solo stavolta e… e invece tante ricadute.

Quando suo marito aveva scoperto la verità, al posto di aiutarla a venirne fuori, aveva accettato la realtà preferendo chiudere gli occhi. Meglio tirare avanti così e…

Come si cambia, pensava Rosa, e come ci si adatta alle situazioni anche più tragiche per non soccombere alla disperazione.

Le era rimasto addosso un senso di impotenza terribile.

Si immaginò Giuseppa costretta a nascondere ogni giorno il suo segreto agli altri, mentre la notte le saltavano addosso i suoi mille fantasmi.

Un piede perse l'equilibrio.

La caviglia cedette e si ritrovò per terra dolorante.

Non aveva la forza per tirarsi su. E intorno non c'era nessuno. Non sarebbe stato un danno.

Pianse ancora un po': per Giuseppa, per se stessa, per le altre donne, e per il rimorso di non essersi accorta che oltre a una semplice tristezza, dietro lo sguardo di Giuseppa c'era molto di più. Da quel momento non le avrebbe fatto mancare i suoi sorrisi.

Sentì un brivido gelido percorrerle il corpo. Non era il freddo dell'inverno che le era venuto addosso, no, ma il tocco ghiacciato di una nuova consapevolezza.

14

Con tanto tempo a disposizione dovuto al poco lavoro in rosticceria, a Rosa ritornò il desiderio di rimettersi a studiare il complesso mondo di Internet. Più che altro aveva il disperato bisogno di utilizzare quella risorsa per valorizzare la sua attività.

Si concentrò in particolare sulle tecniche di marketing applicate ai Social; qualche sito le offriva in modo gratuito. Erano semplici consigli, presentati sotto forma di lezioni, con tanto di guru del settore a dispensarli. A lei bastavano, e le davano anche un grande aiuto.

Inoltre si sentiva gratificata per la possibilità di accedere con un *click* al sapere della realtà virtuale. *Cose* che di certo non poteva toccare, fogli elettronici che non odoravano di carta, come quelli dei quaderni di scuola, tuttavia fondamentali e propedeutici per garantirsi una cultura più moderna, quella che molti chiamavano 2.0. E c'era già chi parlava di una evoluzione al 3.

Leggeva con grande attenzione ogni parola, provvedendo a trascrivere su un taccuino le indicazioni che riteneva compatibili con le sue necessità, e che costituivano una infarinatura generica per migliorare l'offerta ai futuri clienti.

Link su link, nomi su nomi, siti che la illuminavano su notizie inerenti il suo settore, e che mai avrebbe approfondito se fosse rimasta a galleggiare nel solito sapere fatto di esperienze empiriche e consigli delle amiche.

Premeva i tasti del tablet – e benediceva di averlo acquistato subito dopo il cellulare, con un'offerta in trentasei rate –, e le si aprivano galassie di novità da copiare, o meglio, riproporre nella rosticceria del suo piccolo paese. Oramai non poteva più fare a meno del suo iPad, che la stava traghettando verso un futuro di belle speranze. E a differenza del telefono, era più comodo per la lettura, vista l'odiosa presbiopia che le aumentava di giorno in giorno. Sul display ampio e luminoso imparava ogni giorno qualcosa di nuovo per diventare *famosa* sui Social.

Famosa: una parola che per certi versi la faceva innervosire. Le venivano in mente i volti delle influencer più conosciute, con le facce tutte uguali e scollacciate a qualunque ora, mentre proponevano i loro selfie seducenti per accaparrarsi nuovi follower. Lei non ambiva a tanto (o a tanto poco), piuttosto mirava a suscitare curiosità nei riguardi dei suoi arancini.

Sì, era solo per *loro* che si scervellava anche di notte al fine di venderne in grande quantità.

Arancino: simbolo della cucina della sua terra tra i più conosciuti.

Anche a Milano erano nate molte attività che li proponevano, ricalcando le tradizioni delle vecchie rosticcerie siciliane. Ma i più vendevano insipidi triangoli di riso scotto con ingredienti mischiati a caso all'interno. Per cui erano solo tentativi mal riusciti e costavano pure il doppio (qualche volta anche il triplo) degli originali.

Rosa, l'arancini sannu a manciari a so' casa.

Pippo non aveva mai ammesso repliche.

Secondo lui prendevano sapore solo nella loro terra d'origine; i duplicati, potevano soltanto somigliargli, ma sempre con scarsi risultati.

C'era da dire che il discorso poteva applicarsi anche al resto delle bontà culinarie della Sicilia, come caponata, parmigiana, pasta col nero di seppia, *muddrica*, pesce stocco alla ghiotta, broccoli *affugati*, *pani cunzatu*, panelle, granita, cassata, pasta reale, e altro ancora, che sembravano perdere sapore mentre venivano manipolati altrove. «È l'ambiente *ca ci duna ciaru e a sustanza.*» Pippo aveva avuto ragione.

Rosa comunque, tra tutte quelle prelibatezze, preferiva in assoluto l'arancino.

E ora si sentiva anche in debito con le sue socie, che faticavano ogni giorno per friggerne di buoni e saporiti. Era arrivato il momento di infondere loro più fiducia, quella che era andata scemando nell'ultimo periodo, per stimolarle a credere che non si erano sbagliate, e che anche con le difficoltà di portare avanti un'attività in un piccolo paese, lontano da tutto, quel *lontano* poteva diventare una risorsa per il futuro.

Dunque, se lo ripeteva, ancora e ancora: era da quel piccolo punto in mezzo alle montagne, e dallo sfruttamento di Internet, che dovevano ripartire per far conoscere gli arancini più buoni del mondo.

Di pomeriggio li preparava e poi li fotografava, scartando gli scatti meno "emozionanti".

Cercava sfondi con un'attrattiva originale, e scenografie che suscitassero emozioni positive. Immortalava la cucina del locale, orgogliosa della pulizia e dell'ordine che Maria e Giuseppa garantivano per mezzo delle loro fatiche quotidiane, e lì, in quel laboratorio delle meraviglie, provvedeva a scattare nei dettagli gli oggetti che la circondavano: il profilo di una bottiglia d'olio, un grembiule poggiato sul piano di lavoro o il recipiente del sale in terracotta antica.

Fotografava anche aiutata dai colori della vegetazione locale, forti e seducenti, che usava come sfondo e che richiamavano il *mood* mediterraneo (così parlava oramai, e quel *mood* lo metteva dappertutto come l'aglio e il basilico); oppure esaltava arancini adagiati su piatti decorati a mano, e ornati con foglie di salvia e menta, che prendeva dalle piantine del suo orto, o li abbelliva con limoni, per movimentare la scala dei colori del suo catalogo fotografico.

E quando il tempo lo permetteva, scendeva giù al mare, almeno venti minuti di tornanti per andare, e mezz'ora (la salita era più impegnativa) per ritornare, cercando scenari che ricreassero alla perfezione l'ambiente marino. Mancava solo il profumo della salsedine. Al mare però, in certe giornate particolarmente fredde, capitava che dovesse coprirsi con sciarpe e guanti per evitare le raffiche di vento che arrivavano all'improvviso, e per ripararsi dagli schizzi delle onde che la bagnavano fin sopra le ginocchia. Anche la mano di un bambino che teneva in mezzo al palmo della mano un arancino al sugo fu uno scatto felice.

Sperava di suscitare tra i seguaci dei suoi account un po' di tenerezza. Ma i *Like* restavano sempre di numero esiguo.

Qualcuno chiedeva informazioni, e poi moriva lì.

Cosa altro poteva inventarsi per non fare fallire la sua (loro) rosticceria?

Sarina cercava di darle una mano, coinvolgendo le persone che conosceva e che a turno martellava con inviti, concentrandosi a spiegare l'elevata qualità dei prodotti che vendevano, e Nicoletta sfruttava il passaparola tra i suoi coetanei per rendere l'ambiente più allegro. Le tante energie investite alla fine incuriosirono alcune mamme, che commosse dalla loro passione vollero dargli un'occasione e si decisero a ordinare vassoi stracolmi di arancini per le feste di compleanno dei loro figli, che di solito tenevano all'oratorio. Pure don Pino era diventato vittima consapevole di quelle iniziative. Tra i fedeli, finita la messa, non dimenticava di consigliare: «*E ora fàcitivi 'na passiata e manciàtivi nu bellu arancinu, picchì ca panza china si raggiuna megghiu.*»

E comunque, guadagni risicati, prodotti con molta fatica, mentre la speranza se ne andava alla deriva. Tuttavia le cinque socie non demordevano. Sapevano che la tenacia le avrebbe premiate, prima o poi.

«Già, prima o poi» borbottava Giuseppa. «Ma *u prima passau*» e intanto che parlava, rifletteva amaramente «e *u poi non mi pari tantu megghiu.*»

E Rosa, sempre più concentrata sulle prospettive Social, tendeva a minimizzare, concertando innocui attacchi virtuali sulle pagine Facebook più seguite per attirare nuovi clienti.

Il mare di Internet era infinito.

Si avventurò verso strade estreme, decidendo di *taggare* i personaggi dello spettacolo più famosi. I divi del momento, che apprezzava anche lei, acquistandone i CD o andando al cinema per ammirarli nello schermo gigante.

Da quando Nicoletta le aveva spiegato come fare, si era trasformata in una "taggatrice" seriale. Anche a rischio di essere segnalata dalle stesse vittime.

Sapeva che d'estate alcuni di loro soggiornavano nelle località balneari vicine. Per cui non faceva altro che mettere in mostra la mercanzia che cucinava, allettandoli attraverso belle immagini. Esisteva dai tempi più remoti, e si chiamava "anima del commercio". Sperava di convincerli a salire fino a Monte Pepe, per godersi un'esperienza enogastronomica unica: arancini, più vino locale di ottima qualità. Eppure niente. Nessuno si degnava di ringraziare.

Si disse che forse aveva iniziato troppo presto, e che magari – visto che ancora l'estate era lontana –, quegli attori e cantanti famosi si sarebbero dimenticati di lei con tutto quello che avevano da fare. Non le sembrava la strada migliore per centrare l'obiettivo, dunque preferiva segnarsi sull'agenda "il tempo giusto" per tornare alla carica, ovvero in primavera, quando gli animi sarebbero stati più inclini alla collaborazione.

A lei l'inverno non era mai piaciuto, tantomeno quando era giovane. Sopportava a stento l'autunno e la primavera, e aspettava l'estate come se fosse una manna dal cielo.

E dire che a Milano luglio e agosto erano i mesi peggiori, col caldo afoso e umido, il mare da guardare col binocolo, e una fiacca da cui difendersi a colpi di acqua fresca e ghiaccioli. Famiglie come la sua non avevano chissà quali risorse per spostarsi in posti più freschi, e dovevano lavorare sodo per campare anche con la temperatura a 35°.

Ma l'idea che la sera ci si potesse affacciare al balcone, chiacchierando con qualche vicino di casa (terroni in maggioranza, e donne in special modo, che avevano chissà per quale motivo sempre molto da raccontare) a Rosa dava allegria e la rinfrancava dai suoi affanni. Ogni tanto Pippo tornava prima dal lavoro e le diceva che l'indomani sarebbero andati al mare. Un fulmine di gioia esplodeva in famiglia, Beba e Filippo si mettevano a saltare sulla sedia. La Liguria sembrava un miraggio, come Acapulco o un atollo delle Maldive. E da La Spezia a Savona era tutto un incanto. Però non è che ci andassero ogni weekend. Il posto che Rosa preferiva era la piccola spiaggia di un paesino delle Cinque Terre. Non ne ricordava il nome, ma la felicità che aveva provato ogni volta che c'era andata, sì.

In quelle sere fredde, accadeva che di tanto in tanto Maria invitasse il gruppo per una cenetta a casa. Nunziatina dapprima sbuffava, perché consapevole che dopo sarebbe stata costretta ad aiutare sua sorella in cucina, ma poi era contenta.

Un po' di confusione tra quelle quattro mura sempre silenziose avrebbe fatto bene. Di solito erano sole, come due sentinelle di guardia al castello, o poteva capitare che passasse a trovarle la madre – quando riusciva a liberarsi dal suo impegno con la zia Antonia. In ogni caso, anche con l'apporto di una terza presenza, l'ambiente non si rianimava più di tanto.

Nelle loro riunioni fra donne, la tentazione di finire la serata con qualche bicchierino di Marsala o limoncello era forte, e infatti ne bevevano più d'uno a testa, mentre facevano progetti per l'estate a venire. Seppure quei progetti morivano la sera stessa, prima che andassero a dormire. Perlomeno si erano permesse illusioni benefiche e la speranza che un giorno sarebbe andato tutto alla grande. Nell'attesa consegnavano quei propositi al cielo. E ai tarocchi. Eh già, c'erano pure le carte a dire la loro.

Nell'interpretazione di quei rettangoli colorati e disegnati con figure talvolta inquietanti, era specializzata Maria (almeno così faceva intendere), solo che quando li poggiava sul tavolo la tirava sempre per le lunghe, filosofeggiando (ma in quel campo c'era già Nunziatina che eccelleva) e facendo discorsi senza senso; e vuoi che richiedeva un silenzio eccessivo, e vuoi che stava a cercare pure la postura corretta per sentire l'energia dell'Universo, aspettando anche l'ispirazione per captarne il responso, le altre a un certo punto perdevano la pazienza e le chiedevano di smettere.

Durante una di quelle cene, mentre Nunziatina sparecchiava la tavola, Maria lavava i piatti e Sarina li asciugava, Giuseppa domandò a Rosa se si fosse pentita di essere tornata in paese.

«No, anzi, *sugnu* contenta!»

La risposta fu immediata.

Ma poi si sentì in dovere di aggiungere qualcosa.

«E non immagini quanto. Milano era diventata una gabbia. Sempre a casa da sola, aspettando qualche telefonata dei figli, o al massimo facevo delle passeggiate con le amiche. Ma poi quando rientravo ero più triste di prima. E d'altronde non potevo obbligarle a stare sempre con me! Avevano da portare avanti le loro famiglie, seguire i nipoti, e occuparsi di altre faccende. Invece con voi ho trovato l'affetto di cui avevo bisogno. Eh già, vi sento come sorelle, e so che non sarò mai sola.»

«*Chistu nni fa piacìri*» rispose inorgoglita Giuseppa.

Nunziatina di ritorno dalla cucina sorrise a entrambe. Era stata sorpresa da quella dichiarazione diretta e piena di sentimento. Rosa di solito tendeva a smorzare i momenti solenni.

«Su di noi potrai contare sempre» aggiunse Giuseppa, e Nunziatina la sostenne con uno sguardo deciso dei suoi, volto a rassicurarla che dell'affetto che provavano per Rosa ce n'era in abbondanza anche per lei.

«Grazie per quello che mi date» volle aggiungere per arricchire il discorso. «E grazie per il vostro conforto e la vostra comprensione. Conta poco se ogni tanto litighiamo. È normale quando ci si vuole bene.»

La sua voce sembrava essersi rotta per un nodo di emozioni che non era riuscita a dissimulare. E perché capitano momenti in cui ci sentiamo più vulnerabili.

«Io non sono brava a dire quello che provo, lo sapete, ma stasera sento che posso aprirmi fino in fondo. Sarà stato il vino, il rosolio, le stelle in cielo, ma ora sento che posso anche volare!»

«*Ìtici pianu cu* l'alcol» commentò ironica Maria dalla cucina, ma il tono delle sue parole non era per niente severo.

Ora, intorno al tavolo erano tornate a sedersi tutte insieme.

«La verità è che non siamo capaci di esprimere i nostri sentimenti alle persone cui vogliamo bene. Me lo diceva spesso mio marito» aggiunse Rosa, turbata. «Si lamentava di tanto in tanto di questo mio limite. Ma io lo amavo eccome, solo che non riuscivo a dirglielo con le parole dolci che si aspettava. Adesso però mi rendo conto che aveva ragione.»

Il viso di Maria da rilassato si scurì all'istante.

Un'ombra le attraversò lo sguardo e le labbra le si serrarono diventando sottili, come quelle di Nunziatina.

Forse Rosa col suo discorso le aveva sfiorato nervi ancora scoperti, che in un tempo lontano avevano sanguinato. Infatti, senza dare il tempo alle altre di aggiungere commenti, prese la parola.

«È successo anche a me, tanti e tanti anni fa» disse. «Avevo diciotto anni. Mi trovavo su un treno diretta a Roma, per andare a trovare una zia di nostra madre che viveva lì. Dopo qualche ora di viaggio, trascorsa a leggere e a dormicchiare, mi misi in piedi per sgranchirmi le gambe. Nel corridoio su cui si affacciava la mia carrozza, conobbi un giovane in divisa da militare. Parlammo un po', lui era di Messina, ma faceva servizio a Viterbo, e aveva un anno in più dei miei. Quando stavamo per arrivare mi lasciò un biglietto col numero di telefono di casa sua. Mi disse che si sarebbe congedato dopo un mese. Ebbi molti dubbi se chiamarlo o meno, ma alla fine dei miei tentennamenti decisi di telefonargli. Lui cominciò a fare su e giù per venirmi a trovare. Mia sorella non si accorse di nulla perché a quel tempo era impegnata con gli studi e con il fidanzato di allora. Era gentile e affettuoso, ma per colpa del mio carattere chiuso mi lasciò. Disse che non si sentiva amato. Mi scrisse dopo un anno, chiedendomi di vederci ancora una volta, ma io avevo sofferto troppo e non mi fidavo più dei suoi baci, e così buttai al vento un amore che forse sarebbe diventato qualcosa di importante. Non so, ma se posso esprimere il mio pensiero, credo che sia importante sapere dire *Ti voglio bene, Mi manchi, Ti amo, Non posso vivere senza di te,* abbandonando la paura di apparire fragili. Tanto, a che serve? Chi ama è sempre il preferito in cielo. Anche quando soffre. Se solo potessi tornare indietro...»

Non sembrava più la Maria che conoscevano.

Di punto in bianco le era venuta fuori una fiamma di passione adolescenziale, in netto contrasto con il suo modo di essere quotidiano, sempre controllato e discreto, che le serviva per mostrarsi ai più. Tuttavia, in quel preciso contesto non era in discussione ciò che era stata, o che valenza potesse avere la maschera che indossava per proteggersi e camuffare le sue fragilità. Più che altro sconcertava la dolcezza che le era venuta fuori parlando di quel ragazzo.

«Maria, rimpiangere il passato è da perdenti. Oramai quel che è stato è stato, però sarebbe il caso che tu procedessi a un esame di coscienza urgente, specie per tutte le volte che mi hai giudicata troppo libertina e incosciente» commentò sua sorella, approfittando della commozione di Maria per pareggiare i conti.

«Che c'entra ora questo discorso? Tu sei ingenua e lo sai, e spesso ti fidi del lupo.» Mentre lo diceva le sorrise comunque, e le si inumidirono gli occhi. A Nunziatina voleva tutto il bene del mondo.

Mai prima di allora aveva parlato di sé con tanta naturalezza, né mai si era sognata di stendere su un filo all'aperto i panni del suo passato. Se ciò era accaduto era colpa (o merito) di Rosa.

«Pure io faccio così» ammise Giuseppa. «Con i miei figli, intendo, sbaglio sempre. *Ci vulissi diri tanti cosi, e poi non ci rinèsciu.*»

«Signore, amiche, a volte i libri e le poesie servono a questo, ribatté Nunziatina. Vi ho già dato prova tempo addietro, declamandovi i versi di Alda Merini. Ma torno ancora sul discorso perché è importante. Sapete quanti poeti possono aiutarvi a dire ciò che avete nel cuore con le parole giuste? Insisto e non a caso; nei libri si trovano le risposte a tutto: dolore, delusioni, rabbia, speranza, timidezza, sogno. Inoltre, ricordate, le loro parole sono comunque nostre, e rappresentano un patrimonio a disposizione dell'umanità.»

Invasata da quell'invito rivolto alle sue amiche, si scostò dal tavolo per declamare dei versi.

Assunse la postura dell'illuminato baciato dall'ardore e dalla foga.

C'è fra voi chi cerca
la compagnia delle persone loquaci
per timore della solitudine.
Il silenzio della solitudine
svela infatti ai loro occhi
la loro nuda essenza,
cosa dalla quale rifuggono.
E vi sono quelli che parlano,
e senza consapevolezza né preveggenza
rivelano una verità
che sono i primi a non capire.

Prese fiato un attimo, e bevve un sorso d'acqua.

Poi riprese dallo stesso punto…

«Dicevo, ah, sì…

…rivelano una verità

E vi sono coloro che hanno
la verità dentro di sé,
ma non la esprimono a parole.
C'è fra voi chi cerca
la compagnia delle persone loquaci

per timore della solitudine.
Il silenzio della solitudine
svela infatti ai loro occhi
la loro nuda essenza,
cosa dalla quale rifuggono.
E vi sono quelli che parlano,
e senza consapevolezza né preveggenza
rivelano una verità
che sono i primi a non capire.
E vi sono coloro che hanno
la verità dentro di sé,
ma non la esprimono a parole.

«Bella!» esclamò Rosa. «E chi l'ha scritta?»

«Kahlil Gibran» rispose lei. «E sentite quest'altra dello stesso poeta.

I tuoi figli non sono figli tuoi.
Sono i figli e le figlie della vita stessa.
Tu li metti al mondo ma non li crei.
Sono vicini a te, ma non sono cosa tua.
Puoi dar loro tutto il tuo amore,
ma non le tue idee.
Perché loro hanno le proprie idee.
Tu puoi dare dimora al loro corpo,
non alla loro anima.
Perché la loro anima abita nella casa dell'avvenire,
dove a te non è dato di entrare,
neppure col sogno.
Puoi cercare di somigliare a loro
ma non volere che essi somiglino a te.

Perché la vita non ritorna indietro,
e non si ferma a ieri.
Tu sei l'arco che lancia i figli verso il domani.

«*Mi piacèru assai 'sti poesie,*» aggiunse Giuseppa. «*E di unnè stu poeta?*»

«Era libanese, ma visse negli Stati Uniti e lì morì nel 1931. A me fa sognare» rispose. «Lo vedete che ho ragione? In ogni suo verso ciascuno può trovare un senso a tutto. Lo dico sempre agli ignoranti di questo paese che senza sapere si muore dannati.»

«A proposito,» intervenne sua sorella «ma come mai non viene più nessuno a chiederti in prestito i libri?»

«Perché qui manca la voglia di imparare, e poi debbo aggiungere per onestà intellettuale, che se io sono sempre in rosticceria, quando dovrebbero venire a prenderli?»

Già il momento di commozione vissuto poco prima sembrava essersi dissolto nell'infinito.

«*Matruzza,*» replicò Maria «ma uno non ti può chiedere niente, che subito ti lamenti?»

«Va bene, hai ragione tu» tagliò corto Nunziatina, e poi voltandosi verso Giuseppa disse: «Prima che tu vada via ti farò un bel regalo».

Sotto al portone, quando stavano per salutarsi, si ricordò della promessa fatta, e pregò Giuseppa di attenderla qualche minuto.

Sarebbe andata nel salottino per prendere qualcosa.

Era chiaro che si trattava di un libro, e infreddolite dal vento della notte, che sembrava ancora più tagliente stando ferme per strada, in trepidante attesa battevano i denti.

Nunziatina arrivò dopo pochi minuti e non deludendo le aspettative si presentò con un piccolo volume in mano.

«Tieni, questo è per te» disse soddisfatta a Giuseppa. «Ricordati che i libri sono come una medicina. Ce ne sono per tutte le malattie, e qualcuno salva pure la vita.»

La beneficiata osservò con curiosità la copertina, cercando di pronunciare correttamente il nome impresso sopra, ma il tentativo le riuscì male. Il francese non era una lingua che conosceva, e allora fu aiutata da Nunziatina, che oltre a raccomandarle di leggere almeno una poesia ogni sera, prima di andare a dormire, le diede un bacio sulla fronte, ripetendo lentamente con lei il nome del poeta.

«Jacques Prévert ti farà bene, fidati.»

Mentre ascoltava ciò che le due amiche si dicevano, Sarina si rese conto di sentirsi in difetto.

Quanti anni ci sarebbero voluti per imparare tutto ciò che non sapeva?

Come avrebbe mai potuto colmare quel fosso d'ignoranza nel quale viveva?

A cominciare dalla storia, passando per la filosofia e la scienza, l'informatica e la letteratura, la poesia e chissà cos'altro, non sarebbe stata in grado di interloquire facilmente con gente acculturata.

Le venivano in mente altre scene vissute nelle stanze degli alberghi in cui aveva lavorato, mentre spolverava e rimetteva in ordine gli oggetti dei clienti, tra cui libri dai titoli complicati.

E da quei dettagli provava a immaginare chi fossero e che vite conducessero.

Gente raffinata senz'altro, che la sera non andava a dormire se non aveva letto qualche pagina commentandola con chi gli stava accanto.

Turisti esperti che conoscevano la Sicilia meglio di chi ci era nato, ed erano informati su tutto ancora prima di arrivare. Nomi di fiumi, torrenti, cascate, santuari e musei, e anche ristoranti e alberghi.

Non come lei e quell'ignorante di Melo, che si ricordavano a malapena i nomi delle strade sulle quali camminavano, e certe volte nemmeno quelli, ricorrendo a indizi grossolani per farsi capire.

E dunque, inevitabile da parte sua continuare a maledire il giorno in cui aveva deciso di smettere di studiare, dedicando le sue energie a uno stupido tatuato.

15

Quell'inverno, però, sarebbe rimasto nei ricordi per un evento davvero inaspettato.

Dopo pochi giorni dall'ultima cena a casa di Maria e Nunziatina, Sarina conobbe un ragazzo dal quale si fece corteggiare più per curiosità che per sincero interesse.

Anche se analizzando a fondo, l'interesse forse c'era, solo che si era mischiato a vecchi sensi di colpa e alla paura di non essere pronta.

In seguito alla rottura con Melo, le sembrava quasi impossibile che un altro uomo fosse in grado di risvegliare in lei nuovi stimoli amorosi.

Ma in quella circostanza non tutto sembrava perduto.

Si trattava di un ragazzo venuto da fuori, *un furisteru*: Giovanni Minicò, il nipote dello storico farmacista del paese. Un marcantonio alto e muscoloso, coi capelli spettinati e la faccia da rugbista americano: pelle chiara, gote rosse, occhi celesti e labbra che ricordavano il colore delle ciliegie sotto il sole estivo. Suo zio, stimato da giovani e vecchi e incallito dongiovanni, oltre che celibe per vocazione, non aveva avuto figli, e aveva intenzione di lasciare l'attività proprio a lui, figlio di suo fratello e laureato in farmacia a pieni voti.

Solo che Giovanni, almeno all'inizio, aveva avuto molti dubbi sul dire di sì alla proposta, dato che si trattava di lasciare la città per andare a vivere in un paesino sperduto fra le montagne. E significava anche (e soprattutto) isolarsi dal resto del mondo.

Non era certo il massimo per uno cresciuto a suon di divertimenti e bella vita, e non era semplice immaginarsi dentro una gabbia chiamata farmacia. Tuttavia sua madre – era stata lei in particolare a mostrarsi insistente, un po' meno il padre – l'aveva implorato di non farsi scappare quell'occasione, prospettandogli un futuro di agi e tranquillità.

Piano piano, con una buona dose di pazienza, si sarebbe adeguato ai ritmi più lenti, e magari chissà, quanto prima avrebbe trovato anche una brava ragazza di cui innamorarsi. Ma per lui le donne non erano mai state un problema. Altroché! Bastava contare il numero delle sue ultime relazioni, per capirne il potenziale.

In una gelida mattina di vento proveniente da nord, prese possesso del suo camice bianco e si mise dietro al banco per la vendita con tanta, tanta buona volontà.

Di primo acchito fu uno choc. Ciononostante i genitori provarono la gioia di vederlo realizzato come avevano sempre sognato.

Quella bella farmacia un giorno sarebbe diventata sua, solo sua, a completamento di un lungo percorso di studi.

In quello squallore infinito, Sarina gli apparve come un sogno, facendogli credere che in fondo sua madre non si era sbagliata a presagirgli un futuro ricco di novità. All'inizio tra lui e la signora Lo Turco (eh già, Sarina era ancora una signora, malgrado non usasse più il cognome di Melo dopo la separazione) ci furono solo *taliàte* e ammiccamenti, ma quando lei gli diede l'opportunità di prendere un po' di confidenza – andando in farmacia a comprare un antidolorifico per la madre –, lui si infuocò davanti a quegli occhi verdi, e sentì un flusso di mascolinità primitiva pervadergli le viscere.

Le spiegò l'intera composizione chimica del farmaco, come se fosse davanti a un professore che lo stava esaminando per decidere che voto dargli, e pur di farla rimanere ancora qualche minuto in sua compagnia, indugiò persino sulle eventuali reazioni allergiche. In verità il suo unico obiettivo era godere della sua presenza e farsi inebriare dall'effluvio del suo profumo.

Alla fine, preso coraggio, le disse che sarebbe stato felice di incontrarla fuori da lì. Fuori dal banco per la vendita, per intendersi, e lontani dal triste ambiente lavorativo. Ma soprattutto, lontano da occhi indiscreti, perché quelli dello zio lo spiavano da un angolo come un radar di controllo.

Se Sarina avesse voluto, sarebbero potuti uscire a passeggiare di sera per il paese. Lei rispose che ci avrebbe pensato. Ma già dopo qualche giorno cominciarono a vedersi e diedero inizio a timidi appuntamenti. Le passeggiate diventarono due, tre, cinque, sette, pur mantenendo la necessaria distanza che imponeva la loro recente conoscenza. Camminate che seguivano più o meno lo stesso percorso, ovvero dalla farmacia a casa di Sarina, e poi qualche passo in più, spingendosi fino al belvedere con una vista a 360° sull'intera vallata. Nelle settimane che seguirono fecero anche dei progressi, passando a usare l'auto di Giovanni, una Smart che non era certo l'ideale per affrontare le salite delle loro strade. Ma lui aveva intenzione di sostituirla quanto prima a vantaggio di un SUV, più adatto alle sue necessità e pronto ad accogliere una donna come Sarina.

Andavano a mangiare una pizza o a vedere qualche film in quella multisala nella quale lei avrebbe dovuto vendere Coca-Cola e pop corn, ma tanto poi, nessuno si era preso il disturbo di valutare la sua candidatura. Invece sarebbe bastato un semplice «No grazie», almeno per sentirsi meritevole di una piccola attenzione.

In quelle uscite si raccontavano dei loro trascorsi, e dei desideri per il futuro, al fine di conoscersi meglio. Talvolta restavano in silenzio ascoltando la musica in macchina, o guardando le bellezze della natura fuori dal finestrino. Momenti da innamorati, momenti in cui non si è mai davvero sicuri di sapere cosa stiamo cercando. Agli inizi è quasi sempre così. A volte confusione, a volte si caricano di aspettative incontri che non ci corrispondono, in altre penalizzeremo colui o colei che stiamo conoscendo, facendogli pagare vecchi conti in sospeso di cui non sa niente. Ma quando invece andrà bene, tutto sarà semplice e naturale.

Nel caso di Sarina accadde l'imprevedibile, e quando la storia con Giovanni sembrava avviata per trasformarsi in qualcosa di importante, lei all'improvviso si sentì stringere alla gola e decise di metterlo in stand-by.

È più giovane di me di otto anni, si disse, al colmo di un ragionamento fin troppo persuasivo, atto a offrirle un alibi, per quanto, rimaneva costantemente lacerata da controsensi evidenti. *Non è l'età che determina l'importanza di un amore*, aveva ammesso in tempi non sospetti a Rosa.

E per non sentirsi invano un'illusionista patentata, scaricando sugli otto anni di differenza tra lei e Giovanni il vero nodo della questione, fece il possibile per alimentare un'ulteriore tesi forse più convincente: non era il momento giusto per una nuova storia. Semmai più avanti. Ecco la trovata geniale: ripescare nel dolore sofferto prima la mancanza di desiderio di sperimentare ancora in campo sentimentale. Aveva già patito troppo per correre incontro alla felicità senza riflettere.

Melo l'aveva resa inappetente nei riguardi di un'occasione ghiotta.

Chissà perché invece lui non si faceva problemi a passare da una storiella all'altra come se si trattasse di giri sulla ruota del luna park.

Evitò accuratamente di parlarne con le sue amiche – che poi erano anche le sue compagne di lavoro, anche se con loro condivideva ogni stato d'animo. Non voleva dar loro modo di mettere becco nella questione. E poi lo sapeva già che Giovanni le piaceva. Un ragazzo risolto che faceva di tutto per metterla al centro del suo mondo. Inoltre si comportava come un vero gentleman e parlava d'amore con una grazia insperata. Mentre se guardava al passato, trovava solo ricordi mortificanti. Per questo il farmacista aveva fatto breccia nel cuore di tutte.

Persino in quello di Giuseppa, che degli uomini aveva un'idea alquanto balorda. Tuttavia era pazza di lui. Ed era il motivo per cui Sarina temeva di deludere le persone a cui teneva di più. Perché non accadesse sarebbe stata disposta a inventarsi anche una scusa indegna, come quella che Giovanni non era il suo tipo. Sempre meglio che sentirle ostili. La loro disapprovazione sarebbe risultata l'ennesima conferma che non meritava niente di buono. Perché questo pensava alla fine di se stessa, e Melo non era arrivato per caso nella sua vita. Anzi, rappresentava il potenziale affettivo a cui al massimo poteva ambire.

Una donna che non sapeva distinguere tra la compiutezza, la solidità e la gentilezza di uno, e la protervia inefficace ed effimera dell'altro. E per concludere si accontentava di rinunciare all'ipotesi di un bravo ragazzo per mantenere lo status di ex moglie di un buono a nulla, che l'aveva pure lasciata senza preoccuparsi del suo futuro.

«*Ma chi c'aspetti?*» era la frase che Rosa le proponeva ogni qualvolta il discorso cadeva sulle sue indecisioni. «*È nu bravu carusu e si non fai prestu su pigghia quacchi autra. E non mi dire ca pensi ancora a ddru scemu!*»

Giovanni in effetti aveva molte qualità, tra le quali, non trascurabili, un buon carattere e un lavoro dignitoso. Melo invece risultava perdente ancora prima di iniziare il duello. Sarina in quel caso rispondeva a monosillabi, e quando Rosa si intestardiva a voler approfondire sul tema, allora diceva che il destino avrebbe fatto il suo corso. Se fossero state rose, prima o poi le avrebbe viste fiorire. Ma anche prendendo le distanze da un fidanzamento annunciato, lei e Giovanni non smisero di frequentarsi. A differenza dei primi tempi, allentarono soltanto l'assiduità dei loro incontri, promettendosi di non schiacciare troppo sul pedale delle aspettative. C'era bisogno di tempo e calma.

Ma quale calma, su dài!

Giovanni aveva ben altre mire e concrete ambizioni.

Glielo si leggeva negli occhi che smaniava per lei, e si capiva lontano un miglio che la desiderava con tutto l'ardore di un giovane uomo innamorato. E anzi, sarebbe stato più che lieto di gridarlo al mondo intero.

L'amore quando arriva sovverte ogni credo costruito negli anni, e ci stravolge, facendoci sentire incapaci e inadatti, con la paura di sbagliare senza volerlo.

Giovanni però andava avanti come un treno, perché era convinto che prima o poi l'avrebbe portata all'altare – pardon, niente altare, perché lei si era già sposata con Melo in chiesa –, ma comunque davanti a qualcuno autorizzato a benedire la loro unione. Sognava già di sentire quella frase: "Sì, voglio, condividere la mia vita con te". E auguri!

Era pronto a lottare per lei.

16

E mentre l'inverno era quasi alle spalle, e la primavera premeva per farsi spazio, Monte Pepe sembrava risvegliarsi da un lungo torpore. Marzo portò come previsto tempo instabile, e ogni giorno bisognava uscire con l'ombrello per poi spogliarsi a causa del caldo. Ma anche se il clima era stato severo, con le sue abbondanti piogge, l'umidità aveva reso la natura più rigogliosa. Gli alberi brillavano di un verde intenso, e foglie tenere si affacciavano sopra i rami, mentre la campagna si era arricchita di arbusti e piante. Fiori dai colori intensi sbocciavano ai bordi delle strade con fantasie infantili. Nell'aria una frescura appagante. Allargando lo sguardo le montagne erano lì, presenze silenziose e solide, per mezzo delle quali ci si sentiva protetti ovunque. Vivevano in un'oasi di armonica bellezza, e stare lontani dalla frenesia delle grandi città aveva il suo risvolto positivo. Rosa se ne accorgeva ogniqualvolta accettava di unirsi a Sarina per fare delle camminate fuori dal centro abitato. Nel silenzio di quelle pause, interrotto solo dal cinguettio degli uccelli tra le fronde, respiravano a pieni polmoni attimi di eternità. E nelle giornate poco assolate c'era anche il vento a farsi sentire.

Ventu di munti c'ha fari sempri i cunti.

A quei luoghi erano entrambe legate, ma Rosa aveva una ragione in più per amarli. Gli amori a distanza sono sempre più forti e implicitamente annodati alla ragione che li ha resi tali. Capitava infatti, mentre era in fabbrica a Milano, di non sapersi spiegare la morbosità del suo attaccamento a Monte Pepe, e allora tornava indietro fra i suoi ricordi regredendo fino all'infanzia. Bastava un niente e tutte le immagini affollate di presenze familiari le si sedevano accanto. Già, era accaduto tutto lì. La terra dei suoi avi. Lei a dire il vero era nata vicino al mare, ma poi suo padre aveva deciso di tornare alla base. Il padre di suo padre era stato un importante personaggio politico del paese, e si era battuto tutta la vita per i diritti dei contadini. Ancora qualcuno parlava di lui e della politica di un tempo, che non aveva niente a che vedere con il malcostume di quella moderna. E a proposito di Monte Pepe, Rosa considerava che per molti la Sicilia fosse godibile soltanto per il mare: superbe scogliere e spiagge da sogno in cui tuffarsi. Mentre la maggior parte dei visitatori ignorava paesaggi di altro tipo, piccole comunità situate in collina o più in alto verso la cima delle montagne. Erano pochi i turisti curiosi di scoprirle, per paura di rimanere delusi. Invece là in alto c'erano le più preziose meraviglie.

Nei giorni che seguirono, si consultò con Giuseppa sull'opportunità di rimettere fuori il gazebo. Dopo il freddo e la tristezza dei mesi invernali, si meritavano una scossa di allegria. Anche la piazza davanti al "Regno degli arancini" sembrava troppo spoglia.

E forse per caso, o forse per volontà, anche il lavoro riprese a movimentarsi rispetto ai mesi precedenti.

Qualcuno passava e acquistava un vassoio di arancini per la famiglia, qualche altro ne mangiava uno e poi ne chiedeva un secondo e pure un terzo, ispirato dai profumi che arrivavano dalla cucina, e altri ancora sostavano davanti alla porta per un saluto e poi andavano via. Si erano viste facce nuove chiedere informazioni. Segno di un passaparola che cominciava a funzionare sin oltre la vallata. E stranamente da qualche giorno Nunziatina aveva smesso di polemizzare su ogni argomento, cominciando a comportarsi con una grazia e gentilezza insperate. All'inizio nessuna le aveva dato peso, pensando che si trattasse di una tregua breve, ma poi, notando che il buonumore continuava imperterrito, avevano recepito quel cambiamento come una presa di coscienza stabile.

«Vedrete,» suggeriva lei con la voce pregna di speranza «questa estate i clienti aumenteranno, me lo sento. Intanto, preghiamo *'a Madunnuzza.*»

Già, dei favori di quella Santa Donna avevano tutte bisogno.

Un giorno si rivolse a Maria, che concentrata di fianco tagliava carote e pelava patate, per informarla di una grande novità. Disse che aveva saputo da Nicoletta che in molti seguivano oramai l'account Facebook della rosticceria. Con un sorriso beato commentò che secondo lei nel giro di pochi mesi i follower sarebbero diventati migliaia e migliaia. Per come profetizzava sembrava una fenice rinata.

Ma quando mai?, pensò Rosa mentre la ascoltava.

Forse si trattava del tentativo di quella cara ragazza di dare un po' di conforto al gruppo. Maria non rispose, dato che non aveva grande confidenza con i Social. Lei di Facebook sapeva soltanto che era il nuovo avamposto per autorizzare pettegolezzi, ma spacciato dai più ipocriti come connettore di amicizie virtuali.

Per Rosa invece significava possibilità di farsi conoscere dai potenziali clienti, e anche se non aveva tempo per starci appresso, e nemmeno l'età per imparare a usarlo al meglio, avrebbe continuato a postare foto di arancini ogni sera prima di andare a letto. Anzi, l'informazione ricevuta le era servita per ricordarsi – seppure già memorizzato in agenda – dell'impegno di taggare ancora una volta i VIP sulle loro bacheche.

VIP, che sigla ingrata. E che confusione.

Chi era VIP si comportava da cafone, e chi era cafone, o additato come tale, mostrava atteggiamenti da brava persona.

Senza perdere tempo ricominciò a inserire il logogramma a forma di chiocciolina sulle foto che realizzava, accostandoci i nomi dei personaggi di tendenza.

Non trascurava nessuno, nemmeno le mogli di questo e di quello, e i mariti, compresi gli agenti che li seguivano durante i loro spostamenti. Tentativi accomunati dalla volontà di farsi notare da un pubblico trasversale. Perché oltre ai discutibili VIP (ritenuti indispensabili per farsi un nome), il pubblico più interessante restava quello composto da persone "normali", senza background di gloria e fama alle spalle.

La mattina, prima di uscire, cercava sul display del cellulare le notifiche di qualche *Grazie* o saluto che malgrado i tag stentava ad arrivare.

Appunto, VIP scortesi che la deludevano con i loro modi grezzi.

Ma nei momenti di lucidità si domandava se non fosse troppo presuntuosa lei ad aspettarsi attenzioni da chi non conosceva. Perché mai le star nazionali dovevano sentirsi in obbligo di ringraziarla?

A fasi alterne l'istinto di chiudere l'attività la assillava come un comando dall'alto, e poi arrivava un'ondata generosa di incassi e allora cambiava idea. Oramai c'era dentro con tutte le scarpe, non poteva rimangiarsi le promesse fatte all'inizio. Specialmente per mantenere la sua parola nell'eventualità di un giudizio da parte delle sue amiche. Non perdere la faccia per vincere la guerra. Si svegliava all'alba sopraffatta dalla sfiducia, ma già al pomeriggio sospirava davanti alla foto di Pippo, ringraziandolo per com'era andata.

Col suo umore altalenante aveva contagiato anche Maria, Nunziatina, Sarina e Giuseppa, che di sughi e ripieni nell'ultimo periodo ne preparavano sempre meno.

All'inizio erano partite con una vasta scelta, ma poi piano piano l'entusiasmo era svanito, portandole a esporre in vetrina solo poche varianti, cucinate con la passione di soldati mandati in trincea. Comparivano arancini al ragù, al burro, piselli e prosciutto e agli spinaci, e niente più.

Eccolo lì, ridotto al minimo, quel ben di Dio che in fase di avvio avevano decretato come cavallo di battaglia per distinguersi dalle altre rosticcerie. Ma l'arrivo del bel tempo, complice una rinvigorita presa di coscienza contro la malasorte che andava annientata senza mezzi termini, la indusse a cambiare atteggiamento, mostrandosi ottimista e battagliera soprattutto per dare coraggio alle sue socie, che non meritavano di soffrire in quel modo.

«La forza di un gruppo sta nel tenersi per mano quando c'è tempesta. Siamo quelle cinque che si sono promesse di fare qualcosa di buono per questo paese. Fidatevi di me. L'avete già fatto una volta. Ora vi chiedo di continuare. Ci inventeremo qualcosa, state tranquille. Se gli arancini non vengono a prenderseli qui, saremo noi a portarli altrove. Magari prenderemo in affitto una lambretta per consegnarli a domicilio, e chiederemo uno spazio per venderli nelle piazze durante le feste patronali nei paesi qui vicino. Di feste e sagre ce ne sono in abbondanza in zona, lo sapete. E per ultimo ho pensato a una proposta per i direttori degli alberghi di lusso, non distanti da noi, che ospitano gente coi soldi, e quindi abbiamo speranza di venderne… Che potrebbero dirci di così spiacevole? Male che vada un "no grazie", e allora tanti saluti e baci. Però dobbiamo provarci. Questo è tutto. Per cui vi prego, da oggi si ricomincia! E sorridere, sempre. Non siamo né malate, né prive di intelligenza. E tu Sarina, mi raccomando, continua a regalare i tuoi sguardi ammalianti ai clienti più fedeli. Quelli quando ti vedono *arrèstunu sturdùti*!»

Dopo averlo detto le venne da sorridere. Sapeva che la sua bella socia le avrebbe ordinato di non fare la stupida. Non era certo il tipo da accettare il ruolo dell'agnello sacrificale per il bene della ditta. Ma in fin dei conti essere portatrice di indiscutibile sensualità le piaceva eccome.

Specie quando la sua bellezza non era sottolineata con malignità o astio, come nel caso di Rosa, appunto, che le aveva elargito quel complimento con una evidente gentilezza d'animo. Bastava poco per riprendersi un po' del buonumore perso per strada. Per Rosa era diventata una vera e propria sfida dimostrare ai maldicenti, e in particolare alla gentile moglie del sindaco, che il suo non era un sogno nato dal capriccio di una nullafacente, e senza un progetto alle spalle, quanto un'onesta e ponderata volontà di portare avanti un locale che contemplava anche il bene del paese.

Il giorno in cui le era balenata l'idea in testa se lo ricordava perfettamente e ancora la emozionava. Era stato una mattina di inizio inverno, e a un tratto aveva visto davanti agli occhi la rosticceria già realizzata, pronta a sfidare il luogo comune che vivere a Monte Pepe altro non significava che un mucchio di ostacoli davanti. Sì, voleva smentirla quella diceria, prima di tutto per se stessa, e poi anche per i loro detrattori. Per questo non avrebbe mai accettato di rassegnarsi a sopravvivere alla meglio. Inoltre trovava assurdo che il patrimonio naturalistico nel quale viveva rimanesse sconosciuto ai turisti, che dopo aver soggiornato a pochi chilometri da lì se ne tornavano a casa ignorandone l'esistenza.

La gente che animava i suoi monti meritava un'occasione in più.

Esagerata? Sognatrice? Folle per naturale vocazione? Visionaria? Forse.

E forse era anche eccessivo affidare a un semplice arancino il potere di trasformare le sorti di quel territorio. Ma per lei il sospirato miracolo era possibile. Doveva soltanto provarci.

17

Poco prima di Pasqua chiusero l'attività per quattro giorni.

Una piccola vacanza per ritemprarsi dalla stanchezza e dalle amarezze vissute, pronte poi a riprendere il lavoro più forti e decise che mai. Avrebbero riaperto i battenti in occasione della Settimana Santa.

Nel frattempo, Rosa rimetteva a posto la sua casa, curava il giardino e faceva il cambio di stagione nell'armadio. In più aveva del tempo da dedicare a Carmelo.

Lui si fermava davanti alla porta per fare due chiacchiere (sembrava che si fosse sbloccato in parte dal trauma delle poche parole) parlando di cose da niente, ma tutte invece avevano importanza. E lei trovava piacevole starsene in piedi, ascoltando i suoi racconti. Scopriva nella loro timida complicità un che di insolito. A un certo punto le aveva fatto venire anche dei rimorsi.

Da che mondo era mondo, tra uomo e donna la miccia poteva sempre esplodere.

E lei in che ruolo si immaginava nella coppia?

Vittima o carnefice?

Carmelo le piaceva per la sua dolcezza e sensibilità. Mai sposato, senza figli e di bell'aspetto, si era mantenuto sempre nei limiti delle quattro chiacchiere tra amici. Perché farsi prendere dai dubbi quando non ce n'era bisogno?

Se lui tardava qualche mattina ad affacciarsi, lei si domandava dove fosse finito e perché avesse saltato l'appuntamento. Ma non glielo avrebbe mai fatto capire. I suoi pensieri dovevano rimanere nell'ambiguo recinto dei non detti, perché così doveva fare una donna. Si trattava di un inevitabile istinto all'auto protezione, nato dentro di lei dopo essere rimasta vedova.

Con Pippo aveva trascorso gli anni della costruzione della sua famiglia, in testa i figli, e con lui aveva condiviso le esperienze migliori. Ricominciare con un altro sembrava quasi impossibile.

Ma non poteva vietarsi uno slancio, questo no, o un pizzico di desiderio.

Sarebbe stata disonesta anche verso se stessa.

E con Carmelo non erano ancora riusciti ad andare oltre. Avrebbe desiderato che lui prendesse l'iniziativa per un invito a cena, o un giro lontano dalle solite quattro strade del paese. Però lui non guidava se non la bicicletta, e per quanto riguardava la cena, be', stava quasi per rassegnarsi del tutto. L'invito, malgrado la disponibilità a mostrarsi gentile con lui, stentava ad arrivare. E si chiedeva, sempre più scoraggiata, se mai sarebbe arrivato. Carmelo sembrava più che altro inadeguato a quel tipo di cose. Altro che salto nel buio di cui aveva timore lei. Tra un salto improbabile e un passo non compiuto da entrambi, l'evoluzione del loro rapporto rischiava di annegare nella palude dei tanti "non posso".

L'ultimo giorno di chiusura, Rosa notò un'auto elegante rallentare e poi fermarsi nei pressi delle saracinesche abbassate della rosticceria. I vetri fumé non permettevano di vedere chi ci fosse seduto dentro, ma subito, incuriosita, si avvicinò al guidatore. Era appena uscita dal salone della parrucchiera e aveva ancora il portafogli in mano. Lo rimise d'istinto in borsa e si aggiustò un ciuffo di capelli scivolatole sulla fronte.

L'autista, un uomo giovane e abbronzato come se fosse di colpo esplosa l'estate, indossava una giacca scura con cravatta grigia a pois bianchi.

Aveva i capelli impomatati e tirati all'indietro. La salutò presentandosi col suo nome, e parlando con una cadenza locale. Quel dettaglio la fece rincuorare.

Sporgendosi dal finestrino lui le domandò come mai "Il regno degli arancini" fosse chiuso.

«Siamo venuti apposta da lontano» fu la lamentela che espresse a seguire «e ora siamo costretti a tornare indietro. Peccato! Avevo visto delle belle foto su Instagram.»

«Sono io la proprietaria» rispose inorgoglita. E sottolineò appositamente il suo ruolo con enfasi, per darsi un tono.

Si era pure rallegrata per la fama della rosticceria sui Social. Quanto aveva aspettato quel momento! La prova che ogni sforzo notturno aveva avuto un senso.

Ebbene sì, Rocco, l'autista, si era riferito proprio al "Regno degli arancini", non poteva crederci, *Signuruzzu beddru*! Ed erano venuti pure da lontano!

«Ho visto le foto degli arancini e così ho pensato di accompagnare i miei clienti qui per farglieli assaggiare.»

«Oh *matruzza santissima*, ma noi riapriamo domani.»

«Eh, però i miei clienti hanno fame oggi» rispose lui pensando di fare una battuta spiritosa.

«Se volete, potrei prepararvi qualcosa io» aggiunse Rosa di getto, ma subito si pentì per la sfacciataggine.

Sarebbe potuta apparire fin troppo petulante e in cerca di chissà che cosa. Invece per lei era stato normale offrire ospitalità a turisti venuti per onorare la sua cucina. Il ragazzo non rispose subito, ma dopo una breve consultazione in inglese con le persone sedute nei sedili posteriori, le fece un'altra domanda per sapere dove volesse portarli a mangiare.

«A casa mia, e dove altrimenti? Qui non c'è nessun locale aperto, glielo ripeto. Oppure, dovreste arrivare fino a…»

Non fece in tempo a rispondere, che uno degli sportelli dell'auto si aprì. In pochi istanti un piede poggiò per terra e una scarpa color fucsia con tacco a spillo attirò la sua attenzione. Poi fu il turno del secondo piede. Infine emerse una dea dai capelli di media lunghezza folti e ricci. Alta, ben piazzata, e bruna nell'incarnato, anzi no, si trattava proprio di una donna di colore, aveva labbra carnose che tendevano a un sorriso naturale. Il viso si mostrava per metà coperto da grandi occhiali scuri. Da quello che poteva vedere, i lineamenti erano decisi e tuttavia delicati, rendendo l'insieme armonioso e affascinante. Una presenza che richiamava la bellezza delle attrici che vedeva in televisione, sebbene diversa dalle facce tutte uguali immortalate nelle riviste di gossip, e rese ridicole dall'eccesso di filtri migliorativi. La sua dea, che ora la guardava da sotto gli occhiali scuri, mostrava forme sinuose e un seno abbondante, pronto a fuoriuscire dalla scollatura della canotta stretch, indossata sopra jeans attillati di almeno una taglia inferiore alla sua. E per il resto non passavano inosservate le sue gambe forti e muscolose.

Le sorrise all'istante, e Rosa rimase senza fiato.

La guardò con un misto di reticenza e stupore. Era attratta dal modo di muoversi di quella donna così teatrale, eppure rigoroso ed elegante. Niente lasciava presagire che fosse timida, dato che solo guardandola ispirava l'idea di una personalità prorompente. Più che altro le sembrò un'apparizione. Dopo pochi minuti si aprì anche l'altro sportello e ne uscì un uomo sulla cinquantina con la barba brizzolata e il viso baciato da un raggio di sole.

Il tipo le sorrise a sua volta, salutandola con una mano che dondolava da destra a sinistra. Era un *ciao* mimato da un americano vestito da cowboy. Giubbotto di pelle con frange lunghe, e sotto dei jeans strappati sulle ginocchia, che Rosa poté vedere solo quando lui fece mezzo giro intorno all'auto e si avvicinò.

Passarono pochi minuti e li raggiunse anche l'autista, dopo che aveva parcheggiato in una piazzola attigua. A dire il vero sembrava che fosse sceso da un'astronave per quanto era grande l'automobile. Occupato a sistemare chiavi e portafogli in tasca, mostrò subito un atteggiamento protettivo nei riguardi dei suoi clienti. Mentre ascoltava Rosa, di tanto in tanto si voltava per scongiurare chissà quali pericoli. Un eccesso di zelo improprio, pensò lei.

Per quale arcana ragione si comportava come se temesse un'aggressione?

E dire che era nato da quelle parti.

Non disse nulla per evitare di irrigidirlo. Forse quei poveri cristi avevano sentito racconti trucidi sulla Trinacria, e pensavano che gli abitanti di quella terra fossero tutti dei brutti ceffi. Il fatto di per sé poteva apparire offensivo, ma al netto dell'atteggiamento fuori luogo dell'autista, sarebbero stati sorpresi da una genuina ospitalità.

«Ah, le presento il signor John e… e la signora July» disse il ragazzo rivolgendosi a lei.

«Piacere» sibilò Rosa.

Strinse per prima la mano alla donna, e una nuvola di profumo le arrivò dritta al naso. Poi salutò il cowboy e la sua stretta vigorosa per poco non le stritolò le dita. Dopo i convenevoli i due stranieri rimasero al loro posto aspettando che Rocco gli desse istruzioni.

«E allora, che ne dite, andiamo verso casa?» domandò Rosa, rompendo il ghiaccio per prima. «Io abito là» aggiunse dopo. E con l'indice tracciò un cerchio immaginario per indicare il posto dove abitava.

A quel punto, Rocco la informò che prima avrebbe portato gli americani a fare un giro per mostrargli la vallata dal belvedere, e poi sarebbero tornati da lei. Li invitò a risalire in macchina, promettendole che l'avrebbero raggiunta in pochi minuti. Fu in quel momento che scoprì da che posto arrivavano i due turisti: l'America.

«Bene,» rispose «così avrò il tempo di apparecchiare la tavola», contenta di avere qualche minuto in più per rendere presentabile la sua modesta casa.

Quando i tre bussarono alla porta, Rosa mostrò un evidente disagio, e si sentiva anche intimidita. Il vero problema era quel poco che poteva offrire a ospiti di riguardo, con la sua risicata cultura non è che avesse chissà quali argomenti da esibire, e per scalogna non parlava nemmeno la loro lingua.

Quel vecchio problema di sentirsi inadatta e ignorante, anche se cercava di colmare le proprie mancanze informandosi e leggendo quanto più possibile. Doveva ammettere che Nunziatina non sbagliava affatto quando la tormentava con i suoi discorsi logorroici sull'importanza dei libri e del viaggiare. Ma a conti fatti non viaggiava nemmeno lei, però leggeva sempre.

Intanto, per l'emozione a Rosa si era seccata la bocca. Si scusò per il disordine rimasto in cucina. Rocco, nel frattempo, traduceva stando attento anche alle sfumature. Li portò in giro per tutte le stanze, indicando per ognuna una storia e la persona che l'aveva occupata prima, partendo dai suoi nonni. Dopo quella lunga ispezione, arricchita da ricordi personali, approdarono in sala da pranzo.

Ammise anche buona parte delle sue sventure, passate e recenti, e con grande sincerità si abbandonò a confessioni molto intime. D'altronde, aveva sempre detestato apparire migliore di quello che era.

July e John, vedendola preoccupata per il disordine, cercarono di rassicurarla, evidenziando che anzi, era stata fin troppo gentile nel volerli ospitare senza nemmeno conoscerli.

Spaparanzati sul divano, nell'angolo più lontano rispetto al tavolo, si misero a chiacchierare con lei, che intanto andava avanti e indietro per portare in tavola quanto necessitava.

July si affrettò a offrirle il suo aiuto, ma non fece in tempo a finire la frase che Rosa le disse:

«Non se ne parla nemmeno! Da noi l'ospite è sacro, per cui state tranquilli e aspettate, che tra qualche minuto sarà tutto pronto».

July però era più interessata a seguire lei mentre si spostava da una stanza all'altra, alzando la voce per farsi sentire. Il rumore dello sportello del frigo che apriva, del forno che chiudeva, o di posate che poggiava sul lavabo per assaggiare il sugo o la pasta in cottura, arrivavano ben definiti, e ogni tanto tornava con qualcosa in mano che lasciava in volata e poi andava via.

John si era rimesso in piedi per guardare degli oggetti esposti su una mensola.

Ricordi di una vita semplice. Era tutto lì, lindo e curato, a smentire la preoccupazione della padrona di casa di non aver fatto in tempo a riordinare. Persino commovente vederla così in ansia, e interessata più che altro a farli sentire a proprio agio.

Furono attratti da foto esposte sulle mensole di una libreria, e con l'aiuto di Rocco le rivolsero qualche domanda. Ora si era alzata in piedi anche July e aveva preso in mano un portafoto. Rosa spiegò chi era l'uomo raffigurato dentro la cornice. E lì le scesero delle lacrime. Raccontò in breve dell'avventura milanese e della scelta, dopo la morte di suo marito, di tornarsene a Monte Pepe. E poi sorrise alla vista dei figli. Si mostrò molto orgogliosa di loro. Quante soddisfazioni le avevano dato sin da quando erano bambini. Bravissimi a scuola e anche all'università. Il suo unico rammarico era di non poterli vedere con l'assiduità di cui aveva bisogno. Ma quello che contava era volersi bene e sentirsi spesso al telefono. Disse che con il suo cellulare era in grado di fare anche video-chiamate e di fronte agli sguardi felici dei suoi nipoti si emozionò ancora di più.

«Voi avete figli?» domandò, senza riuscire a frenarsi, dopo essersi resa conto di aver fatto una domanda forse inopportuna. In qualche modo aveva forzato una risposta, e rischiava di metterli in imbarazzo se non erano una coppia.

Ma erano sposati?

Stavano insieme?

O solo buoni amici?

Rifletté sul danno quando oramai July stava per parlare.

Confermò che purtroppo non aveva avuto la fortuna di diventare madre, e John replicò con parole simili.

In pochi minuti riuscì a mettere in tavola un pranzo coi fiocchi: spaghetti al pomodoro, olive e capperi, frittata di uova con pezzetti di formaggio locale, più contorni vari, tra cui melanzane sott'olio e una parata abbondante di pomodori secchi da far morire d'invidia chi non li aveva mai assaggiati. Aggiunse anche dei salumi dei Nebrodi (dono di un cliente affezionato) e pomodori in insalata conditi con cipolla e basilico. Pane ne aveva in abbondanza, per la sua naturale propensione ad accumulare, anche quando non c'era bisogno. Meglio più che senza, era il suo motto quotidiano, al contrario di Pippo che era sempre stato ossessionato dal risparmio. La sua morte veloce, sopraggiunta troppo presto, le aveva insegnato qualcosa di cui aveva già assorbito il monito, ovvero, che il denaro era solo un mezzo e non il punto di arrivo.

Nel tempo che durò il pranzo, organizzato con tanta buona volontà, July si innamorò del carattere di Rosa, del suo modo di pensare e della sua gentilezza. Sì, era una donna coinvolgente, e non era stata condizionata in negativo dai guai che stava vivendo dopo l'apertura della rosticceria. I piccoli sogni nel cassetto, la voglia di riscatto, in quanto donna appassionata del proprio lavoro, le speranze mal riposte – forse un peccato di ingenuità? –, compresa l'ostinazione nel proseguire portando avanti una scommessa che non decollava, la proclamavano già vincitrice agli occhi di July: non meritava un buco nell'acqua.

L'americana ascoltava le sue parole rapita, e Rocco aveva un gran daffare a tradurre i modi di dire a cui ricorreva spinta da una valanga di stimoli.

Alcuni di questi July provò a ripeterli, suscitando le risate dei commensali. Tra una frase e l'altra, confessò che per lei il siciliano era una lingua affascinante.

"*Unni ci chiovi ci sciddrica*", proprio difficile da dire con la stessa "dr" impastata nella lingua, e anche "*pigghia ddrocu*" necessitò di una ripetizione a più riprese per la povera straniera, che insistendo riuscì a malapena a emettere suoni incomprensibili. Raggiunse solo in parte i risultati che sperava.

In quel contesto di spensieratezza trascorsero delle ore in allegria.

July le fece intendere di voler conoscere i suoi progetti futuri, compresi i più imminenti, come l'orario di apertura della mitica rosticceria.

«Mitica?» ripeté Rosa. «Magari! Qui di mitica mi sa che c'è solo la mia ostinazione. Comunque domani alle nove saremo già operative.»

«Verremo a trovarvi verso l'ora di pranzo, o al massimo subito dopo, aspettateci!» L'americana era entusiasta per la previsione di un nuovo incontro.

E Rocco le assicurò che sarebbero tornati senz'altro.

Quando John si avvicinò a Rosa per salutarla, grato per aver trascorso una bella giornata, lei sentì il cuore batterle a una velocità sospetta.

Un uomo di quel tipo, che si dichiarava grato per l'accoglienza ricevuta, era un vanto. Osservandolo durante il pranzo, aveva notato che non si era mai staccato dal cellulare, rispondendo ai numerosi messaggi che gli arrivavano a raffica. Doveva essere un uomo d'affari, o comunque un professionista importante.

Né July, né lui avevano fatto cenno ai lavori che svolgevano in America, ma si vedeva lontano un miglio che non appartenevano alla categoria degli operai o degli impiegati delle Poste. *Le mani, le mani parlano chiaro*, sapeva per esperienza. *Le mani raccontano la vita, e anche gli occhi. Basta soffermarsi a guardare.*

«Allora vi aspetto e fate buon viaggio di ritorno» disse compiaciuta davanti alla porta di casa.

La sera in paese sapevano già tutto.

Nicoletta era stata avvisata da sua madre, la quale madre era stata informata da una parente che, mentre era in giro per fare acquisti in merceria, aveva seguito gli strani movimenti dell'auto nera che prima aveva rallentato e poi si era fermata davanti alla rosticceria. E subito dopo aveva visto Rosa parlare con quegli sconosciuti scesi dalla stessa auto. A seguire, sempre quella parente, essendo amica delle gemelle Spadafora, le aveva chiamate per sapere chi fossero i tipi con la macchina grossa che poi era tornata indietro per parcheggiare davanti casa di Rosa. Ma sia Maria che Nunziatina non sapevano niente. Da dove arrivavano quelle persone?

Che volevano da Rosa?

Parenti lontani?

I servizi segreti?

Oddio, Rosa era una spia e non lo sapevano?

O si trattava della notizia di un'eredità inaspettata?

Pensarono anche a qualche affare segreto di cui non aveva voluto parlare con nessuno.

No. Era un'ipotesi remota, e Rosa non aveva mai dato modo per dubitare che fosse un tipo da strani segreti, né di vergogne che non voleva spifferare.

Gli animi si placarono solo a fine giornata, quando l'interessata convocò tutte a casa delle gemelle per raccontare cosa le era accaduto all'ora di pranzo.

Fu dettagliata e precisa, riferendo pure come erano vestiti gli americani.

«*Matruzza chi tacchi auti ca aveva a signora July! E chi profumo inebriante! 'Na vera signora dell'alta società! Pareva n'attrici, ma no sacciu chi travagghiu fa. Sicuru è ricca!*»

Nunziatina la ascoltava perplessa, e anche Giuseppa sembrava credere a stento a quel racconto ad alta densità favolistica.

Maria invece non si capiva che espressione avesse, tanto era allibita, però era più propensa a crederle per un suo bisogno di evasione. E poi dovettero arrendersi alla prospettiva dell'attesa, dato che l'indomani la veridicità di ciò che aveva rivelato Rosa sarebbe passata al vaglio della prova del ritorno dei tre.

La stessa Rosa le pregò subito dopo di darsi da fare ognuna in casa propria.

«In che senso?» domandò preoccupata, anzi, preoccupatissima Nunziatina.

«Nel senso che dovete preparare dei sughi per domani. Questa è gente importante, e se facciamo bella figura è pubblicità per la rosticceria.»

«Ma come, a quest'ora?» commentò in ansia Sarina.

«Sì, vi prego, dobbiamo fare un miracolo.»

Giuseppa comunicò che per lei non c'erano problemi, e che si sarebbe data da fare immediatamente e per tutta la notte.

Lo stesso assicurarono poi anche Maria, Nunziatina e Sarina. Quest'ultima avrebbe chiesto aiuto alla madre.

Intanto, nell'immediato, Maria aveva un problema urgente da sottoporre alle convenute.

Nicoletta era stata lasciata di punto in bianco da Salvatore, ma non certo per suo desiderio.

Costretto a dirle che non potevano vedersi più, perché in famiglia avevano posto un veto su di lei. Il pomeriggio prima della rottura la madre del ragazzo aveva inscenato una tragedia degna della firma di Euripide, con tanto di prologo ed esodo. Finti svenimenti e urla per tutta casa, anzi, per tutta la villa. Roba da fare tremare i polsi, insomma.

«*E tu comu i sai 'sti cosi?*» le domandò Rosa.

«*Mi cuntau Serena, a figghia di Teresa.*»

Serena era l'estetista della madre di Salvatore, e si trovava lì quando era accaduto il misfatto, mentre faceva la manicure alla signora. All'improvviso il figlio le si era avvicinato, dicendole che stava per uscire con Nicoletta. A quel punto lei si era alzata di scatto, afferrandolo per un braccio e gli aveva ordinato di chiudere la storia, perché una salumiera non sarebbe mai stata accettata in famiglia. Intanto, Serena aspettava ordini sul da farsi, e non sapeva se rimettere in borsa limette e tronchesina e tornarsene a casa. Ma senza ricevere altre spiegazioni, dato che le era stato ordinato di aspettare e basta, si era ritrovata a essere testimone suo malgrado. Mentre madre e figlio erano passati in un'altra stanza, aveva sentito il ragazzo urlare che non ne poteva più di quelle angherie, e la madre, per essere ancora più incisiva, lo aveva minacciato di tagliargli i viveri, e ancora peggio, rincarando la dose, gli aveva giurato che se non le avesse dato ascolto, avrebbe commesso una pazzia, arrivando a paventare un suicidio per il dolore e la vergogna.

«Ah!, quante recite sopravvalutate» commentò scettica Maria. «Pensate un po', che poi è pure svenuta per finta! E per ben due volte!»

«E Serena, *chi fici?*» chiese Giuseppa.

«*Nenti, stesi ddra e si visti tutta a recita.*»

Il siparietto si era concluso con Salvatore che si era chiuso in camera, e la madre distesa sul divano mentre la donna di servizio – intanto che Serena la sventolava con un pezzo di cartoncino –, cercava di farle annusare un po' di aceto. Ma appena riavutasi non aveva perso tempo a ricominciare con la stessa lagna.

E sentenziando dall'alto della sua ricchezza acquisita. Eh già, perché poi non era nemmeno chissà chi. Una *quisque de populo arripigghiata.*

«Tu hai un futuro splendido davanti e appartieni a una progenie che vanta avi illustrissimi. Puoi permetterti di meglio» gli aveva urlato da dietro la porta, quando oramai il pericolo di un terzo svenimento sembrava scongiurato.

Salvatore oramai stanco non le aveva risposto.

Dopo qualche minuto la signora aveva chiesto a Serena di ricominciare come se nulla fosse stato.

«Mi raccomando, metti un buon rinforzante perché spesso le unghie mi si spezzano, e mi dà fastidio!»

Serena, a dire il vero, le unghie gliele avrebbe danneggiate apposta.

Meglio mandare Salvatore a finire gli studi lontano, in una grande città, le disse in tono di confidenza tra amiche, e con un mezzo sorrisetto ambiguo, e a Serena a quel punto venne il desiderio (ora diventato violento) di strappargliele davvero le unghie dalle dita.

L'indomani, per una innata debolezza, Salvatore si era sentito in dovere di fare contenti i suoi.

Forse troppo educato per permettersi di dissentire. Oppure, non amava abbastanza Nicoletta.

Fatto sta che la povera ragazza si era chiusa in casa e piangeva come un cucciolo abbandonato.

Nemmeno le parole di conforto della madre erano riuscite a calmarla, e allora Letizia aveva chiesto aiuto a Maria, ma quest'ultima non aveva ottenuto i risultati cui ambiva. Almeno per farle assimilare il principio che per amore si dovrebbe lottare fino alla fine, e se invece desisti, non ami abbastanza.

Assurdo constatare come ancora esistesse gente così ottusa, pensava Letizia, addolorata per la sua bambina. Già, perché per lei Nicoletta sarebbe rimasta tale a vita. Un bocciolo da proteggere dai colpi di vento.

«Ci parlo io» disse Rosa, dimenticandosi per un attimo degli americani e della loro promessa di ritornare in rosticceria, compresa l'urgenza di cucinare per l'indomani.

«E che vorresti dire a una ragazza che ha il cuore a pezzi?» mormorò Giuseppa.

«Che deve essere forte e mostrarsi orgogliosa di quello che è, altrimenti darà ragione a quei due allocchi.»

«E allora vai» la spronò Sarina.

Quest'ultima si era sentita toccata nel suo punto dolente. Quello che sanguinava ancora per Melo, e le importava poco se Giovanni la corteggiava in un modo così gentile da farla sentire una principessa. Già colpita e affondata dalle corna che le aveva messo per anni il suo ex, non le bastavano le attenzioni del dolce farmacista per riprendersi l'orgoglio calpestato. Detestava sentirsi ancora vittima dell'amore provato per lui, e l'unica vittoria a cui anelava era cancellarlo definitivamente dai ricordi. Melo, infischiandosene delle sue elucubrazioni, continuava a comportarsi come se fosse l'unico uomo, indispensabile per lei. Infatti, spesso si faceva vedere in piazza con nuove conquiste giusto per farla schiattare di gelosia. E dalle reazioni che le provocava, bisognava ammettere che ci riusciva. Le capitava di incontrarlo con valchirie straniere molto discutibili. Tutte truccate più o meno allo stesso modo – vistoso e imbarazzante –, e si reggevano a fatica su trampoli altissimi, impossibili per qualunque altra donna. Era la volgarità a farla da padrona sui loro visi. Glielo faceva apposta, sì, lei ne era consapevole. Ma di cercarsi un lavoro non aveva mai voluto saperne. Infatti, il suo intento machiavellico sin dall'inizio del matrimonio era stato quello di farsi mantenere da Sarina, ma forse lei non era stata in grado di capirlo, o forse sì, e le era sembrato solo triste ammetterlo.

«Senti Nicoletta,» disse Rosa per cominciare, ed erano già passate le dieci di sera «lo sai che io per età potrei essere tua nonna, ma ora ascoltami come se fossi semplicemente una tua amica. Sono una donna che ha amato come te, e quindi posso dirti la mia. Sei una ragazza gentile, perbene, onesta e volenterosa. Non hai nulla di cui vergognarti. Chi dovrebbe vergognarsi, e anzi, chiudersi in un gabinetto puzzolente per tutta la vita, sono i disonesti che ti giudicano per il conto in banca che non hai. Cosa sono i numeri? Cose fredde, anche quando dicono la verità. E la verità è che tu non sei ricca come Salvatore. Chiaro. E allora? Nessuno potrebbe dire il contrario. Ma tra te e i soldi della sua famiglia, c'è un mondo che non si concilia, e quegli stupidi non tengono conto delle tue possibilità. Tu un giorno potresti diventare una persona di successo, intendo realizzata come loro non saranno mai, perché quei cretini i soldi se li sono ritrovati senza nessun merito e nessuna fatica. Per cui, chi è meglio, la persona che sgobba tutti i giorni, o chi sta seduto in poltrona e si guarda la bella casa che ha? Che ne sanno loro di te? E tu vorresti far vedere le tue lacrime a chi ti giudica indegna del proprio figlio? Non permetterlo mai. Piuttosto, esci da qui e mostra chi sei. Fai il gesto più bello che potresti offrire a te e a tua madre: vivi, e falli pentire amaramente della loro stupidità. Sii orgogliosa di essere "anche" una salumiera. Sai quante donne di talento prima di te hanno svolto lavori umili per mantenersi agli studi? Cerca su Internet e mi darai ragione. Non aggiungo altro, ma sappi che qui siamo tutti fieri di te. Per noi sei, e sarai sempre una "Principessina", soprattutto nel cuore.»

Lasciò Nicoletta sul letto che ancora piangeva, ma il fatto che non avesse replicato al suo discorso le aveva suggerito un che di positivo. Come se restando in silenzio si fosse convinta che aveva ragione.

L'autostima avrebbe prevalso sul dolore, e il tempo, quanto mai necessario, si sarebbe curato del resto. Ma nella testa di Rosa si faceva strada anche la rabbia per aver capito che ancora, malgrado i tempi moderni, in certi ambienti si ragionava come nel Medioevo: col paraocchi.

Negli anni in cui aveva lavorato a Milano, a casa di due medici molto conosciuti, ne aveva sentiti di discorsi insulsi, e insopportabilmente ipocriti. Magari erano diverse le modalità di chi reiterava l'abuso, ma l'arroganza restava arroganza, simile a se stessa dappertutto.

Questione di apertura mentale, di sobrietà ed eleganza dispersa nel nulla.

Quando arrivò davanti casa, nella penombra della notte, vide vicino alla porta una macchia bianca per terra.

Era la metà di una busta che emergeva dalla soglia antipioggia.

La tirò su con una leggera pressione, e quando l'ebbe sotto agli occhi lesse cosa c'era scritto sul retro: *da Carmelo a Rosa, con affetto*.

Stentava a crederci, soprattutto in quel momento confuso e scosso da strani eventi: July, John, Rocco, Nicoletta, e insomma, era stata una giornata carica di tensioni, belle e brutte.

Cosa poteva averle scritto Carmelo, che non si fossero già detti nelle chiacchierate della mattina?

L'istinto di aprirla era forte, ma voleva avere il tempo di riprendersi dalla sorpresa e assimilarla con la giusta dose di calma.

Aprì la porta, poggiò lo scialle di lanetta sul divano e poi passò in bagno per le solite cure della notte. Si lavò i denti, pulì il viso con latte e tonico, ci passò sopra la crema antirughe (non credeva ai miracoli della cosmesi, ma faceva il suo dovere comunque) e intanto, mentre indugiava con le dita intorno agli occhi, facendole scivolare fino al collo, ripensava agli sguardi di Carmelo, ai suoi brevi e interrotti racconti, alla sua pudica allegria, talvolta anche tenera, e pure ai non detti, tanto importanti quanto le rare battute volte a farla sorridere nei momenti più bui.

In quei mesi aveva avuto un ruolo importante, lo stava intuendo adesso, anche se erano mondi lontani. Pensava di dover rinunciare a lui, ma non era la verità assoluta. Solo il tempo le avrebbe suggerito il modo giusto di affrontare un sentimento confuso.

E Pippo? Il suo ricordo compariva nei momenti più inaspettati.

Avrebbe gradito saperla interessata a un altro uomo?

Ma poi, non lo sapeva nemmeno lei se Carmelo le piaceva in quel senso.

Che andava pensando?

Follie di una quasi sessantenne che si sentiva ancora una ragazzina e forse stava esagerando col romanticismo.

Magari in quella lettera c'era scritto senza troppa enfasi che gli dispiaceva per come stava andando con la rosticceria, e che se avesse potuto le avrebbe dato volentieri una mano. Oppure che si era innamorato di una donna che non lo ricambiava ma non era lei.

Perché fasciarsi la testa in anticipo?

Però una domanda doveva e voleva farsela, prima di aprire la busta, ed era la seguente: a lei Carmelo interessava davvero?

E di domande se ne fece altre.

Sarebbe stata pronta a rimettersi in gioco per lui?

Palpitare ancora per qualcuno e preoccuparsi per il suo destino?

Accoglierlo in casa e preparare la cena per loro due ogni sera?

Anche accettare l'idea di stargli vicino nel caso di una malattia, ricominciando daccapo come aveva fatto con Pippo.

Eh già. Poteva accadere anche quello in una vita di coppia regolare.

Stupido non contemplare alcuni intoppi. Troppo reali per ignorarli. Due adulti destinati alla vecchiaia non potevano prenderne le distanze. Certo, non ancora malandati, ma nemmeno giovani per sorriderci sopra.

Si disse che era meglio leggere e poi pensare al resto.

Non era pronta per elucubrazioni impegnative a quell'ora tarda.

Cara Rosa,
vorrei dirti tante cose, ma non sono capace. Vedi tu di aiutarmi, io so solo che mi piaci.
Carmelo

La lettera finiva lì.

Assurdo.

E tutto quello che aveva previsto?

Dov'era la dichiarazione amorosa che si era preparata a leggere?

«Vedi tu di aiutarmi…»

Era un grido conciso, ma anche troppo deludente.

Non sapeva se ridere o piangere.

O forse tutte e due le soluzioni potevano andare bene per risollevarsi il morale?

Passò in cucina per prepararsi un bicchiere di latte caldo, e intanto pensava a quanti tipi di sughi preparare per l'indomani.

Non riusciva a starsene tranquilla dopo una confessione che andava interpretata consultando semmai qualche sito di psicanalisi.

Chi era veramente Carmelo?

Un lucido sciupafemmine alla ricerca di una signora con cui fare un po' di sesso e poi via a gambe levate?, oppure un timido pensionato che non sapeva che pesci prendere? E per chi l'aveva scambiata, infine, per una crocerossina dedita al recupero di anime perse?

A lei gli uomini interessavano se risoluti, in gamba, certi delle proprie scelte, e seri. Oddio, serio Carmelo lo sembrava, ma forse era solo perché rideva poco, e per il resto, ora le appariva un enigma troppo complesso per perdere tempo a interpretarlo. E lei aveva da cucinare; inoltre l'indomani doveva riaprire la rosticceria e mostrarsi pimpante, in vista del ritorno degli americani.

Sempre che quella promessa che le avevano fatto a casa non fosse il frutto estemporaneo dell'imbarazzo per essere stati invitati a pranzo da lei, e dunque forzata.

Dopo aver bevuto il latte caldo, prese pentole e tegami e si mise a cucinare. Andò a letto verso l'alba, e si addormentò in pochi istanti.

18

Alle sette del grande giorno Rosa era già in piedi. Aprendo le finestre fu sorpresa da un tepore gentile di primavera inoltrata.

Le giornate cominciavano a diventare più calde e anche l'umore ne traeva vantaggio.

Uscì caricandosi il peso di due tegami chiusi in una borsa termica e fece qualche passo. Le comparve davanti Carmelo in bicicletta, ma per la provvida abitudine di contare fino a dieci resistette all'istinto di fargli una ramanzina. Si comportò come se nulla fosse accaduto, fingendo di non essere scossa per la lettera ricevuta. Non riusciva proprio a comprendere. Che gli piacesse era conclamato, e anche lui piaceva a lei, seppure in maniera poco convincente. Ma ricevere quattro righe senza senso sotto la porta non era stato granché edificante.

Per difesa aveva imparato negli anni a non dare libero sfogo alla sua impetuosità, e a volte l'esercizio di mantenersi razionale l'aveva salvata da situazioni imbarazzanti.

Lo salutò cordiale come sempre, e quando lui insistette per offrirle un caffè rispose che ne aveva già bevuti due a casa e che aveva fretta di andare al lavoro.

Sopraggiunse Sarina in quel momento e avvertì subito la tensione tra loro. Evitò per questo di avvicinarsi troppo.

Carmelo intanto aveva deciso di lasciarle campo libero e disse che andava via per un impegno.

«Ti va di prenderlo con me il caffè che hai negato al giovanotto?»

«Sì» rispose Rosa, e si guardarono negli occhi per provarsi complicità, senza servirsi di altre parole.

Anche Sarina aveva in mano una borsa carica di contenitori per sughi. La stringeva con grande riguardo, come se dentro ci fossero custodite delle reliquie inestimabili. Raccontandosi della notte appena trascorsa, scoprirono che nessuna delle due aveva dormito serenamente ed era stata una notte lunga e agitata per entrambe. Ma tutto aveva un senso, se non altro nella previsione di mostrare agli americani quanto fossero brave in cucina.

Davanti al bancone e a due tazzine fumanti di caffè, Rosa decise di confidarsi.

«È che non so se sono pronta a essere corteggiata alla mia età, e poi Pippo...»

«Pippo non c'è più Rosa, e tu sei sola.»

«Pippo ci sarà sempre nel mio cuore.»

«Ne sono certa. Ma non è che scegliendo di restare fedeli al ricordo di chi ci ha lasciato lo rispettiamo di più.»

«Sì, però di Carmelo so poco o nulla, e ci sono degli atteggiamenti che mi disturbano di lui.»

«Posso dirti qualcosa io. Carmelo è un lontano cugino di mia madre, non so se ti ho mai parlato della nostra parentela.»

«Tanto qui siamo tutti imparentati» ammise Rosa.

«Eh già,» confermò l'altra «credo che anche io e te abbiamo alle spalle qualche intreccio familiare.»

«Sì, siamo parenti anche noi» ribadì Rosa «per parte dei nostri padri, ma tra le nostre famiglie oltre al legame di sangue c'è sempre stato un grande affetto. Noi persone perbene ci intendiamo a meraviglia.»

«Anche i tuoi figli e nipoti hanno ereditato le tue qualità» disse

Sarina. «Questa estate sono stata bene con loro. E hai un genero e una nuora che ogni genitore si augurerebbe di avere. Non è facile mantenere rapporti fra suoceri, nuore, generi. A volte si seminano zizzanie solo per il piacere di farlo. Io con la madre di Melo per esempio… Va be'… meglio sorvolare.»

«Ci pensi ancora, eh? E poi fai la lezione a me.»

«Ma Melo è vivo, e…»

«E? Con tutti i problemi che ti dà?! Dovresti pensare seriamente a farti una famiglia col dottore. Lui sì che è un ragazzo a posto, e secondo me, e non solo secondo me, è innamorato follemente di te.»

«È troppo giovane e ho paura di non andare bene per lui…»

«Ma che dici? Potreste avere dei figli e…»

«Come voli Rosa, non fare progetti impossibili.»

«Comunque sì, ho una bella famiglia, per tornare al discorso in sospeso, e ne sono fiera e felice. Pippo sarebbe soddisfatto oggi.»

«In ogni caso, Carmelo…» disse Sarina.

«Ah, già, Carmelo… Ci eravamo dimenticate di lui.»

«Sì, insomma, è un brav'uomo ma ha avuto i suoi guai.»

«Guai?»

Rosa aguzzò lo sguardo.

«Eccome! Sua madre era un'egoista bell'e buona. Lo ha fatto soffrire tutta la vita, non permettendogli di farsi una famiglia. Gli fece lasciare tre fidanzate, mettendosi sempre contro di loro, e lui poverino sopportava le sue angherie. Ma non ti ricordi di lei? Era la moglie di Turi. Lui la lasciò e poi sparì non tornando più in paese. Si diceva che era emigrato in Brasile e lì aveva avuto altri figli con una donna più giovane di lui. Quando lei è morta, Carmelo è venuto a vivere in paese, perché di stare in campagna da solo non ne poteva più.»

«Oddio, sì, adesso ricordo» rispose Rosa. «E come ha fatto a rimanere in casa tutti quegli anni con una donna così egoista?»

«Eh, i sensi di colpa! Quelli che ammazzano la speranza della brava gente. Siccome lei poteva contare solo sull'affetto di questo figlio, visto che non ne aveva altri, se l'è tenuto legato a sé con la scusa dei malanni. E tutti immaginari, fino a un certo punto. Poi si ammalò di Alzheimer, e Carmelo fu costretto a curarla fino alla morte.»

«Nelle nostre chiacchierate mi ha detto che la madre era morta di malattia e che lui non si è mai sposato perché non ha incontrato la persona giusta. Non avrei mai immaginato un passato simile. D'altronde, stando lontana, chi poteva darmi queste notizie?»

«Ma di loro sapevamo tutti poco, perché facevano vita molto ritirata. Pensa che lui ha pochi amici, poveretto, e insomma, andrebbe aiutato...»

«Ancora con questo aiuto?»

«Che intendi?» chiese Sarina. Non capiva perché Rosa le avesse risposto in quel modo.

A quel punto venne fuori la storia della lettera che aveva trovato sotto la porta.

«Fai quello che credi sia giusto per te» le consigliò con le dovute maniere, soprattutto per non darle l'impressione di volersi fare i fatti suoi. «Comunque Carmelo è un brav'uomo. Su questo posso metterci la mano sul fuoco. Forse spaventato dalle donne.»

«E vorrei vedere! Chi non lo sarebbe al suo posto?»

«Ma ti piace almeno un po'?»

La timida Sarina oramai si era lanciata e voleva concludere il discorso.

«Sai che non lo so? Intendo, mi sta simpatico, ma da qui a innamorarmene ce ne vuole.»

«A essere sincera, per te immaginerei un *carusu chiù allegru*» disse Sarina per suscitare un sorriso in Rosa, e infine aveva espresso la sua vera speranza. Perché il fatto di provare affetto per il suo lontano parente non poteva prescindere dall'obbligo di mantenersi lucida. Se le avessero chiesto di tratteggiare le peculiarità di un uomo ideale per la sua amica, lo avrebbe identificato in una persona completamente diversa da lui: carattere forte, simpatico, con tanta voglia di godersi la vita, e perché no?, anche piacente. Musi lunghi e pesantezza vade retro.

Sorrisero e si compiacquero per quell'ilarità improvvisa, avviandosi a passo lento verso la rosticceria.

Era un giorno molto atteso, aspettavano clienti importanti e volevano mostrargli il meglio che sapevano fare.

Giuseppa era già lì dalla mattina presto, e anche Maria e Nunziatina, con i sughi messi in cottura, più gli altri preparati a casa di notte. Munite di grembiule, guanti e arnesi per cucinare, ognuna si era messa di buona lena al proprio posto di combattimento. Alle tredici la sala era perfettamente tirata a lucido e ogni *coffa* esposta con le lucine accese sopra, malgrado fosse mattina e fuori il sole illuminasse le strade come se si trovassero su una spiaggia.

Pure i centrini fatti all'uncinetto erano stati tirati fuori dai cassetti delle sorelle Spadafora. Mai prima di quel momento avevano acconsentito a mostrare le gemme del loro corredo. Ma quell'occasione meritava un sacrificio. Fare bella figura con i turisti americani aveva il suo perché. Un giorno, chissà, avrebbero potuto parlare bene di loro con altri turisti, facendo pubblicità al locale. E poi, in fin dei conti, non si trattava nemmeno di interesse, quanto del desiderio di non deludere persone che si erano comportate bene con Rosa.

Bastava quel dettaglio per giustificare l'impegno.

Verso le due del pomeriggio si affacciò Rocco dalle tendine.

Entrò da solo, e questo fece cadere le braccia a tutte. Erano lì in trepidante attesa da ore, e lui si presentava da solo?

«E gli americani dove sono?» gli domandò Rosa quasi sul punto di piangere.

Si disse che era stata ingenua a credere che sarebbero tornati apposta per lei, troppo bello per essere vero, e forse aveva peccato anche di presunzione; quindi, Rocco era venuto perché spinto dai due americani a chiedere scusa per la loro assenza. Un po' come aveva fatto la moglie del sindaco non presentandosi all'inaugurazione, ma quest'ultima era stata ancora più scortese, non chiedendo scusa né prima né dopo.

Rocco le sorprese dicendo che July e John erano fuori per fare delle foto, e vedendole tutte insieme approfittò per chiedergli se i suoi clienti potevano scattare delle altre foto anche all'interno della rosticceria.

Sarina all'istante rispose che per loro era un grande onore e batté le ciglia più volte dopo aver incrociato lo sguardo fisso di Rocco.

Finalmente Rosa tirò un sospiro di sollievo.

A Maria comparve un'espressione di gaudio sul viso. I suoi occhi verdi, che spesso erano segnati dalla malinconia, ora brillavano apertamente.

Più che mai quel giorno assomigliava a Virna Lisi – glielo dicevano tutti – con i capelli più scuri però, e tagliati a caschetto asimmetrico, mentre sua sorella aveva tratti mediterranei, occhi marroni, naso piccolo e aquilino, bocca sottile e capelli neri e mossi. Erano diverse, soprattutto nel carattere. Diverse a voler usare un eufemismo. Totalmente opposte.

Ricevuta l'autorizzazione, Rocco uscì fuori per avvisare i suoi clienti sulla disponibilità delle cinque socie a farsi fotografare.

«Venite pure! Vi aspettano.»

Mentre l'ospite si era assentato, Sarina, Rosa, Giuseppa, Maria e Nunziatina si guardarono negli occhi senza parlare.

Era come se tutti i pianeti dell'universo si fossero messi d'accordo per far loro vivere il giorno perfetto. E contava poco ciò che era accaduto prima: i dispiaceri, le umiliazioni, le paure, la rabbia, l'incertezza. Tutto azzerato all'istante.

Dopo pochi minuti rientrarono i tre.

Rosa avvolse July in un caloroso abbraccio, e poi procedette alle presentazioni.

«Lei è Giuseppa, lei è Nunziatina, lei è Maria… e lei… è Rosaria.»

Era orgogliosa di averle nella sua squadra.

Sarina per un attimo la guardò come se avesse detto un'eresia.

«Pardon» precisò Rosa, intendendo il motivo.

E rivolgendosi a July spiegò che il nome di Rosaria era stato modificato negli anni a favore di uno che le piaceva di più, ed era Sarina. Be', sì, insomma, si chiamava Rosaria solo sui documenti.

July sorrise, recependo al volo il senso della spiegazione. Anche lei aveva un nome particolare, e da bambina aveva sofferto molto perché non lo accettava.

Rocco traduceva a velocità supersonica, domandandosi al contempo perché le donne si facessero tutti quei problemi. Poi, parlando del più e del meno, Giuseppa spiazzò tutti chiedendo all'improvviso a July che lavoro facesse.

«Un lavoro semplice e bello» rispose lei. «Mi piace far parlare la gente. Un giorno vi svelerò di cosa si tratta. Oggi invece sono qui per assaggiare i vostri arancini.» Criptica più che mai, ma gentile e sorridente.

Maria sistemò i vassoi colmi sul tavolo. Stavolta l'offerta era abbondante. In laboratorio, già dalle sei di mattina, Giuseppa e Maria avevano fatto miracoli per farcire venti e più tipi di arancini, compresi quelli con tocchi di pesce, recuperato dalla pesca notturna di un amico di Maria.

Quest'ultima lo aveva chiamato all'alba, pur di fare bella figura, e il povero uomo si era reso subito disponibile.

Decine e decine di arancini dorati messi in bella mostra che aspettavano solo di essere mangiati. E July fotografava quel ben di Dio da ogni prospettiva possibile. Sembrava invasata, e a seguire volle immortalare anche i volti delle donne che li avevano preparati.

Si soffermò sulle caratteristiche di ognuna, esaltando la loro bellezza. Quando arrivò il turno di Giuseppa, questa cercò di nascondersi, perché da sempre si sentiva brutta, ma July – intuendo all'istante la profondità del suo essere – la invitò a farsi avanti. Cercando di gratificare la sua tenera ritrosia le dedicò più attenzioni che alle altre.

«Mi piace la tua timidezza, è una caratteristica che appartiene alle persone sensibili. Io purtroppo sono una sfacciata, ma credetemi, ho sensibilità anche io!» Rocco continuava a tradurre, e July sorrideva con le labbra e con gli occhi, mentre Giuseppa aveva deciso di lasciarsi andare mostrandosi più malleabile.

Poi July riprese in mano la macchina fotografica e cominciò a scattare con fervore crescente.

Scattava a raffica, e a un certo punto si fermò per spiegare come intendeva realizzare la foto che le avrebbe rappresentate, la più importante, quella con il gruppo in posa davanti alla porta d'ingresso sotto l'insegna.

«Sorridete e...» *click*, la foto venne fuori come l'aveva immaginata.

E poi, ancora selfie, per non perdersi nessuno sguardo, né l'intensità di quegli occhi che raccontavano sorprendenti donne forti e tenaci. Alcune foto guardate subito dopo lo scatto erano veramente intense, altre buffe, altre spiritose.

Bello vedere tante facce contente, senza espressioni impostate, e libere da filtri che facevano sembrare le persone tutte uguali e piatte. John si aggiunse al gruppo solo alla fine, per non rovinare quella complicità femminile.

Il caro e distinto John, di cui nessuno aveva capito che ruolo avesse nella coppia. Inizialmente avevano pensato che fosse il marito di July, o il fidanzato, ma continuando a studiarli in quelle ore, gli era sembrato strano che tra loro non ci fosse mai qualche effusione da innamorati.

Un bacio, una carezza, giusto quel minimo che ci si sarebbe aspettati.

Come previsto, July si appassionò alle *coffe* ornate da Rosa. Accettò volentieri di riceverne una in dono, la più bella e la più lavorata. Le fu offerta con amore spiegando una tradizione che partiva da lontano. Inoltre Nunziatina volle offrirle due centrini decorati con angeli e fiori. July li osservò con grande attenzione, e poi commentò che ne apprezzava i motivi. Erano veri gioielli nati da mani che avevano armeggiato con dedizione. Avrebbe trovato senz'altro un posto d'onore per farli risaltare su qualche mobile della sua camera da letto.

La visita si concluse a sera inoltrata e ai saluti finali, July si commosse.

Le abbracciò, una a una, augurandogli ogni bene e tanta fortuna.

«Sarà così» disse John. «Sarà così, ve lo meritate.»

La commozione si era fatta strada e ora si scambiavano complimenti senza esclusione di colpi.

D'un tratto le cinque donne si sentivano principesse.

Abbassarono le saracinesche quasi a mezzanotte. E la limousine parcheggiata davanti al locale incuriosì molti.

Alcuni più sfacciati, passando da lì, domandarono chi fossero quegli stranieri, e pensando che si trattasse di amici di Rosa, li pregarono di fare una foto insieme. Via, subito in posa e *click*, il ricordo era assicurato. Sorrisi e battute in inglese tradotte da Rocco, che oramai a furia di parlare era rimasto senza voce.

Nel frattempo quest'ultimo sembrava essersi perso per un motivo di cui nessuno si era accorto. Era stato bravo a camuffare gli sguardi, e Sarina non avrebbe mai immaginato. Mise in moto l'auto giurando a se stesso che sarebbe tornato presto. Aveva un motivo più che valido per farlo.

L'incasso, almeno per quella serata, non ebbe importanza e il cassetto vuoto non dispiacque a nessuno. Si sarebbero rifatte l'indomani. E se non fosse accaduto, avrebbero sperato in un'altra occasione. Ora era tempo per pensieri buoni.

Ma nella notte arrivò una triste notizia.

Uno degli assessori del Comune era morto per un infarto. Un uomo ancora giovane, che lasciava moglie e due figli piccoli.

Sarina ricevette la notizia da Giovanni. La svegliò alle due e trenta precise. Lei accese l'abat-jour stentando a comprendere ciò che diceva, e poi si mise seduta sul letto per ascoltarlo.

L'avvocato Piero Mannino aveva accusato un dolore al petto, ma la moglie non aveva fatto in tempo a dargli aiuto. Quando era arrivata l'ambulanza era già andato all'altro mondo.

Prima di riattaccare, Giovanni le confidò il desiderio di incontrarla presto per parlarle di qualcosa d'importante. Lei rispose che... «Va bene, magari domani ti chiamo».

La mattina dopo il paese sembrava sprofondato nel più scuro degli incubi.

Tutti a parlare dell'assessore appena morto, domandandosi come avrebbero fatto la povera Cettina e i figli a resistere a tanto dolore. Che ingiustizia terribile.

Poca gente per strada, malgrado la Settimana Santa, e un cielo nero da fare paura.

Il ricordo di July, John e Rocco sembrava già lontanissimo.

In quella piccola comunità dove ogni evento era condiviso, soprattutto le disgrazie, quando moriva qualcuno soffrivano tutti, e questo li avvicinava, favorendo solidarietà e conforto reciproco.

Quella stessa sera, verso le otto, già pronte per chiudere, passarono in rosticceria Nicoletta e sua madre. Anche loro reduci da una lunga giornata di lavoro.

«Come va?» domandò Letizia a Sarina.

E mentre lo chiedeva appariva sciupata e stanca.

«E come vuoi che vada?» rispose Sarina. «Hai sentito dell'assessore, no?»

Era sconvolta.

Rosa si era spostata di là in laboratorio, per dare una mano a lavare padelle e tegami sporchi dopo la visita degli americani. Era tutto sottosopra, ma per loro restava il giorno più bello che avessero vissuto dopo l'inaugurazione. E dei tanti arancini rimasti, prevedevano di approntare piccoli vassoi da offrire ad amici e parenti.

«Mi dispiace *ca ieri non vinìstu*» aggiunse Sarina. «Ma dopo quello che è successo *mi pari pure peccato parràri* di cose allegre.»

«Già» replicò Letizia. «*'Na tragedia piddavèru. Speriamo ca so' mugghieri si nni fa 'na ragiuni. E poi ddri poveri picciriddi*. Dobbiamo pregare. Solo la preghiera ci resta. *Io nni sacciu qualcosa… Me maritu muriu 'na stissa maniera.*»

«Eh sì, cara Letizia. *U Signuruzzi nn'ava a aiutari, e puru a Madunnuzza*. Però ora è meglio *ca canciamu discussu.*»

Lo disse per umana pietà nei riguardi di Nicoletta che aveva già i suoi guai.

«E tu *giuiuzza beddra*, come stai?» chiese Sarina.

La ragazza non rispose. Ma si avvicinò alla vetrina per indicarle un arancino al sugo che intendeva mangiare.

«Tieni, *pigghia cca, ti fa beni.*»

Sarina le si avvicinò provando tenerezza e comprensione. Di dispiaceri amorosi se ne intendeva, essendone stata succube per tanto tempo, e conosceva ancora meglio le delusioni che lasciavano dentro. Non c'era differenza dovuta all'età. Si soffriva a venti come a sessant'anni.

Negli occhi della ragazza intravide un dispiacere denso, e sua madre la spronò a raccontare cos'era accaduto giorni addietro.

Inizialmente Nicoletta si mostrò restia, ma poi, assicuratasi che non ci fossero altre orecchie ad ascoltare, si aprì.

«Ho saputo che Salvatore è andato a Bologna.»

«E *picchì*» rispose Sarina.

«I suoi genitori hanno deciso di farlo laureare lì. Sono sicura che l'hanno fatto apposta per allontanarlo da me. E vedrai che si fidanza pure con qualche ragazza del nord.»

«E tu che pensi di fare?»

«Non lo so. Però sto male. Lo amo…»

«Ma *chi nni* sai ancora dell'amore tu, *sii troppu giovane pi sapìri 'sti cosi.*»

«Non è vero ma', io sono sicura di quello dico.»

«E allora vai e parlaci» la spronò Sarina. «Se vuoi sapere dove si trova potrei aiutarti io. Vuoi che mi informo?»

«No!» rispose Letizia piuttosto seccata. «Non è giusto *ca me figghia si umilia accussì.*»

«Ma Letizia, se uno è innamorato non c'è vergogna!» rispose a tono Sarina.

«Io vorrei sapere cosa ne pensa Rosa» le interruppe Nicoletta.

«Te la chiamo subito.» All'istante Sarina si attivò per far arrivare la sua socia.

«Rosa, passa *cca*, *avemu* bisogno di *tia.*»

E Rosa fu di là in un lampo.

«Senti, Nicoletta *voli sapìri chi nni penzi tu…*»

«Di cosa?» domandò l'interpellata.

«Salvatore è andato a studiare a Bologna» le annunciò seria Nicoletta. Sotto gli occhi si notavano due occhiaie profonde che tradivano nottate passate in bianco e pianti continui «e a me manca molto.»

D'un tratto, senza cercare di contenersi, scoppiò in lacrime.

Sarina se la prese tra le braccia e la strinse a sé per farle percepire tutta la sua comprensione.

«*Non chiànciri picciridda, vedrai ca i cosi si sistèmunu.*»

Cercava di calmarla, mentre Rosa si era fatta scura in volto. Dopo qualche istante, tentando di dissimulare la sua preoccupazione, le disse:

«*Si ti manca, faccìllu sapìri.*» Non era riuscita a essere più originale ma continuava a rassicurarla e farle capire che era l'unico modo per conoscere i sentimenti di Salvatore.

«Lo vedi?» replicò Sarina, rivolgendosi a Nicoletta. «*U stissu dissi iu*. Solo così puoi scoprire la verità.»

«Ma *chi iti cuntannu*?» gli urlò la madre. «E tu, Rosa, non eri quella che diceva a Nicoletta di farglielo vedere a quei farabutti di che pasta è fatta? E ora, *chi successi, canciàsti idea*?»

«No,» sottolineò l'interpellata «non *canciài* idea. Anzi, resto convinta *ca non servi a nenti chiànciri*, ma dimostrare di difendere una storia d'amore a cui si tiene non può essere vista come una colpa.»

«E allora vai, *figghia mia. Si chistu è chiddru ca voi, fallu*. Io però non *t'accumpagnu*.»

Letizia non era affatto d'accordo sulla linea di combattimento pensata da Rosa e Sarina, e anzi, restava più che mai convinta che abbassarsi a rincorrere il proprio fidanzato fosse una dimostrazione di subalternità. Lei avrebbe consigliato esattamente il contrario, se solo Nicoletta gliene avesse dato modo, ma come previsto, non le aveva chiesto aiuto. D'altronde, lei stessa da giovane aveva rifiutato i consigli dei suoi genitori, quando si era trattato di questioni sentimentali, e ora le toccava provare la rabbia di sua madre, assistendo inerme a quelle lacrime.

«*Ci vaiu io*» gridò dalla cucina Maria.

Letizia, Sarina, Nicoletta e Rosa si guardarono negli occhi, sbarrandoli subito dopo.

Maria era impazzita?

Uscì dalla cucina decisa come non mai, e mentre si toglieva il grembiule disse che in verità non ci sarebbe stato bisogno che Nicoletta fosse accompagnata da qualcuno, dato che aveva diciannove anni ed era anche molto giudiziosa, ma siccome non era mai uscita dalla Sicilia prima di allora, sarebbe stata l'occasione per partecipare al battesimo del suo primo viaggio. In ogni caso era felice di allontanarsi per qualche giorno da casa, e soprattutto da sua sorella, ma a seguire fece l'occhiolino a Nicoletta per farle capire che stava scherzando.

Aveva già deciso e non ci avrebbe ripensato un attimo. Dal laboratorio venne fuori anche Nunziatina, che insieme alle altre sembrava sbalordita per quella decisione. Come se uno spiritello avesse posseduto Maria.

Proprio lei poi, che non avrebbe preso un treno nemmeno sotto tortura. Forse era più importante l'obiettivo.

Mossa da spirito di sorellanza, Sarina si sarebbe messa al lavoro già l'indomani mattina.

«Almeno vedrò di capire dal padre di Salvatore come stanno le cose» disse.

«*E unni vai, a so' casa*?» le chiese Maria alquanto interdetta.

«Ma no! Andrò allo studio con una scusa.»

«Mah.» A Maria la trovata sembrava eccessiva. E quando mai le due sorelle si trovavano d'accordo su qualcosa?

«Sì, però domani ti voglio puntuale in rosticceria» disse Rosa. L'intento della battuta era spegnere ogni polemica.

Su tutto contava veder sorridere Nicoletta.

19

Maria e Nicoletta partirono alla volta di Bologna una mattina di maggio. Si erano svegliate all'alba per arrivare puntuali alla stazione.

Prima tentennamenti da parte della ragazza, poi sicura, poi di nuovo indecisa e poi spaventata. Ma la grinta di Maria riuscì a calmarla, certa di fare la cosa giusta. Chiarirsi con Salvatore era un passo necessario.

Sarina, quello stesso giorno, andò dal dottore con la scusa di un malanno per farlo parlare. Era già passata due volte dal suo studio, giorni prima, e non l'aveva trovato. Decisa più che mai ad assumersi il ruolo di detective nella storia tra Salvatore e Nicoletta, tornò alla carica.

«Dottore, ho un dolore allo stomaco preoccupante» gli disse.

Il medico fu subito gentile con lei, e si preoccupò di capire la natura del suo disagio. Le fece diverse domande. Intanto, tra una risposta e l'altra, lei voltava la testa alla ricerca di un appiglio per cominciare a parlare. In un angolo della libreria alle sue spalle, stile classico come il resto dell'arredamento, trovò la soluzione.

«Che bella foto, è lei da giovane o è suo figlio?»

L'aveva ben capito che si trattava di una foto scolorita di molti anni prima, ciononostante voleva mostrarsi incerta nel distinguerli per esaltare il suo orgoglio di padre.

«Eh! Siamo identici, vero? Be', cara signora, allora la sorprenderò. In quella foto sono proprio io!»

«Incredibile, davvero. Siete due gocce d'acqua.»

Il medico si alzò, avvicinandosi alla mensola, e portò il trofeo vicino a sé, poi lo diede in visione alla gentile paziente.

«Guardi che muscoli. Ero uno sportivo, sa? Campione regionale di hockey. Ma come accade per ogni cosa, a un certo punto è finito tutto. Il lavoro, la famiglia, i pensieri. Come si stravolgono le abitudini!»

«In che senso, mi scusi.»

«Nel senso che a quei tempi la vita era facile, diversa ogni emozione. Stavo con una ragazza che viveva lontano da qui, e quando avevo due giorni liberi andavo a trovarla a Bordighera.»

«Quindi sua moglie è stato un amore più maturo!?» domandò Sarina, sempre più astuta.

«Eh già. Mia moglie è arrivata dopo. Ma con quella ragazza ebbi una storia importante.»

«Purtroppo, come ha detto lei, ogni cosa finisce, anche l'amore» ribatté Sarina, aspettando una risposta chiarificatrice.

«Anche qui la risposta è difficile. Insomma, certe volte finisce per colpa d'altri, e certe volte fortunate continua.»

«Ah, ma allora è successo qualcosa di brutto in quella storia?...»

Il medico diventando serio commentò:

«Non devo insegnare a lei come erano fatti i genitori di una volta. Specialmente quelli del sud. Mi hanno riempito di sensi di colpa e ho dovuto lasciarla. Troppo disinibita, troppo lontana, troppo testa calda. E io ero figlio unico, si immagini».

«Le è dispiaciuto?»

«Eh, oramai è passato tanto tempo... Non dovrei dirlo, però, sì, ecco, l'ho detto. Sì, allora soffrii molto.»

Dunque, il dottor La Rocca stava perpetrando sul suo stesso sangue l'orribile delitto di cui era stato vittima a sua volta: l'uccisione di un amore felice. Sarina avrebbe potuto insinuarsi nei meandri della sua malinconia, e magari convincerlo a cambiare idea su Nicoletta, giusto perché non accadesse la stessa tragedia e a pagarne lo scotto fosse Salvatore. Ma decise di mordersi la lingua, lasciando parlare lui.

Della moglie d'altronde sapeva poco, perché la signora non frequentava la fauna paesana, preferendo accompagnarsi con gente dei salotti cittadini. In quei pochi minuti faccia a faccia, decretò che il dottore le stava simpatico.

Forse spinto da un singulto di colpa, lui volle precisare un dettaglio non trascurabile.

«Comunque, mia moglie è una brava donna, forse ha un carattere troppo deciso e vuole essere sempre lei ad avere l'ultima parola, ma ringrazio Iddio di averla messa sulla mia strada. Sa quante volte devo chiamarla durante una giornata? Almeno sei, sette, quando è poco. Lei sa tutto, gestisce, dirige, risolve, apre, chiude, sistema, insomma, è la nostra comandante di bordo. E poi abbiamo due figli che adoriamo e non ci manca nulla.»

«Be', allora in questo caso è stato fortunato, meglio così. Io non potrei dire lo stesso di me.»

«Ah no? E perché? Non è sposata anche lei? Se non ricordo male, l'ultima volta che è venuta qui era accompagnata da suo marito, e mi ha dato l'idea di una brava persona.»

«Non lo è più da due anni, esattamente da quando siamo entrati in questo studio insieme. E comunque, eravamo troppo diversi, anche se Melo è un bravo ragazzo. Però meglio aver troncato.»

«Troverà un altro uomo che saprà apprezzare le sue qualità, vedrà. Accadrà quando meno se lo aspetta. Nel frattempo non trascuri il corpo e curi lo stress, perché a volte parte tutto dalla testa.»

«Grazie dottore, se un giorno le andasse di mangiare un buon arancino la invito a venire a trovarci nella rosticceria dove lavoro.

Sta proprio vicino alla chiesa di San Sebastiano. Magari c'è già stato, e io non ero presente. La prossima volta vorrei essere io a servirla.»

«No, non ho ancora avuto modo di passarci. Avevo letto un trafiletto su un quotidiano, e poi i miei pazienti ne parlano ogni tanto. Lo farò con piacere. Non dubiti.»

Dopo una piacevole chiacchierata, il medico le prescrisse la cura, invitandola a tornare dopo un mese. Per lui si trattava più che altro di ansia accumulata e niente di preoccupante. Ai saluti le strinse la mano, dicendo che anche lui sarebbe tornato a casa. La giornata di lavoro finiva lì, in largo anticipo. Ma ogni tanto un po' di relax non guastava.

Maria telefonò a casa al suo arrivo a Bologna. Era sera inoltrata.

«Tutto okay» disse. «Viaggio perfetto e Nicoletta è serena. E tu, come stai Nunziatina?»

«Come vuoi che stia?» rispose sua sorella. «Sei partita da poco, non è che qui cambino le cose all'improvviso, eh?»

«*Certu, u sacciu, ma era pi dire*!»

«Va be', senti… In rosticceria le solite *camurrie*, poca gente. Oggi Sarina è andata dal dottore per cercare di capire se è più stronzo lui o sua moglie. E per quello che ne ha dedotto, vale la seconda ipotesi. Quello è un povero cristo nelle mani di un'arpia.»

«E io me lo immaginavo! Quella donna *nun ma piaciutu mai, troppu presuntuosa e si atteggia comu si fussi 'na regina*. Comunque, domani Nicoletta andrà da Salvatore. Poco fa ha studiato sul cellulare il percorso che deve fare per raggiungere l'appartamento dove abita. Passo e chiudo, da Bologna è tutto.»

La telefonata di Maria arrivò anche a Rosa, Sarina e Giuseppa, mentre a Letizia fu la stessa Nicoletta a dare notizie di sé. Oramai erano tutte partecipi del destino di quella brava ragazza. Sua madre non riusciva a darsi pace per le sofferenze che immaginava stesse patendo, ma sapeva per esperienza che era un percorso inevitabile nella sua vita. E per certi aspetti assomigliava al suo. Era accaduto anche lei, tanti anni prima, di subire simili dispiaceri a causa di un amore ostacolato dai genitori del fidanzato di allora. Liti furibonde con la futura suocera, e alla fine era stata costretta a soccombere. Che gente cattiva!

Un giorno, quando oramai si era messa il cuore in pace, ed era già sposata, l'aveva incontrata per strada.

Quanto le era sembrata vecchia e inerme! Nemmeno i residui del disprezzo che aveva provato in quella circostanza erano riusciti a prevalere sulla pietà che le era venuta vedendola. E quanto amaro in bocca le aveva lasciato quell'incontro. Una triste megera con il volto ricoperto di rughe che aveva avuto il potere di cambiarle la vita.

Ora, per uno strano scherzo del destino, era sua figlia a intossicarsi per un'altra donna ottusa.

Tremava al solo pensiero di rivedere negli occhi di Nicoletta la sua stessa disillusione. Ecco perché la notte stentava a prendere sonno, ingarbugliata tra sofferenze conosciute e previsioni catastrofiche per il futuro.

L'istinto di andare a casa del dottore e consorte era assillante, ma non lo avrebbe mai fatto, per non mettersi in ridicolo, dando modo ai *curtigghiari* di Monte Pepe di farsi quattro risate. Prima di addormentarsi la raccomandava a colui che poteva tutto, supplicandolo di pensare alle tante ingiustizie che la gente perbene era costretta a sopportare. Lui e solo Lui poteva aiutarle.

Carmelo attese mezzanotte per telefonare alla sua dolce ossessione.

Erano giorni che Rosa evitava accuratamente di aprirgli la

porta, anche quando non era al lavoro. Di solito, nelle ultime settimane, usciva presto, e quando lui passava dalla rosticceria per un saluto, lei si mostrava fredda, lasciandolo come un baccalà, e dunque si sentiva ridicolo. Persino a Nunziatina faceva pena, e allora con una scusa lo intratteneva facendolo parlare un po', cercando di metterlo a proprio agio, ma poi scontento se ne andava con una scusa. In quelle occasioni Nunziatina criticava Rosa, e fra loro nascevano battute all'aceto.

«Non parlare a vanvera se non conosci i fatti» diceva Rosa.

«Sì, però tu...» aggiungeva Nunziatina, e ricominciava il giro. Ma sempre attente a difendere i propri principi.

«Pronto?» disse Rosa con la voce impastata di sonno.

«Ciao Rosa, sono io.»

«Ah, senti chi si rifà vivo.»

«Rifarmi vivo... io? Ma se ti cerco tutti i giorni in rosticceria e fai finta di non vedermi.»

«Quando sono al lavoro non voglio distrazioni.»

«E allora perché non apri quando ti suono al campanello di casa?»

«Perché evidentemente sono uscita, no?!»

«Non è vero, l'altra mattina c'eri, mi sono appostato dietro le finestre e ti ho vista.»

«Che fai, mi spii? E comunque se non ti ho aperto vuol dire che non volevo vederti.»

«Infatti, lo so, ed è questo il punto, non capisco perché. Però vorrei capirlo. Dopo la mia lettera sei cambiata.»

«E certo che sono cambiata! Mi hai chiesto di darti una mano, a fare che? Dovrei sostituirmi a una psicologa che ti legge nei pensieri? Oppure a una maga? Mi dispiace, non ho tempo.»

«Ma che dici? In quel foglio ti esprimevo la mia paura di sbagliare. Mi piaci e vorrei frequentarti per arrivare a qualcosa di serio.»

«Non so se sono pronta, e poi che altro ti dovrei dire? Veramente non sono disposta a rischiare per un rapporto che è già complicato dall'inizio.»

«Ti va di uscire con me?»

«Quando?»

«Quando sei libera. Potremmo andare a prendere un gelato dove vuoi tu.»

«Non so, dammi un po' di tempo, semmai ti farò sapere. Magari ti scrivo un WhatsApp sul cellulare.»

«Non ho il cellulare, non mi serve.»

«Non hai il cellulare?» urlò inorridita. «Ma su che pianeta vivi?»

«Rosa, ma chi se ne frega di queste scemenze. Se vuoi comunicare con me basta che bussi alla mia porta.»

Comprese in quelle ore che con Carmelo doveva troncare. Non c'era ancora niente tra loro, ma anche nel caso di un pensiero più insistente, sarebbe stato meglio evitare.

Gentile, per carità, e affettuoso, inutile sottolinearlo ancora, e le piaceva come persona, ma troppo legato a situazioni dolorose del passato. Mentre lei voleva vivere, vivere, vivere!

Non era portata per situazioni estreme, e rimettersi in gioco con un uomo problematico avrebbe significato perdere tempo.

Si sarebbe presa l'onere di comunicarglielo con le dovute maniere, per non ferire la sua sensibilità. Colpa dello sconforto da cui si era fatta condizionare in quel periodo, che forse l'aveva tratta in inganno. Ecco perché aveva confuso la tenerezza con altri sentimenti.

L'amore, invece, alimentava emozioni più forti, per esempio il batticuore.

E Carmelo non rientrava in quella categoria.

Se pensava all'eventualità di baciarlo, stringerlo e farci l'amore già le veniva l'ansia. Ovvero, l'opposto della passione vissuta con Pippo, e di certi sfarfallii nello stomaco che lui le alimentava, o le palpitazioni provate per Enzo quando era ragazzina. Non che pretendesse di riviverli con la stessa foga di allora ancora alla sua età, sarebbe stato ridicolo, ma nemmeno calma piatta!

Un sonno ristoratore la aiutò a scrollarsi di dosso il senso di amarezza per quella telefonata. Non era più tempo per la sofferenza. A quella maledetta strega aveva già pagato un obolo consistente.

E la serenità poteva essere dietro l'angolo; lei voleva acchiapparla per tenersela stretta a sé.

20

Quando dopo pochi giorni rientrarono alla base, Maria e Nicoletta trovarono il gruppo al completo ad aspettarle alla stazione.

Letizia si fiondò tra le braccia della sua adorata figlia, aspettando che le dicesse qualcosa. Al telefono, da Bologna, era stata alquanto restia, perché non le andava di raccontare troppo, e sua madre non aveva voluto insistere per non indispettirla.

«È andato tutto bene. Sono sicura che Salvatore prima o poi tornerà» disse in una confessione breve, che durò come una folata di vento. «È stato felice di vedermi e mi ha detto che è stata una sorpresa stupenda. Bologna è una città molto bella, sapete?»

«*A iddra ci piacìu, a mia no*» sentenziò Maria. «*Mi pari chiù bella Roma.*»

«*Ma chi c'entra, Maria? Roma è Roma, ma puru l'autri città su belli*: Milano, Firenze, Torino» disse Nunziatina.

«Mah. Ripeto…» commentò lei «*a mia non mi piaciu tanto*. È *china* di archi e biciclette.»

«*Làssila stari*, Nicoletta» sottolineò ancora Nunziatina. «*Me soru non ci capisci nenti di arte*, e poi ha fatto sì e no tre viaggi *'na so vita.*»

Nicoletta sorrise e poi aggiunse poco altro.

«Bene, ora però non parliamo più di me.» Lo disse con l'aria di chi aveva già provato fin troppe emozioni negli ultimi giorni. «Sono contenta, davvero, e non vi preoccupate di niente.»

Sarina cercò di spezzare la tensione invitandole ad andare in pizzeria per festeggiare l'occasione. A pochi chilometri dalla stazione avevano aperto un nuovo locale di cui tutti parlavano, e dove, a sentire chi se ne intendeva, preparavano pizze eccezionali.

Rivolgendosi in primis a Maria e Nicoletta domandò:

«Vi va? O siete stanche del viaggio?».

Risposero tutte che avevano una gran fame.

Nell'auto di Sarina, seppure abbastanza grande, stavano strette, e allora Nicoletta trovò il modo per farsi un po' di spazio nel sedile posteriore: montò sulle ginocchia di sua madre. Mentre si muoveva, cercando di non schiacciare col peso del suo corpo Nunziatina, la madre e Maria, suscitò risate che si allungarono per l'intera durata del viaggio. Sembrava che tutte, eccetto lei che giovane lo era per davvero, fossero tornate adolescenti.

«E *si ti fermunu* i carabinieri c'è pronta '*na* multa» disse Giuseppa rivolgendosi a Sarina che guidava fin troppo disinvoltamente.

«No, *secunnu mia ci lèvunu propriu a patente*» rimarcò Rosa, usando un tono complice, mentre continuava a sghignazzare con le altre.

«State zitte, che io conosco il brigadiere» rispose tutta seria l'interpellata. «È un cliente della rosticceria, e mi fa pure la corte.»

«Sì, ma *cca non semu o nostru paisi*» fece notare Nunziatina. «*Cca è n'autra cosa...*»

«E *chi* c'entra? I carabinieri di questa zona si conoscono tra loro.»

Conclusero la serata godendosi delle pizze gustosissime condite con specialità locali. Giuseppa ne scelse una che aveva almeno due etti di caponata spalmata sopra.

«*E quannu a digerisci*?» le domandò ironicamente Maria.

«*Io u stomaco l'haiu bbonu*» commentò lei, e fece pure le corna per scongiurare un mal di pancia. Quindi si rivolse a Sarina:

«Ci *turmamu prestu*, vero?».

Voleva garantirsi un ritorno a breve scadenza. Era stata così bene quella sera che pensò che la felicità potesse essere rappresentata anche da una semplice cena con le amiche.

Nelle ultime salite, prima di arrivare all'imbocco per la piazza, che annunciava l'ingresso ufficiale in paese, furono travolte da un nuovo attacco di allegria. Letizia poi era più che contenta di avere visto negli occhi di sua figlia un po' di serenità, e le altre speravano che da lì in avanti sarebbe iniziata una tregua tra Nicoletta e i genitori di Salvatore. Almeno, passata la buriana, ci si aspettava che cominciassero a ragionare. L'importante era sapere che lui non l'avrebbe fatta soffrire ancora.

Una di quelle mattine, Melo si presentò davanti al cancello della famiglia Lo Turco per parlare con Sarina. Si affacciò la madre di lei, urlando che l'indirizzo di quella casa se lo doveva scordare.

«*Senti tu, di cca ti nna gghiri, u capisti*?!» gli disse con una voce nervosa e stridula.

«*Ma chi voli di mia? Io haiu a parràri cu Sarina.*»

«*Sarina non ci voli parràri cu tia. Chistu è quantu.*»

Sarina invece non era in casa. Era andata a fare la sua solita camminata, questa volta da sola, e sua madre si era messa in testa che andare in giro per le campagne senza qualcuno vicino potesse rappresentare un pericolo. Con quel pazzo che stava sempre in giro, era a rischio di agguati. Impensierita telefonò a Rosa avvisandola della brutta novità.

«*Stassi* tranquilla, donna Mariuccia, ci penso io. Ma *unn'è* ora Melo?»

«*Si nni iu, ma non sacciu unni. Sugnu* preoccupata.»

«*Lassàssi fari a mia. Ma vidu iu.*»

Uscì dalla rosticceria intenzionata a trovare Sarina per tranquillizzare sua madre. Tra sé e sé comprendeva la paura di quella donna. Al pomeriggio in televisione non si parlava d'altro che di povere disgraziate massacrate da ex mariti gelosi, e pure se Melo se n'era andato spontaneamente, per stare appresso a gonnelle e tacchi a spillo, chi poteva mai sapere quali pensieri gli passavano per la testa?

Magari ossessione immotivata, senso dell'orgoglio incattivito, o pura pazzia.

Patologie della mente umana, specie maschile, che mostravano una recrudescenza preoccupante che non poteva più essere trascurata. Troppe, troppe donne finite al cimitero senza un perché.

E poi, a Sarina, era legata da un sentimento fraterno. Le suscitava istinto di protezione, affetto naturale. Una ragazza decisa e forte, certo, e non faceva mai pesare la sua bellezza, anzi, spesso la mortificava, ma si vedeva da alcune sue insicurezze il bisogno di sentirsi amata.

Sognava di vederla finalmente serena con un uomo perbene accanto. E Giovanni sarebbe stato perfetto. Eppure, quella testona insisteva nel lasciarlo in attesa, ripetendo a tutte la solita scusa della differenza di età.

Mentre le più stupide trovavano mariti da fare invidia. Perché poi non era vera la storia delle persone sole e comunque felici. Lei sentiva ancora addosso le braccia di Pippo avvolgerla nell'oscurità della notte, quando dopo una giornata di lavoro, sotto le coperte, cercava il suo corpo e lo ricopriva di baci.

Ah, che brividi solo a pensarci!

Cominciava in quel modo la loro ballata d'amore, e durava fino a quando, stanchi, non si addormentavano stretti stretti dimenticandosi di tutti gli affanni.

Quanto tempo era passato da allora?

Sembrava una vita, e invece erano solo pochi anni.

Anni in cui la mancanza della parola "marito" l'aveva mutilata.

"Mio marito non c'è, torni dopo", oppure, "Aspetti, che chiedo a mio marito", o "Certo, verremo senz'altro io e mio marito".

Piccole abitudini che di colpo aveva dovuto cambiare, a favore di un "Va bene, verrò quanto prima", o "Grazie per l'invito, se potrò sarò presente".

Non aveva mai fatto caso a certe piccole variabili, eppure così importanti.

Da moglie non si era mai chiesta come ci si potesse sentire di colpo ritrovandosi sola. E il principio valeva anche per gli uomini. "Le mancanze" a cui di continuo pensava.

E in fondo, la presenza di Sarina, Giuseppa, Nunziatina e Maria, ma anche di Letizia e Nicoletta, era stata balsamo per i suoi guai. Neanche a loro la vita aveva risparmiato tristezze, dunque potevano comprendersi reciprocamente.

Chissà cosa provavano le gemelle quando andavano a letto, e a chi pensavano. E Giuseppa, con i suoi vuoti dell'anima. Perché tanto lo sapeva che le notti di quella donna erano tutte lunghe e insonni.

E che dire di Sarina che ogni giorno rimuginava sulle brutte azioni che le faceva Melo?

Per Nicoletta invece nutriva molte speranze. Salvatore si sarebbe ricreduto, non poteva sbagliarsi. E Letizia avrebbe ricevuto la grazia più bella per una madre.

Vide la sagoma di Sarina da lontano. Le veniva incontro. Emise un urlo disperato.

«Sarinaaaaaa.»

Sarina, ascoltando quello strano richiamo, pensò a una disgrazia. Aumentò il passo per raggiungerla. Davanti al suo sguardo tragico le aumentò il fiatone fino a diventare l'ansimare di un fuggiasco.

«*Matruzza* Santa, *chi successi*? *Me matri* sta bene?»

«Sì, tranquilla, è tutto a posto. Non è *iddra u* problema.»

«E *allura cui*? Maria?, Nunziatina?, Giuseppa?, Nicoletta?»

«No, no, si tratta di Melo.»

«*Non mi diri ca fici un incidente ca moto. Putissi svèniri cca.*»

«No, no, no, stai tranquilla, *iddru* sta bene, *sulu ca…*»

«*Ca…?*»

«*Iu a to casa e ti ciccava, e tu 'mmaggini a to matri?*»

«Uh, *chi scemenza*! E *vi stati preoccupanno pi chistu?*»

«No, sì, cioè… Mi *preoccupai picchì u sai come sunnu cetti* uomini, prima *ti cercunu pi parràriti e poi t'ammazzunu.*»

«Tu *talii* troppa televisione Rosa.»

«Ma *quali*, io *na suppottu*! E comunque, non ci scherzare troppo, che non è il caso. Io stavo davvero in pensiero *pi tia*, eh?!»

«Fidati di me, è innocuo. Forse ha bisogno di soldi. Anzi, ne sono certa.»

«Sì, però io ti accompagno a casa.»

La cucina di donna Mariuccia era in ordine perfetto. Ora si era seduta e beveva un bicchiere d'acqua che le aveva passato sua figlia.

Era pure tutta accaldata.

«*Bivi ma', bivi. Ma chi ti passau pa' testa, eh? No sai ca chiddru è scemu? Non mi putissi fari mai del male.*»

«*Ma chi dici? L'omini sunnu lupi*» le rispose sua madre.

«*Ti sbagghi. U canusciu megghiu di tutti a Melo. Sutta sutta* è *buono comu u pani*. Semmai è stupido e *pi chistu cummina casini.*»

«*Non diri 'sti parulàzzi*!» Donna Mariuccia ammonì Sarina come se fosse ancora una bimba. Ma le parolacce in casa sua non erano autorizzate.

«Be', adesso che intendi fare?» le domandò Rosa per mitigare il battibecco fra madre e figlia. L'agitazione, combinata alla catarsi di un pericolo scongiurato, rischiava di fare altri danni, confondendole.

«Lo chiamerò al cellulare e mi farò dire cosa vuole. State tranquille, vi prego. Non montate una tragedia per nulla. Abbiamo altri problemi a cui pensare. Piuttosto, tu, Rosa, torna in rosticceria che potrebbero avere bisogno di te...»

«Va bene signora maestra, vado! Ma *arriva prestu puru tu, picchì pi vìnniri l'arancini ci voli 'a to beddra facci.*»

Con la sua solita vena ironica, Rosa aveva tentato di riportare il sereno in casa delle due donne, e in particolare nel cuore di donna Mariuccia. Le ricordava tanto sua madre, morta nel pieno delle forze per le conseguenze di un diabete sempre trascurato, e dunque le suscitava tenerezza. "*Matri mia*": era il suono di due paroline che la facevano tremare e che le faceva piacere ripetere ancora, anche senza averla più al suo fianco.

Alla chiamata di Sarina, Melo non rispose. Dopo qualche minuto, le inviò un messaggio.

Ora non posso rispondere, ma ho bisogno di vederti per parlarti di una cosa importante.

Sul momento a lei venne il dubbio che sua madre e Rosa avessero ragione, e in un impeto di razionalità salvifica gli scrisse all'istante, specificando che se ci teneva a incontrarla, doveva presentarsi in rosticceria. Solo lì o niente. Altrimenti erano fatti suoi. Lui accettò l'aut aut e dopo mezz'ora erano seduti ai tavolini fuori per parlare.

Dunque, il fatto poteva riassumersi in pochi e ingarbugliati passaggi.

Melo aveva una tresca con la signora Claudia, moglie del dottore e madre di Salvatore, il quale dottore aveva sorpreso lei e Melo a chiacchierare insieme nel patio della loro villa. E che ci faceva quel bestione muscoloso con sua moglie? Rientrato senza preavviso, il dottore aveva subito pensato a qualcosa di losco. Poi, interrogando entrambi, aveva assistito a un teatrino più patetico che tragico. Sua moglie era rimasta muta, e il manzo tatuato aveva farfugliato scuse assurde. Tanto assurde che senza concedergli il beneficio di aggiungere altro lo aveva sbattuto fuori, urlandogli contro una serie di bestemmie spaventose. E dire che era un tipo sempre gentile e calmo, così lo descrivevano i suoi pazienti. Ma... Nel tardo pomeriggio, Melo aveva chiamato Claudia e lei lo aveva supplicato di sostenere una tesi alquanto fantasiosa. L'improbabile storiella che Melo era andato a trovarla per supplicarla di trovargli un lavoro. Era, insomma, secondo le fantasie della signora, un povero disperato che era andato a casa sua perché lei lo aiutasse nella ricerca di un'occupazione che da solo, con le sue forze, non riusciva a trovare. E chi meglio di lei, così stimata e ben voluta ovunque?

«Sì, ma io che c'entro?» aveva insistito perplessa Sarina, incredula per una scusa che faceva acqua da tutte le parti, visto che lo sapevano tutti che Melo di *travagghiu non nni manciava proprio!*

«Eccome se c'entri! Claudia ha giurato a suo marito che tu sapevi tutto, e che anzi eri stata proprio tu a consigliarmi di andare da loro.»

«Io? Ma se l'ho visto due giorni fa, il dottore! E non mi ha fatto menzione di questa tragedia patetica.»

Verificando la data in cui si erano svolti i fatti, scoprirono che la mattina in cui Sarina si era rivolta al medico per il suo mal di stomaco, Melo era andato da Claudia, e lì i due amanti erano stati scoperti. Un gran casino! Dunque era accaduto tutto più o meno nelle stesse ore. Sarina ricordava perfettamente anche l'ultima frase che il medico aveva pronunciato prima di salutarla: «Per oggi ho finito, mi concederò un po' di riposo a casa». E poi, una volta arrivato lì, aveva trovato la brutta sorpresa.

«Ma come fai ad avere un'amante così vecchia, tu che frequenti solo ragazzine? Non rispondere, ti prego, immagino che lei ti mantenga.»

«Ma che dici, vecchia? Ha più o meno la tua età, forse qualche anno di più.»

«Sì, va be', e sembra mia nonna!»

L'aveva punta nell'orgoglio, e infine si era scoperta ancora e nonostante tutto gelosa di lui.

Già. E gelosa lo era proprio, malgrado l'evidenza dell'inaffidabilità del suo ex. E malgrado avesse un ragazzo carino, giovane e innamorato che aspettava solo un fischio per renderla la donna più felice del mondo.

«E poi io non sono mantenuto da nessuno. Claudia è una donna spiritosa.»

«E non ti vergogni a difenderla? Mi fate schifo tutti e due.»

«Comunque ora ho bisogno che mi aiuti, ti prego, non abbandonarmi. Se il dottore dovesse chiederti notizie di noi, ti scongiuro, rispondi che sei stata tu a convincermi ad andare da sua moglie per aiutarmi a trovare un lavoro.»

«Non lo farò mai! Non diventerò la vostra complice.»

Si alzò di scatto e rientrò in rosticceria sconvolta.

Melo la seguì a ruota e affacciatosi a mo' di cucù dalla porta, la supplicò una seconda volta di dargli una mano.

«*U sai chi vogghiu dire*» disse alla fine.

Rosa rimase con gli occhi sbarrati cercando di capire, e dalla cucina si sentirono mugugni tra le socie.

Dopo che Sarina raccontò tutto, Rosa fu ancora più convinta nel consigliarle che era arrivato il momento di stare alla larga da Melo, ché tanto, *u lupu pirdeva u pilu ma no u viziu*.

«Piuttosto» notò con la sua solita ironia «hai capito quanto è integerrima la signora futura suocera? Avremmo un ricatto pronto per obbligarla ad accettare il fidanzamento del figlio con Nicoletta. Ma noi siamo persone perbene, giusto?»

«Esatto!» rispose Sarina. «Noi siamo persone perbene e non considereremmo nemmeno per scherzo di sfruttare questo segreto, vero?»

Però almeno era una bella soddisfazione scoprire che anche la più integerrima lady del circondario aveva i suoi scheletri nell'armadio.

Passarono al massimo tre ore, e il dottor La Rocca si presentò in rosticceria.

Sarina, dalla cucina in cui era entrata per prendere un vassoio colmo di arancini, lo vide avvicinarsi e salutare Rosa. Si dichiarò affamato. Lei, già agitata, se ne restò ferma lì, e a passare al banco vendita, sua postazione di lavoro, non ci pensava affatto.

Rosa lo accolse con il migliore sorriso della giornata, ma allo stesso tempo diventò paonazza. La sorpresero anche delle vampate violente che le fecero sentire bollori nel petto. Davanti alla faccia turbata del dottore, con nonchalance, gli domandò quale degli arancini esposti facesse al suo caso.

«Oggi le consiglio quello al nero di seppia, se posso permettermi…»

«Meglio stare leggeri» rispose lui «la dieta impone sobrietà.»

«Be', ma i nostri arancini sono fritti nell'olio buono, stia tranquillo. Comunque, se ne preferisce uno al burro, prosciutto e piselli, li abbiamo appena tirati fuori da…»

«Perfetto» disse lui, bloccandole la risposta e aggiungendo sottovoce: «E…».

«E…? Dica pure.» Rosa era già sul chi va là.

«E, la vostra collaboratrice? Ehm…»

«Intende Sarina?»

«Esatto. Lei.»

«La chiamo subito.»

Sarina si affacciò con un sorriso forzato ma perfetto. Utile a infondersi calma per non rischiare altri drammi.

«Oh, eccolo il nostro amato dottore! Non me l'aspettavo una sua visita così presto.»

«Davvero? Be', il motivo me l'ha dato suo marito.»

«Marito? Ex. Meglio specificare.»

«Sì, ma non è questo il problema. Comunque, avrei da chiederle un favore.»

«Un favore, lei a me? Spero di poterle essere d'aiuto. Mi dica…»

Uscirono all'aperto e si sedettero allo stesso tavolo al quale poco prima aveva parlato con Melo. Ora aveva i brividi, per quanto, era più che mai decisa a mantenere un necessario self control. Almeno per non contraddirsi.

«Dunque, il fatto è questo, se non lo sa già, ma ne dubito…»

Lei capì in quell'istante che era necessario essere più veloce del pensiero dell'astuto dottore.

«Senta, non aggiunga altro. So di cosa vuole parlarmi. Del mio ex marito e della visita che ha fatto a sua moglie.»

«Esatto, e vorrei capire meglio» disse lui contrariato.

«Allora, le cose stanno così. Ho consigliato io a Melo di venire a casa vostra, perché con le aziende vinicole che avete potreste dargli una mano…»

«E perché non me ne ha parlato lei mentre era in studio? E poi, perché il suo ex è andato da mia moglie invece di venire a parlare con me?»

La replica dell'uomo non faceva una piega.

«Perché noi donne siamo un po' strane, questo bisogna ammetterlo. Volevo evitare di accavallare le due priorità. Il fatto che stessi male, e che fossi venuta da lei per farmi visitare, non doveva giustificare anche la richiesta di un altro consulto. I problemi allo stomaco non c'entrano niente col bisogno del mio ex marito di cercarsi un lavoro. Non so se le ho chiarito le idee.»

Contrariamente a quanto aveva giurato a Melo, stava già diventando sua complice.

«Signora Sarina, sta dicendo la verità? Io mi fido di lei.»

«Sì, e mi assumerò in futuro le responsabilità per quello che sto dicendo adesso.»

«Va bene. Voglio crederle. Però dica a suo marito...»

«Ex, dottore, ex...»

«Insomma, dica a quel perditempo di non presentarsi più a casa mia. Mi dà l'orticaria solo vederlo.»

«Non dubiti, sarà fatto. Ah, dottore, la prego di una cortesia: perdoni la sua instabilità emotiva, se ci riesce. Melo è superficiale a volte, ma in fondo, è un uomo innocuo.»

Adesso quel mascalzone le doveva un favore. E che favore!

Grosso come una montagna. E Sarina quel giorno si sentì sfacciatamente bugiarda. Lei, proprio lei, che aveva sempre odiato scoprire negli altri la disonestà, ora con le bugie doveva scendere a patti.

Dalla notte della telefonata, Carmelo non aveva più insistito, e Rosa non lo vedeva da giorni. Domandò a Nunziatina e Maria se per caso lo avessero incontrato da qualche parte, o se gli fosse capitato di vedere la sua bicicletta nei soliti posti dove la parcheggiava, che poi erano due pali elettrici di comune conoscenza, uno vicino all'edicola e l'altro accanto alla chiesa.

«Non pervenuto» risposero nello stesso momento le due sorelle. Poi arrivò la conferma anche da parte di Sarina e Giuseppa.

Possibile che fosse scomparso nel nulla?

Abitava a pochi passi da lui, eppure non ne sapeva più niente. Ritornò altre volte a studiare le persiane di casa sua. E le trovò sempre chiuse.

Dov'era finito?

Non avrebbe saputo a chi altri chiedere. Le venne in mente di domandare a Paolo, l'edicolante della piazza, dove Carmelo faceva tappa ogni tanto per due chiacchiere.

Paolo l'aveva visto giorni prima, in procinto di partire per Palermo.

«Palermo?» ripeté lei tra il deluso e il preoccupato.

«Lì ha un lontano parente che non sta bene.»

«Ah...»

«Le serve qualcosa, signora? Posso esserle d'aiuto?»

«No, niente. Era semplice curiosità» disse lei sconsolata.

L'edicolante era un assiduo frequentatore della rosticceria, e non avrebbe mai voluto destare in lui insani pensieri. Meglio mantenersi sul vago. Peraltro aveva notato che gironzolava spesso intorno a Nunziatina. Forse era un caso, ma Rosa credeva poco al caso quando c'erano di mezzo donne e uomini.

Proprio a Nunziatina qualche settimana prima era scappata una mezza frase alquanto significativa, ammettendo che fra i pochi uomini intelligenti che conosceva in paese c'era Paolo, e di certo fra i più interessanti. Infatti, guarda caso, e sempre il caso ci metteva la sua, Paolo era anche tra i pochi frequentatori del suo salottino letterario. Lei lo sottolineava orgogliosa, ma poi doveva essere successo qualcosa tra loro, perché da un po' non si salutavano più.

Aspettative deluse?

Sentimenti non ricambiati?

Ma chi era tra i due a dirigere il gioco?

Tornando al presente, Rosa si sentiva in colpa per aver trattato male Carmelo, e forse era stato il suo mostrarsi indisponente a spingerlo a scappare. Immaginava che la storia del parente malato fosse un'invenzione studiata a tavolino per depistare eventuali curiosi (tra cui lei) interessati a conoscere il motivo della sua assenza.

Giorni dopo, Giuseppa le fece uno strano discorso, anche se, e lo sapevano tutti, non era abituata a farsi i fatti degli altri.

«Ho capito che stai in pensiero per Carmelo. E anche io sai? *Vidi ca è un bravu cristianu, e penzu ca soffre pi tia.*»

«*Soffri pi mia*? Che vuoi dire, Giuseppa?»

«Che è chiaro *ca è nnamuratu, ma non sapi tinìriti testa.* Gli uomini come *a iddru parrunu cu ll'occhi.*»

«Non credo di essere pronta per un altro uomo. Io…»

«Lo so che significa. Ho avuto un marito pure io, anche se il mio era un disgraziato, e il nostro matrimonio è durato troppo! Fino all'ultimo giorno gli ho portato rispetto, e tu sai che non se lo meritava. Poi lui è morto e sono finiti i miei sogni di donna. Il sogno di una vecchiaia in compagnia, pure se lui non mi ha mai amata veramente, e il sogno di avere qualcuno in casa a cui dire ogni tanto qualche parola. Oramai *sugnu* rassegnata.»

«Ma ci sono i tuoi figli» disse Rosa per consolarla.

«I figli? Quante volte hai visto i miei figli qua? Li amo più della mia vita, ma ognuno di loro corre dietro alla sua. È *giustu, eppuru io soffru u stissu.*»

«Lo so.»

«*E allura, si capita 'a furtuna di un affetto, non avissimu a pèrdiri tempu. Ora fèrmiti un pocu e fatti 'n esame di cuscienza.*»

«Lo farò. Grazie Giuseppa. Anche per non avermi fatto notare quante mie paturnie hai compreso in silenzio.»

21

Trascorse giugno con la lentezza dell'anno precedente. Vendite modeste e incassi risicati, utili più che altro per pagare le spese vive e le tasse che non diminuivano di certo – semmai il governo ne imponeva sempre di nuove, scoraggiando commercianti e artigiani ad andare avanti. Per il resto, quel poco che rimaneva se lo dividevano tra loro cinque sperando che non servisse per far fronte ad altre spese. L'afa era insopportabile. Fortuna che ogni tanto arrivavano folate improvvise di vento fresco dai monti. E il cielo non disdegnò di mandare anche piogge intense. Furono più che altro temporali improvvisi e non mancarono di fare danni in paese.

Il lavoro ancora di più restava fiacco.

Quei pochi clienti, sempre gli stessi, portavano via giusto qualche arancino, motivo per cui Rosa non faceva altro che controllare su un quaderno le entrate e le uscite.

Sperava ancora, e sperava con tutta se stessa, che quell'estate, malgrado le tristi previsioni, si trasformasse nell'estate della svolta. Invece sembrava che la buona sorte si fosse dimenticata di loro, e con quei presupposti era meglio rassegnarsi e pregare.

Poi arrivò luglio e con esso la più grande rivoluzione.

Una di quelle mattine, con la temperatura che sfiorava i quaranta gradi e un'umidità da esasperare gli animi, Rosa si alzò come sempre all'alba. L'intento era quello degli altri giorni: prepararsi un caffè appena scesa dal letto, riordinare casa, lavarsi e poi vestirsi per andare a lavorare in rosticceria. Intanto, avrebbe ascoltato un po' di musica per tirarsi su, canticchiando le canzoni che passavano a Radio Sound Sicily. Melodie d'altri tempi che la facevano sognare. Due volte aveva telefonato al centralino per richiedere canzoni di Claudio Baglioni, e due volte era stata accontentata.

Nello stesso periodo era rientrato anche Carmelo e aveva ripreso a farsi vedere in giro con la sua bicicletta. Tra loro sempre saluti cordiali, qualche sorriso e niente più.

Prima di uscire chiamò Beba al cellulare. Sua figlia era in procinto di andare a fare la spesa e poi di corsa a scuola di cucina. Aveva ancora desiderio di imparare l'arte della pasticceria. Poche chiacchiere, qualche confidenza, con l'aggiunta della promessa di rivedersi al più presto. Agosto stava arrivando e i bambini non vedevano l'ora di scappare dalla nonna in Sicilia. Mare e scorribande per le strade di Monte Pepe, che per loro rappresentavano una sorta di grande giostra, senza i divieti e i pericoli della città.

Dopo aver chiuso a chiave la porta, si avviò verso la rosticceria.

Il caldo aumentava e dalle strade evaporava l'alito del fuoco della terra. Già a quell'ora si sudava. Attraversò le due vie che la separavano dalla piazza centrale, e quasi arrivata alla metà, vide un gruppo di scalmanati correrle incontro. Come pazzi invasati da una furia tribale la travolsero insieme. Non fece nemmeno in tempo a capire che cosa volessero da lei, che già le si erano messi intorno puntandole davanti alla bocca dei microfoni.

Le rivolsero domande all'impazzata, accavallando le voci. Sembrava la scena di un film.

E la confusione nella sua testa aumentava di pari all'ansia.

«È lei Rosa Marino? Ci racconti del suo incontro con Octavia Cooper.»

«Chi? Ma cosa volete? Perché vi state buttando addosso a me?»

«Signora, per favore, non finga di essere sorpresa. Ci racconti i retroscena del suo incontro con Octavia Cooper. Vogliamo sapere i dettagli, su su, parli!» disse una ragazza con degli occhiali grandi che le coprivano per metà il viso. La testa era ricoperta da una piccola foresta arruffata di capelli fucsia con ciocche blu. Nella mischia era la più agguerrita e si distingueva perché per farsi spazio, dato che era bassa, dava spintoni a tutti.

Rosa perse la pazienza e cominciò a urlare.

«Adesso basta! Ditemi cosa volete e io risponderò, se posso.»

«Vogliamo sapere come è nato il suo incontro con Octavia Cooper» disse un signore in fondo, confuso tra le tante teste che lo coprivano. Si vedeva a malapena un ciuffo dei suoi capelli bianchi mentre cercava di farsi spazio per venire in avanti.

«Ma chi è Ottavia? Anzi, Oc… tavia, va be' avete capito!»

«La riconosce o no?» aggiunse un ragazzo dall'espressione seriosa e concentrata, che assomigliava a Harry Potter ma con la parlata siciliana. Intento nel portare avanti la sua missione, le mostrò sul display di un tablet la foto di Octavia.

«Certo che la riconosco è Jul…y» esclamò lei all'istante e poi alzò gli occhi per cercare nel suo sguardo un cenno di…

«July? Ma vuole prenderci in giro? Per favore, non faccia la finta tonta, le rispose lui sghignazzando.» Ora sulla faccia gli si era formato un ghigno odioso. Come il solito insopportabile primo della classe a cui con piacere (e gustoso sadismo) si farebbe lo sgambetto.

«E chi sarebbe, allora?» rispose ironicamente lei, molto, ma molto infastidita.

«Credo proprio che stiamo parlando della stessa persona, mia cara signora! Oppure dobbiamo pensare a un caso di clonazione? July, Octavia… Come se fossimo tutti ingenui, o atterrati da poche ore dal Pianeta degli Ebeti?!»

Ora l'Harry Potter siciliano (e pure scemo) stava oltrepassando la linea di tolleranza. E non pago, aggiunse: «Be', se l'ha riconosciuta, le comunico che la sua July in realtà si chiama Octavia Cooper, ed è la anchorwoman più famosa d'America. Per cui, gentilmente, le viene in mente qualcosa?»

«Andatevene via, mi date fastidio.»

Sconvolta girò le spalle a tutti e si mise a correre, come non faceva da anni, forse dai tempi della scuola media. Il saputello le aveva aperto un file, e nell'immediato le saltavano addosso ricordi del suo passato. Come riscoprire il tempo sospeso della giovinezza. Le sembrava di essere ancora lì, in quell'istituto a pochi chilometri da casa, dove era solita arrivare in bus, e nel tragitto fino alla fermata era suo padre ad accompagnarla. Per assurdo le tornò in mente anche quel primo amore non vissuto fino in fondo, e rimasto immacolato nel cuore.

Correre: poteva fare solo quello, per seminare quei diavoli inferociti. E con tutto il caldo che faceva, la sua ansia partoriva ansia a ogni passo lanciato sulla strada. Ansia che non le lasciava scampo.

I piedi battevano veloci su quell'asfalto incerto, con il pericolo di prendere una storta, mentre si dirigeva verso…

Già… verso?

Lì per lì non ne aveva idea, ma assicuratasi che nessuno la stesse più inseguendo – ed era stato meglio così, perché altrimenti gli avrebbe tirato contro la borsa –, si ritrovò fuori dal centro. Da quel punto l'unica destinazione possibile era casa di Sarina. Tagliando per due piccole piazze e affrontando una breve salita, l'avrebbe raggiunta in pochi minuti.

Si fermò per riprendere fiato e per ripensare alla valanga assurda che le era piombata addosso in una tranquilla mattina d'estate, in cui il massimo che le sarebbe potuto accadere era l'arrivo di un temporale improvviso. Figurarsi quel bailamme.

Non poté evitare di ripensare alla faccia di July, a Rocco, a John (ma poi si chiamava davvero John? E lei perché aveva detto di chiamarsi July?) e alle cose che si erano detti. Alle loro risate, agli abbracci, alla pasta col pomodoro preparata in pochi minuti, e ai complimenti che le avevano fatto durante i saluti sulla porta. E anche al loro ritorno l'indomani, con le foto scattate e i complimenti a tutte le socie.

Si erano presi gioco di loro?

Per quale fine?

Non riusciva a mettere insieme i tasselli del puzzle. E inoltre quei fotografi e giornalisti, cosa volevano da lei?

Riprese a camminare. Doveva fare presto. E non poteva tornare indietro: immaginava le conseguenze. Lo sciame di calabroni era ancora lì, senza dubbio, pronto a svolazzarle sulla testa. Dunque, non le rimaneva che starsene al riparo da ronzii e domande insolenti.

L'immagine di July, o meglio, Ottavia, no pardon, Octavia, con quella "c" che aveva carpito tra i tanti bla bla bla, le apparve dal nulla, scivolandole davanti agli occhi. Le sorrideva con un'espressione candida.

Si fermò di nuovo, quando realizzò che due ragazze avanzavano verso di lei. Non le aveva mai viste prima di allora, e le venne il dubbio che potessero far parte del gruppo che l'aveva assalita. L'unica alternativa era cambiare strada, dirigendosi verso casa di Letizia e Nicoletta. A quell'ora, pensò, aveva buone possibilità di trovarle ancora in cucina che facevano colazione o pronte per uscire di lì a poco. Suonò al campanello e si affacciò Letizia.

«Rosa, *chi successi*?»

«*E chi nni sacciu*? Ci sono dei giornalisti che mi stanno inseguendo.»

«Giornalisti? *Trasi, trasi… Cùntimi chi successi…*»

«Parlano di July, cioè Ottavia, ehm, Octavia, ma *non capii chi vonnu*!»

«Ottavia? *Ma cu è*?» Letizia non comprendeva la risposta.

«Questi dicono che July – sai *l'amiricana ca nni vìnni a truvari cu l'amicu suo* in rosticceria prima di Pasqua? – si chiama Octavia e dicono pure *ca è 'na* giornalista o qualcosa del genere, famosa, insomma, *a chiù* famosa di tutta l'America.»

«Ah!» commentò Letizia, con una concisa ma esaustiva espressione.

«*Non ci staiu capennu nenti*, credimi» sospirò Rosa. «Ma Nicoletta è a casa?»

«Sì, dorme *'a figghia. Assìra finìu di studiari taddu, si sta priparànnu pi l'esame da patente.*»

«*Chiàmila piffauri, viremu si ci capisci quaccosa iddra.*»

Svelta, Letizia passò in camera di Nicoletta per svegliarla. La ragazza saltò dal letto di scatto, come se un generale le avesse imposto di andare a combattere. Entrò in cucina, con il computer già in mano, e lo accese davanti a Rosa. Non le aveva detto nemmeno buongiorno, tanto era intontita dal sonno. Lo fece dopo, quando si sedette al tavolo, mentre sua madre le chiedeva se preferisse latte caldo o granita, e Rosa le stava di fianco.

Rispose con un cenno affermativo.

«Sì, ma *chi cosa, granita o latti*?»

«Latte, mamma, latte.»

E poi cominciò a interrogare il PC.

Per rendere più veloce la ricerca, oltre alla parola chiave Octavia, aggiunse: *personaggio famoso americano*.

La prima voce a comparire fu proprio quella di Octavia Cooper. E la foto non poteva mentire. Era lei. Era July!

La mostrò a Rosa per confermarle che i giornalisti avevano ragione.

La signora che animava il monitor con tante sue immagini era la stessa che avevano ospitato in rosticceria, e che né lei né sua madre avevano avuto modo di conoscere, perché proprio il giorno che era venuta a Monte Pepe loro avevano dovuto sistemare della merce arrivata in negozio. Ma l'avevano comunque vista tramite delle foto che Rosa aveva mostrato loro.

Dunque, non c'era che accettare la morbosità di quelle persone: avevano ospitato la regina della televisione americana! E Rosa addirittura l'aveva avuta ospite anche a casa sua.

Stavano quasi per avere un mancamento tutte e tre insieme!

Nicoletta era rimasta senza fiato.

«Mamma, è pazzesco! Questa donna è strafamosa!»

Letizia scrutò Rosa negli occhi, sconvolta per quello che le era capitato.

«Guardate qui» continuò Nicoletta, dopo aver cercato altre notizie su Internet.

Si era concentrata sulla visione delle ultime foto pubblicate sull'account Instagram di Octavia. Le mostrò a sua madre e a Rosa, pregandole di guardare con particolare attenzione quelle in cui erano state immortalate tutt'e cinque insieme alla diva Octavia. Abbracciate e sorridenti davanti all'obiettivo.

«Siete voi! Non posso crederci! Sì, sì, parlano dei vostri arancini e di Monte Pepe.»

«Ma che dici? *Daveru*?» esclamò Letizia. «*Leggi chi c'è scrittu e traduci piffaùri.*»

«Allora, sotto questa foto lei racconta che un giorno, mentre si trovava in vacanza in Sicilia, più o meno all'ora di pranzo, si è fermata in un paesino per cercare un ristorante, ma siccome quei pochi che c'erano nei dintorni erano chiusi, ha accettato l'invito di una signora incontrata per strada, che non solo l'ha portata a casa sua, trattandola come una principessa pur non sapendo chi fosse, ma ha mangiato così bene che di certo non potrà mai più dimenticarlo per il resto della vita…»

«*Matruzza*, è tutto vero quello che ha scritto del nostro incontro!» commentò Rosa. «E poi *sugnu cuntenta ca fici puru 'na bella figura! E io invece mi scantàvu di non essere all'altezza. Menumali va, 'u Signuruzzu m'aiutau.*»

«Aspetta, il post non è ancora concluso» aggiunse la ragazza, mantenendo gli occhi incollati sul display.

«E leggi *allura*, leggi» la pregò sua madre.

«...ma ciò di cui in assoluto voglio parlarvi sono gli arancini, una specialità della cucina siciliana, che dovete assolutamente conoscere, fatti dalle mani di questa donna e delle sue quattro socie. E ha scritto anche i vostri nomi! Uno dopo l'altro, wow che figata! Mamma, Rosa, è fantastico! Un post lunghissimo tutto per voi...»

«Che bella soddisfazione, no?» sottolineò Letizia, rivolgendosi alla sua amica.

«E *chi mi dici*? *Staiu sudannu fridda, puru si c'è calura!*»

«E poi, guardate quest'altra foto» continuò Nicoletta «con l'insegna della rosticceria. Ha raccolto un numero pazzesco di visualizzazioni, parliamo di milioni, ma vi rendete conto? Tutto il mondo vi sta guardando! E in quest'altra didascalia ha scritto: "Ho incontrato cinque donne speciali e mi sono innamorata di loro. Andate nel regno della bontà, si trova in Sicilia a...".»

«A?» domandò Rosa.

«*Ccà! E unni, allura*?» le urlò Letizia, sbalordita per come l'arguta Rosa non avesse dedotto all'istante la risposta.

«Non ci posso credere!» ripeté quasi in trance lei. «Non è possibile *ca 'nni capitau proprio a niautri 'na cosa accussì bella. E muntuàu puru a Monte Pepe.*»

«Invece devi crederci e basta!» assicurò Nicoletta.

Sentiva che parte di quel miracolo era anche suo e non voleva rinunciarci. «È tutto vero. Ci sono le foto e parlano chiaro!»

«Ecco il motivo dei giornalisti davanti al negozio» riprese a commentare Rosa con un'espressione di vaghezza, derivante dal suo sentirsi miracolata e anche immeritevole di un onore così grande.

Si sentiva un po' Pretty Woman, ma senza Richard Gere, al posto del quale era arrivata una Fatina Americana. Continuava a ripetere che non poteva crederci.

«Quindi, *chi facemu*?» si domandò tra sé, ma intanto aspettava che Nicoletta e sua madre le dessero un consiglio, un suggerimento su come comportarsi con quei corvi che la aspettavano là fuori.

«*Senti a mia, tornitìnni a casa*» le disse Letizia, convinta che meno parole diceva e meglio era.

Astensione dal rischio, si chiamava.

«Almeno eviti di dire scemenze. *Chi nni putemu sapìri di comu 'a penza una accussì famosa*?»

Quando c'era da andarci piano, usando circospezione, che poi altro non era che il semplice atto di considerare le situazioni nel loro *complesso complicato*, Letizia rappresentava la voce più affidabile. Il suo eccessivo istinto di difesa aiutava nei momenti di incertezza a evitare più che altro *male figure*. Salutandole, Rosa ringraziò Nicoletta e sua madre per l'aiuto prezioso che le avevano dato. Ora si sentiva alleggerita dal peso di una pressante responsabilità e incoraggiata ad affrontare i giornalisti, che di sicuro avrebbe incontrato di nuovo per la strada.

Imboccò una via solitaria, e dopo aver percorso l'ultimo tratto si accorse infatti che nei pressi di casa qualcuno di loro la stava aspettando sul marciapiede di fronte. La caccia alla preda, dunque, non si era fermata. Fece marcia indietro, dirigendosi stavolta verso casa di Sarina. Sperava che nessun altro interrompesse il suo cammino.

Il tragitto scivolò liscio e tranquillo.

Non appena arrivò davanti alla porta, suonò tre volte al campanello.

Raccontò alla sua amica e alla madre di lei cos'era accaduto da quando era uscita per andare al lavoro, compresa la visita a casa di Letizia e Nicoletta. Entrambe la ascoltavano attente, e ogni tanto donna Mariuccia emetteva un sospiro di stupore misto a commenti sottovoce. Frasi che capiva solo lei. Parlava una lingua arcaica che talvolta si stentava a tradurre. A Sarina scoppiò subito l'ansia. Bisognava telefonare *prestu prestu* a Maria e Nunziatina, prima che venissero bersagliate a loro insaputa.

In effetti, in tutto quel trambusto, Rosa non aveva avuto modo di pensarci. E c'era anche Giuseppa da avvisare.

Dall'altra parte dell'apparecchio, Nunziatina confermò che già qualcuno aveva suonato al citofono, con la scusa di chiedere informazioni sulla rosticceria. E non appena Maria aveva aperto la porta, si era trovata bersagliata dalle domande di alcuni ragazzi, di cui una con i capelli rosa e blu. In verità erano fucsia, ma Maria non badava a certe sfumature!

«*Ci ficiru strani dumànni*» fu il commento di Nunziatina tra il preoccupato e il polemico.

«*E to soru, chi ci rispunniu?*» chiese Sarina, turbata da quell'accerchiamento.

«*Ca nun sapìa nenti e fossi avìunu sbagghiatu indirizzu. Poi i lassau pèrdiri.*»

«*Menumali, fici bonu*» disse Sarina, risollevata.

Rosa ora sembrava più tranquilla, perché consapevole che nessuna di loro (anche se restava Giuseppa da avvisare), avrebbe scucito la benché minima informazione, neanche se le avessero messe sotto torchio. Intanto Nunziatina, ancora in linea, aspettava di avere qualche delucidazione per venirne a capo.

«*Appoi, quannu nni videmu parramu megghiu*» le disse sibillina la povera Sarina, per non urtare la sua sensibilità. Con lei era sempre meglio andarci cauti, altrimenti potevano nascere incomprensioni le cui conseguenze sarebbero durate giorni.

Mentre Sarina aveva ancora in mano la cornetta, Rosa le suggerì di consigliare a Nunziatina di non uscire di casa, *pi sì e pi no.* Il suggerimento valeva anche per la sorella.

Dall'altra parte del ricevitore si sentì la sua voce emettere un secco «Va be'», per poi riattaccare.

Capirono all'istante che presto avrebbero dovuto sorbirsi qualche reazione, e per scongiurare tale ipotesi decisero che sarebbe stata proprio Sarina a passare da casa delle gemelle per spiegare loro come si erano svolti i fatti, sottolineando l'importanza della discrezione in quella vicenda. Non si trattava di mancata fiducia nei loro riguardi, ma della necessità di mantenersi discrete.

Fino a mezzogiorno alcuni superstiti dello sciame dei giornalisti giravano ancora in paese, facendo domande ai poveri malcapitati che incontravano. Poi, scoraggiati dalle risposte vaghe ricevute, decisero uno dopo l'altro di andare via.

Finalmente Rosa poté rientrare a casa.

Dopo pochi minuti il telefono ricominciò a squillare. Restò indecisa sul da farsi, ma optò per rispondere alla chiamata.

Era Carmelo che, preoccupato per il frastuono avvertito fuori dalle finestre, voleva accertarsi che andasse tutto bene. Disse che qualche ora prima si erano raggruppati dei giovanotti sotto casa sua, e qualcuno di questi si era permesso di bussare ai vicini. Pretendevano di carpire informazioni su Rosa Marino. Qualche altro, arrivato dopo, urlava di aspettare, ché tanto la signora sarebbe tornata, e allora, infastidito dalla mancanza di contegno, lui si era affacciato, ritrovandosi suo malgrado faccia a faccia con tanta ignoranza. *Cafoni patentati*, li aveva definiti.

L'unica cosa che aveva capito è che cercavano lei, curiosi di sapere di un incontro che avrebbe avuto con un'americana. In particolare ad aizzare i presenti era stata una ragazza coi capelli colorati, piuttosto sboccata e nervosa. Mentre Carmelo cercava di tenere a bada gli altri, la scalmanata punk gli aveva detto, facendo una smorfia spiritosa, che non era possibile che non ne sapesse niente, dato che la persona che stavano cercando era la sua vicina di casa. A quel punto le aveva sbattuto la porta in faccia, serrando anche le finestre.

Glielo spiegò Rosa cos'era accaduto, con la dovuta calma, e lui si mostrò subito propenso ad aiutarla, nel caso…

«Grazie Carmelo, vedremo. Per ora sono solo frastornata.»

«Io non mi sono accorto di niente davvero…»

«È accaduto la mattina che volevi offrirmi un caffè al bar, e poi è arrivata Sarina. Dopo non ti ho più visto in giro, altrimenti te li avrei presentati»

«Forse ero in campagna. Da un po' di tempo all'ora di pranzo vado lì per togliere le erbacce. L'ho trascurata troppo e ora la terra è in stato di abbandono.»

«Fai bene, anch'io dovrei andare a vedere com'è messa quella dei miei.»

«Dove si trova?»

«Vicino al Santuario della Madonna della Catena.»

«Ah, ma allora siamo vicini. Se vuoi posso passarci io per darle una sistemata. Non mi costa nulla.»

«Va bene, magari più avanti, intanto grazie anche per oggi.»

«Figurati, se posso ti aiuto con piacere, e se hai bisogno, lo sai…»

Riattaccò quanto mai perplessa, e allo stesso tempo lusingata per le parole di sostegno che Carmelo le aveva detto.

Si ricordò del discorso di Giuseppa. «Ci sono uomini che parlano con lo sguardo.»

E lei adesso era sicura che c'erano uomini che riuscivano a esprimersi anche con frasi asciutte, apparentemente asettiche, e che concentravano in un *Se hai bisogno* tutto un mondo.

Squillò di nuovo il telefono.

Stavolta non poté rispondere, perché si trovava in bagno. A seguire passò in cucina per prepararsi un caffè, anche se era l'ora di pranzo. L'aroma di quella bevanda la inebriava sempre. Ogni pausa con la tazzina in mano le serviva per rilassarsi e mettere un muro, seppure momentaneo, fra lei e i suoi problemi.

A parte il primo della mattina, indispensabile per uscire dallo stato comatoso del sonno, ne prendeva altri due o tre durante la giornata, e corrispondevano al momento in cui spezzava le fatiche del lavoro mattutino, e alla fine del pranzo. Di rado ne prendeva al pomeriggio o la sera, perché temeva di non dormire. Mentre ne assaporava il gusto, appena versato in una tazzina, squillò ancora il telefono. Pensò che non poteva trattarsi di Carmelo, non era nel suo stile insistere se non rispondeva. Forse era Sarina, Giuseppa, o…

Problemi in rosticceria?

Un fornitore *camurriùsu*?

Beba, Filippo…

Decise di prendere la chiamata dalla camera da letto, per rispondere seduta comodamente in poltrona. Tra i primi interventi a cui aveva pensato, quando aveva ristrutturato casa, c'era stato quello di farsi mettere una presa in ogni stanza, e non mancava nemmeno il modem per il Wi-Fi.

Appena seduta, poggiò la tazzina sul comodino e disse: «Pronto, chi è?».

Per un attimo avvertì silenzio, e poi un fruscio.

Quindi di nuovo silenzio senza rumori in sottofondo.

All'improvviso sentì la voce di una donna.

«Rosa? Hello! Rosa?»

Stava per riattaccare pensando a uno scherzo.

Ma dall'altra parte una voce femminile insisteva nel ripetere il suo nome.

Allora immaginò che fosse qualche lontana parente di sua madre.

Ne aveva molti di zii e cugini emigrati in Canada, ma anche negli Stati Uniti. Quasi ogni famiglia a Monte Pepe testimoniava legami lontani dovuti a un'emigrazione di massa iniziata negli anni Trenta del Novecento. Disgraziati scappati via per disperazione alla ricerca di un pezzo di pane dall'altra parte del mondo. E molti avevano voluto mantenere le vecchie case avite in paese per non privarsi della possibilità di ritornare. Infatti, ad agosto, se ne vedeva qualcuno girare in piazza. Salutavano tutti, pure quelli che non conoscevano, con la loro lingua buffa, un misto tra inglese e antico dialetto siciliano.

«Sì, sono io, chi parla?»

Dall'altra parte della cornetta il disco sembrava essersi rotto nel punto in cui pronunciava il suo nome.

«Rosa, Hi Rosa! *Buongiorni.*»

Se non fosse stato così evidente che si trattava di una persona straniera, avrebbe pensato a una di quelle giornaliste rompiscatole di prima. E già usare la parola giornalista appariva eccessivo.

All'improvviso la voce proseguì: «Sono Jane, segretaria Octavia, io parla italiano. Come sta Rosa? It's ok? Volevo dire per Octavia, lei vuole invitare te in New York per cooking show, and...»

«Come? Non capisco, chi è?»

«Oh, yeah» ripeté piano. «Io sono Jane, lavora con Octavia. Octavia vuoli ospitare a te e a tuo gruppo di lavoro per venire qui a cucinare in televisione. Tu ha capito now?»

«Sì, ma io non so, quando, ma Ottavia è July? Non ci capisco niente.»

«Oh, semplice. July è nome di Octavia quando vuole essere no famosa, ma lei chiede che tu viene qui con tuo gruppo di lavoro. Viene in America, important for you.»

«Sì, ok, capito, ma l'America è tanto lontana…»

«No, is facile. Tu e friends venire with plane. Noi paga tutto, ok? Is perfetto for you.»

«Ma quando?»

«Quando vuole tu. Dopo una settimana o non sapere, hurry up!»

«Dobbiamo preparare il passaporto e tutto il resto. Ci vuole tempo. Oh *matruzza mia, mi staiu cunfunnennu*. Jane può chiamare domani?»

«Sì, chiamo domani a te» promise Jane.

Rosa il sogno dell'America l'aveva accarezzato non appena rimasta incinta di Filippo, e aveva provato a convincere suo marito a prendere in considerazione la possibilità di emigrare. Gli aveva detto che aveva dei parenti lì, e anche lui ne aveva, potevano provarci, chissà, magari sarebbe stato meglio che a Milano. Pippo però aveva mostrato delle resistenze, e lei aveva insistito, invogliandolo con racconti di certi parenti che a Toronto erano diventati ricchi. «So cucire, ricamare, cucinare, e so pure tagliare i capelli. E tu sei un bravo muratore, che problemi abbiamo?» Messo alle strette, lui ci aveva riflettuto ancora, ma fatti due conti le aveva espresso varie perplessità. Con lei che aspettava il primo figlio, era un rischio, e c'era da pensare anche ai suoi genitori che sarebbero rimasti soli. Dopo quelle parole Rosa si era arrabbiata, perché poteva capire la preoccupazione per la gravidanza, ma i genitori che c'entravano? «E tuo fratello?» gli aveva chiesto. Pippo se n'era uscito con una risposta imbarazzata, spiegando che siccome lui era il più grande tra i due, si sentiva una responsabilità diversa addosso, per cui, un conto era Milano, dove bastava prendere un treno per arrivare in Sicilia, e un conto era l'America, ovvero un continente lontano raggiungibile solo con ore e ore di aereo e un oceano in mezzo. E poi le aveva chiesto indispettito come mai non pensasse anche lei al futuro dei suoi. Recriminazioni a parte – e Rosa ci aveva tenuto a puntualizzare che il suo non era menefreghismo, quanto la certezza di sapere che aveva un fratello e una sorella su cui contare – il discorso era finito lì, e anche la realizzazione del sogno americano.

A quel tempo non era strutturata per fare valere "anche" i suoi desideri.

Le era andato bene tutto, persino accettare il ruolo di subalterna. Ma non era stata schiavitù psicologica, ne era certa. Mai passato per la testa. Semmai si era trattato di un esercizio quotidiano alla consapevolezza che in un matrimonio due leader non possono convivere, perché si sarebbero scannati. Le risuonavano ancora nelle orecchie alcune frasi di Pippo, che ascoltate nel presente potevano apparire come frasi del Medioevo: «Togliti quella gonna che è troppo corta», oppure «Evita di sorridere agli uomini che non conosci, che sennò pensano che sei una poco di buono». Ma per lei si era trattato solo di gentilezza nei suoi riguardi, forse espressa male. E mai lui si era permesso di alzare le mani o fare la voce grossa. Erano sempre consigli di un uomo innamorato, tuttalpiù rozzi e detti male. Certo, se fosse accaduto a una ragazza del Duemila gli avrebbe dato un calcio negli stinchi, ma allora... allora, non era possibile. La differenza nel presente la faceva la nuova consapevolezza delle donne. Mentre in quegli anni se una disgraziata si ribellava al proprio uomo, aveva tutti contro, compresa la famiglia. Insieme all'America, dunque, erano state anche altre le rinunce e le sofferenze che aveva affrontato, come diverse le possibilità non sperimentate.

Negli anni ne aveva fatto tesoro, convogliando le proprie risorse inespresse per superare le difficoltà quotidiane. E a conti fatti non era stato tempo perso, perché aveva raggiunto importanti obiettivi. Per esempio, essere riuscita nell'intento di creare armonia all'interno della sua famiglia, godendo dei sorrisi di Pippo, Beba e Filippo. Il risultato migliore cui potesse ambire. Ora con Octavia tornava dopo tanti anni la possibilità di andarci sul serio in America.

Forse Pippo non sarebbe stato stato d'accordo, e le avrebbe suggerito di lasciar perdere. Ma questo era "il suo tempo" e pretendeva di accompagnare per mano il destino che la attendeva, almeno per scrollarsi di dosso vecchie incertezze da cui non voleva più farsi intimidire.

In America voleva andarci, e sperava nella risposta positiva delle altre.

In caso contrario sarebbe partita anche da sola.

La prima a essere informata fu Sarina. Elettrizzata dall'invito, riferì la novità subito a sua madre.

«Ci hanno chiamate da New York, mamma! Vogliono che partecipiamo a un programma televisivo molto famoso, condotto da July (ancora non si era abituata a chiamarla Octavia). Si tratta di quella signora americana che è venuta in rosticceria per mangiare i nostri arancini. Ora vuole che andiamo a trovarla per farci cucinare davanti alle telecamere. Mamma *sugnu troppu cuntenta*. Da quello che ho capito hanno già prenotato voli, albergo e tutto.»

Sua madre la guardava con un misto di incredulità e commozione.

Era meraviglioso vedere la felicità esplodere sul volto di Sarina, sorprenderla finalmente con un'espressione lieta. Non accadeva da troppo tempo. E se donna Mariuccia ripensava alle delusioni che aveva subito negli anni, quella notizia era la giusta ricompensa per le preghiere che di notte aveva rivolto alla Madonna, nella speranza di essere ascoltata. Per sua figlia si sarebbe buttata nel fuoco.

«Tutta in una volta la grazia divina arrivò.» Le disse solo questo.

E si fece il segno della croce lì, seduta in cucina.

Nasceva dal sogno di aprire una piccola rosticceria un'avventura che le stava traghettando altrove. E quando anche Maria, Nunziatina e Giuseppa diedero l'assenso, quel sogno cominciò a prendere forma.

Per prima cosa decisero di non dire a nessuno della loro partenza, se non il giorno prima, altrimenti rischiavano di ritrovarsi sotto le finestre ancora quegli stupidi giornalisti. E poi, c'era da preparare il necessario per affrontare il viaggio e i giorni che avrebbero trascorso in America. Richiesta dei passaporti, perché nessuna lo aveva, foglio ESTA, recupero dei dollari.

Ogni volta che Jane chiamava con una novità, Rosa riferiva alle altre. Come ragazzine si gasavano di giorno in giorno, sempre di più. Era tutto nuovo, anche il ripetere alcune parole in inglese che già le faceva sentire cosmopolite. Ad aiutarle in quelle giornate di eccitazione mista ad ansia, c'erano sempre Nicoletta e Letizia. E proprio Nicoletta, un giorno che era andata a fare compere in città, ritornò a casa con un regalo per loro cinque. Dentro al sacchetto di carta di una libreria c'erano custodite delle guide turistiche (cinque!) di New York, tra le migliori in circolazione.

Quando se le ritrovarono tra le mani, si commossero a tal punto che la abbracciarono tutte insieme. Quasi la stritolavano per la foga.

Di Salvatore, malgrado le promesse, non si sapeva ancora niente.

Dopo il viaggio a Bologna, aveva giurato a Nicoletta che sarebbe ritornato durante l'estate, ma siccome i suoi avevano una villa al mare, lontana da Monte Pepe, non si capiva se fosse andato lì o se invece avesse optato per una vacanza con gli amici. Il cellulare risultava spento, e a quel punto la ragazza cominciava a sentire l'orgoglio farle toc toc sulle spalle. Che senso aveva stare appresso a uno smidollato che non lottava per lei, e per di più la lasciava in balìa di un silenzio infame?

22

Prima della partenza Nunziatina passò in edicola da Paolo per salutarlo.

«Vado in America» disse, e lui non rispose.

Lei tornò alla carica assumendo l'aria afflitta.

«Non ti interessa che me ne vado così lontano?»

«No» disse lui, rimanendo sulle sue.

«Va bene, allora sappi che quando ritornerò non vorrò nemmeno sapere se sei ancora vivo.»

«Fatti tuoi, sei tu che hai voluto questo.»

«Ah, io? Ma se sei stato tu a non dire a tua moglie che stavamo insieme!»

«Io ti ho solo detto di aspettare perché volevo capire come muovermi.»

«Appunto. Perché non mi ami.»

«Non è vero, è solo che tu vuoi tutto e subito» replicò Paolo.

«Va be', fammi capire, ma ti interessa ancora stare con me?»

«Sì, e lo sai.»

«Allora quando torno ne riparliamo» commentò lei laconica.

«Ma che vai a fare in America?»

«Vado con le mie amiche a cucinare in televisione.»

«Ah, e allora diventerai famosa e a me non ci penserai più.»

«Stupido!» Detto ciò lo prese per il colletto della camicia e se lo portò nel retro del chiosco per schioccargli un bacio sulle labbra.

Quel bacio non rifiutato le diede la certezza che avevano ancora una possibilità. Una storia difficile, certo. Ma lei a Paolo voleva bene, e pensava che anche lui gliene volesse. E se non fosse stato per i figli piccoli che aveva, sarebbero andati a vivere già da un bel po' insieme. La moglie era solo una formalità, di quelle estenuanti però. Ecco il motivo per cui se ne era allontanata, dopo che Paolo le aveva dimostrato di non essere in grado di prendere una decisione, ma l'amore la riportava sempre sulla stessa strada, un terreno minato. Ne conosceva le insidie, i dossi, le buche, e soprattutto i precipizi. Era la sua dannazione ritrovarsi a subire l'oltraggio di non poter decidere del futuro perché stava con un uomo impegnato. E se Maria avesse saputo anche di questa storia, stavolta l'avrebbe cacciata di casa. Già aveva affrontato tanti pettegolezzi per la relazione clandestina che Nunziatina aveva avuto con un rappresentante friulano sposato, figurarsi ripetere una seconda Via Crucis. Avrebbe significato garantirsi un delirio perpetuo.

La sera prima di partire Rosa telefonò a Carmelo per salutarlo. Sulle prime lui parlò poco, rivelando stupore. Non si sarebbe mai aspettato una chiamata da parte della sua vicina. E dài e dài, aveva perso le speranze. L'aveva capito che non era interessata a lui, anche se faceva di tutto per mostrarsi gentile e rispettosa nei suoi riguardi. Ma una donna interessata a un uomo si comportava in modo diverso. Come era certo del motivo che le aveva fatto nascere la volontà di tenerlo a debita distanza. Si trattava senz'altro del nodo del suo "essere esteriore", che nulla aveva a che fare con il concetto di fisicità in senso stretto – dettaglio peraltro trascurabile per una persona intelligente e profonda come Rosa –, quanto dell'incapacità di coinvolgerla, provocandole interesse e attrazione. In una commovente autoanalisi era arrivato alla conclusione di essere privo di sex appeal. Un tipo d'uomo per cui nessuna donna avrebbe commesso pazzie. Ma poteva farsene una colpa? Il suo cuore invece batteva per lei, provava un sentimento profondo, quasi devozione. Senz'altro amore puro. Quando le sentì dire che l'indomani sarebbe partita, avvertì una fitta di dispiacere. Avrebbe voluto dirle che gli sarebbe piaciuto passare da casa sua per bere qualcosa insieme. Un rosolio, per esempio, di quello buono che aveva in casa, dono di un caro amico. Però poi rinunciò a farlo per mancanza di coraggio. La ascoltò, spezzando ogni tanto il discorso con qualche "Be'", "Ma certo", "Ah bene", "Bello!", "Brava!". E riattaccò. Gli scesero delle lacrime sulle guance perché sapeva perfettamente che avrebbe sofferto la sua mancanza.

Anche Sarina la sera prima di partire chiamò Giovanni per salutarlo.

Oramai si vedevano poco, eppure nel suo cuore resisteva un sussurro che le consigliava di non allontanarlo. Alle ultime battute volle ricordargli che le aveva fatto bene frequentarlo, e che non aveva mai conosciuto un uomo più gentile di lui.

«Io sono qui, ti aspetto» rispose inorgoglito e con la voce che tremava. E alla fine si commosse perché avrebbe voluto dirle che stava sbagliando a tenere il freno tirato, che potevano essere felici se solo…

E pianse anche Giuseppa, ascoltando la voce dei suoi figli, come pianse Rosa salutando Filippo, Beba e i nipoti.

Solo Maria non ebbe motivo per farlo, in quanto non aveva nessuno a cui destinare una telefonata. Ma della sua solitudine non si lamentava. O forse, era brava a dissimulare, e ogni tanto piangeva anche lei, lontano da occhi indiscreti che avrebbero potuto compatirla. Nel suo rigido autocontrollo, essere patetica non era uno stato invidiabile di cui fare mostra. E anzi, secondo il suo modo di pensare, le persone di valore si tenevano tutto dentro.

Quella notte pianse anche Melo, che aveva saputo da amici dell'imminente partenza di Sarina. Sentì una rabbia violenta pervadergli il senno, benché lui usufruisse solo parzialmente di quella dote, e quando era il caso di metterla in funzione sembrava che davanti alla sua ex perdesse ogni capacità intellettiva. Era lei a fargli quell'effetto. Non capiva perché dopo avere guardato nei suoi occhi gli venisse il desiderio di deluderla e farla soffrire. E a quel punto, estraniato da se stesso, dava il peggio di sé. Pianse anche per l'incapacità di ridarle fiducia, e sapeva che, in fondo, faceva bene a detestarlo.

Fu una notte di lacrime anche per Letizia, che pensava al futuro di Nicoletta, e alla sua unica colpa di non essere la figlia di gente con un *côté* sociale importante. Se solo avesse potuto, l'avrebbe messa di forza dentro a un castello e poi avrebbe chiamato un principe valoroso per farla impalmare. Sua figlia era degna di tutto il bene del mondo, mancava solo la concreta possibilità che tutto ciò si realizzasse. Stava per impazzire immaginandosela dentro a quel buco nero chiamato umiliazione.

La stessa notte, nel buio che avvolgeva i monti e tutto quanto sotto, arrivò un vento fresco all'improvviso, come se fosse stato chiamato da ogni anima in pena nascosta.

Sospinse persiane e porte vecchie, e mulinelli d'aria mischiati a cartacce e foglie si alzarono verso l'alto. Le correnti si infilarono anche tra i vicoli deserti.

Molti si svegliarono agitandosi, altri si alzarono dal letto per bere un bicchiere d'acqua. Qualcuno disse una preghiera.

E poi ritornò la calma.

23

Venne a prenderle all'alba un autista consigliato da Letizia. Un omone con la voce stranamente infantile. Usava per gli spostamenti da e per l'aeroporto lo stesso furgoncino con cui si muoveva tutti i giorni per andare a lavorare. Faceva il manutentore di sistemi elettrici nelle case e nei cimiteri della zona. Per Rosa era un volto nuovo, mentre si era accorta che le altre usavano con lui una certa confidenza.

A stento riuscirono a stipare le valigie nel portabagagli, visto che era già occupato da molti arnesi professionali.

Vuoi per la novità dell'evento, vuoi perché avevano paura che a New York facesse freddo, malgrado opposte informazioni lette sui siti meteorologici, si erano portate appresso anche vestiti per l'inverno. Giuseppa, in particolare, aveva la valigia più pesante. Alla domanda di Nunziatina sul perché l'avesse caricata in quel modo (ma le altre non avevano mica scherzato!), rispose che dentro c'erano oggetti indispensabili, come asciugamani, moka da viaggio, qualche confezione di caffè della sua miscela preferita, asciugacapelli, medicinali di tutti i tipi, e anche guantiere di dolci da regalare in loco, in più, ciabatte comode per contrastare una vecchia tallonite e… non le mancava nemmeno un piccolo ferro da stiro.

«Ma tutta 'sta roba all'aeroporto *ta fannu ittàri*. E poi che senso ha portarsi gli asciugamani da casa se si trovano già in albergo?» le fece notare Nunziatina come al solito polemica.

«*Tu penza pi tia*» le rispose Giuseppa, dichiaratamente sul piede di guerra.

Intuendo la piega che stava per prendere la conversazione, Rosa si intromise domandando se fossero sicure di avere i documenti in borsa, pena l'incubo di dover tornare indietro e magari perdere il volo. Lo chiese anche alle altre con il dovuto tatto. Ognuna toccò la propria borsa poggiata sul grembo, e solo dopo averle aperte e constatato che i passaporti e gli altri documenti erano al loro posto, tirarono un sospiro di sollievo.

Al contrario delle previsioni, durante il check-in fu semplice il susseguirsi dei vari passaggi, tranne l'ultimo step in cui Maria fu obbligata a ripassare sotto il metal detector più volte, perché ora si dimenticava di togliersi la giacchetta, ora il cellulare, fino a quando non riuscirono a imbarcarsi con la grazia divina.

Durante le ore di volo, ogni piccolo movimento le fece sobbalzare. Chiamarono a ripetizione steward e hostess, per saperne di più.

Signore, mi scusi, ho sentito una vibrazione sull'ala. Stia tranquilla, tutto ok.

Mi perdoni, ma avverto un odore strano, lo sente anche lei? Io no; comunque potrebbe essere qualcosa che ha a che fare con i vassoi di cibo che stiamo preparando. Non si preoccupi, ci siamo noi.

Vedo del fumo uscire dalla grata qui sopra, cos'è? Niente di che, è la condensa dell'aria condizionata.

Le aveva sorprese anche il servizio da ristorante di lusso. Possibile che su un aereo si potessero gustare pietanze così ricercate, permettendosi anche la scelta tra vari menù? E poi le salviette di spugna intiepidite, tovaglioli di stoffa, flûte di cristallo, coperte per proteggersi dall'aria condizionata, e kit completi per rinfrescarsi alla toilette.

Per non parlare della possibilità di sdraiarsi e schiacciare un pisolino. La poltrona poteva trasformarsi al bisogno in un letto, e quando Maria riuscì a rilassarsi, più o meno a metà viaggio, provò il piacere di sentirsi cullata dal dondolio dell'aeromobile che fluttuava tra le nuvole. Si mise anche a russare. Sua sorella, come previsto, ebbe subito da ridire, anzi, si vergognò proprio, temendo che qualcuno potesse lamentarsi. La strattonò fino a farla rinvenire. In effetti, a una prima occhiata, sembrava che avesse perso i sensi.

«Oh, *arruspìgghiti, ca svegli a tutti.*»

La povera Maria si mortificò seduta stante, e senza farselo ripetere due volte rimise la poltrona con lo schienale dritto, sperando che in quei pochi minuti di suo abbandono nessuno si fosse lagnato.

Sarina nel frattempo si alzava per fare piccole passeggiate. Avanti e indietro, dalla testa alla coda dell'aereo. Aveva letto da qualche parte che durante una traversata, specie se durava più ore, era meglio mantenere attiva la circolazione. Dunque, piccoli esercizi per polpacci e caviglie, camminando su e giù in quello spazio limitato, e qualche movimento di braccia e collo. Seguiva pedissequamente i consigli degli esperti.

Giuseppa invece parlava con Rosa. Avevano ancora molto da dirsi. Ma quel "molto" era nascosto in mezzo a frasi interrotte e sguardi di tenerezza e complicità. Dopo la sua confessione, tra loro si era instaurata una solida alleanza, e per rispetto, ma soprattutto sensibilità dovuta, Rosa non le aveva più chiesto niente.

Aveva sempre pensato che fare del bene significasse anche aiutare a sotterrare il male dell'altro.

Nunziatina, più in là, seduta nel lato opposto a Rosa e Giuseppa, con sua sorella di fianco, che dopo il pisolino turbolento aveva cominciato a scervellarsi su un cruciverba complicato, ripensava alla reazione di Paolo dopo averlo incontrato, e a cosa ne sarebbe stato della loro relazione.

Non era ancora arrivata a New York che già pensava al ritorno.

Colpa della sua instabilità amorosa. Mai che le fosse capitata una bella storia da vivere alla luce del sole, lineare insomma, e senza doversi sudare anche un abbraccio.

Gli incontri capitano, si disse, mentre fuori dall'oblò vedeva azzurro e bianco e poi bianco e azzurro, con qualche strato velato di grigio scuro in fondo. Sì, lei incappava sempre negli uomini sbagliati. Aveva ragione Maria. E allora era arrivato il momento di farsi delle domande.

L'hostess di turno, chiamata da Rosa per un bicchiere d'acqua, approfittò per avvisarle che di lì a poco sarebbero cominciate le manovre per l'atterraggio. Non ci credevano ancora che stesse accadendo proprio a loro, ma alla vista dei grattacieli dall'alto dovettero convincersi della realtà dei fatti.

Sarina, dopo una benefica pausa di sonno, aprì gli occhi, disturbata dal trambusto dei passeggeri che andavano verso la toilette, e mentre aspettavano in fila, nel breve corridoio accanto alla sua poltrona, parlavano ad alta voce. Ancora prima, era stata Giuseppa a tentare di svegliarla chiamandola ripetutamente, ma senza risultato. Si alzarono insieme, nello stesso momento, aspettando che le due toilette tornassero libere.

Dopo esserne venuta fuori, Sarina si spruzzò sul collo il suo profumo preferito. La boccetta che si era portata dietro le era stata regalata da Giovanni: Chanel n.5. *Il* profumo, come lei amava definirlo.

Quasi prima di scendere, ringraziarono il personale di bordo per essersi preso cura di loro con molta pazienza, non facendole sentire moleste a furia di domande a ciclo continuo durante la traversata.

E poi, fu la volta di mettere i piedi sulla scaletta e toccare terra...

L'atterraggio all'aeroporto JFK di New York era stato puntuale. Ore dieci e trenta del dodici agosto. A Monte Pepe stavano per svegliarsi contadini e panettieri.

La Grande Mela le aspettava insieme a un cielo grigio senza pioggia, ed era pronta ad avvolgerle nella sua incessante bolgia.

Tirava un vento forte, come la notte prima di lasciare la Sicilia.

C'era un autista ad attenderle all'uscita, già informato dell'indirizzo dove avrebbe dovuto accompagnarle. Jane aveva previsto ogni possibile intoppo, ogni disguido, compresi ritardo del volo o smarrimento dei bagagli. Delle cinque, soltanto Sarina conosceva qualche parola in inglese, per via del suo lavoro negli alberghi, ma Nunziatina si era munita di un piccolo vocabolario atto a risolvere le emergenze più probabili, come chiedere il nome di una via o la scelta del cibo nei ristoranti. Non voleva ritrovarsi nel piatto qualche strana pietanza che le avrebbe fatto male. Né aveva intenzione di ricorrere alle traduzioni di Sarina che temeva inattendibili o imprecise. Piuttosto si sarebbe fatta capire usando le mani. Un po' era per una questione di principio, e un po' perché pativa la sua affascinante socia in ogni ambito, inutile negarlo. Tuttavia, le voleva bene. Un assurdo controsenso che non sapeva spiegarsi nemmeno lei.

Non riteneva di poter competere con la sua avvenenza, ridicolo anche pensarlo, ma sognare di piacere usando altre frecce al suo arco (per esempio la cultura, e perché no, anche la sua capacità oratoria) chi poteva vietarglielo?

La forza di Sarina, invece, consisteva nell'indolenza a battagliare con chi per principio la considerava un pericolo, o meglio, antagonista da tenere alla larga; e della bellezza che le apparteneva, inutile negarlo, faceva un uso discreto a seconda delle necessità. «Meglio Cleopatra che una stupida scema» era la frase che Rosa le aveva detto un giorno, aprendole un mondo, oltre a quello che lei conosceva già per esperienza.

Arrivate in hotel, dopo aver sbrigato le necessarie formalità, salirono nelle loro stanze. Erano una tripla e una doppia, collegate da una porta in mezzo. Attraverso ogni portafinestra si poteva ammirare una minima porzione della città, per quanto, anche se limitata, riusciva a dare l'idea. Si trovavano a un piano molto alto (era stata sicuramente una scelta ben studiata da parte della loro benefattrice Octavia per sorprenderle), e questo amplificava la possibilità di godere di tanta magnificenza.

Giuseppa non osò nemmeno avvicinarsi, perché le appariva inverosimile sentirsi appesa in cielo, tra le nuvole color grigio perla, e separata da queste ultime solo da una parete di vetro. Se per caso si fosse rotta, avrebbe visto gli angeli e pure *u Signuruzzu beddru*.

Dopo qualche minuto Jane chiamò in camera di Rosa per porgerle il benvenuto, esteso anche alle signore che erano con lei.

Le comunicò che avevano la giornata libera per fare ciò che desideravano. Di certo erano stanche a causa dello stress del viaggio e magari preferivano riposare un po'. Rosa la ringraziò, alternando ansia per le parole che ascoltava, dette in un italiano stentato, e quindi difficili da capire, a gioia per l'entusiasmo con cui Jane le parlava. Sperando di gratificarla le disse che non erano affatto stanche, visto che in aereo avevano riposato abbastanza, dunque erano pronte per cominciare l'avventura. Confortata dalla risposta, Jane le consigliò di fare un giro per Manhattan, dove peraltro si trovavano già. L'albergo in cui erano ospiti, infatti, era ubicato nel cuore di quel distretto e da lì avrebbero potuto visitare angoli imperdibili della Grande Mela.

L'indomani una limousine sarebbe passata a prenderle per portarle negli studi televisivi della JVB.

E, ultima informazione che riguardava la cena, disse che potevano consumarla nel ristorante dello stesso albergo. Sarebbe bastato prendere l'ascensore e salire all'ultimo piano. Da quel punto la vista era impareggiabile, e, nota non secondaria, si trattava di uno dei ristoranti più quotati di New York. Nel frattempo le altre quattro si erano messe a disfare le valigie, e tra riporre i vestiti negli armadi, farsi una doccia e truccarsi un po', erano arrivate all'ora del pranzo, anche se nessuna di loro aveva fame. Non appena fuori, Nunziatina e Maria cominciarono a esaltarsi strillando senza contegno. Ogni scoperta sembrava nuova e strabiliante. Ma lì era tutto nuovo e strabiliante! Le strade immense, la confusione, i negozi pieni di ogni ben di Dio.

E le sorelle Spadafora sempre più contente di partecipare. Davvero una realtà totalmente diversa da Monte Pepe. Non era solo per l'altezza dei palazzi, per il traffico da metropoli, o per i rumori assordanti che si sentivano elettrizzate, ma per la debordante vitalità della gente in strada; anche i colori sembravano più forti e l'energia intorno a loro palpitante. Nell'aria si avvertiva la scossa dell'anima del mondo. Troppo bello esserci! Intuendo la loro eccitazione Rosa le invitò a non strafare. Tutta quell'offerta di meraviglie poteva dar loro alla testa! E soprattutto consigliò di non allontanarsi.

«Se qua ci perdiamo, è la rovina» aggiunse per calmarle.

«Tenete i cellulari sempre accessi, non si sa mai» commentò Sarina. «Nel caso una di voi dovesse perdersi, basta che comunichi alle altre dove si trova e provvediamo ad andarla a prendere, ok?»

«Perché, non ti puoi perdere anche tu?» disse acida Nunziatina.

«Certo, il discorso vale anche per me» ribadì Sarina. «Forse mi sono espressa male, scusate.»

«Avanti, *finèmula cu 'sti scimenzi* » irruppe Giuseppa. «*Semu a New York, addivittèmuni.*»

Davanti all'ingresso della stazione della Metropolitana di Lincoln Center, Sarina domandò se volessero fare un giretto nella Subway più grande del mondo.

«Ma che dici, Sarina? Non è vero!» sentenziò subito scettica Nunziatina.

«L'ho letto su un giornale poco prima di partire!» commentò altrettanto piccata Sarina.

«*E allura scrissero 'na fesseria*, perché semmai è una delle più antiche, ma per grandezza prima ci sono Pechino, Seul, Shanghai e altre sempre in Asia. Ma un primato ce l'ha, ed è che fra tutte le metropolitane esistenti è l'unica a offrire un servizio che funziona 24 ore al giorno per 365 giorni all'anno. E comunque, a parte questo, la risposta è no, io non voglio scendere là sotto.»

Al suo no, si accodò subito Maria, rinforzandolo. E in coro poi lo ripeterono come un mantra.

Era davvero pericoloso avventurarsi in quei sotterranei, soprattutto per gli attentati, e per di più non conoscevano la lingua.

Rosa a quel punto si ribellò, dicendo che le metropolitane si assomigliavano tutte, e lei aveva una certa esperienza, avendo abitato a Milano per molti anni. Cosa poteva mai accadergli? «Non fate le paesane per favore!»

«Ma noi *siamo* paesane» replicarono le gemelle nello stesso momento.

«Avete capito cosa voglio dire» ribatté lei spazientita.

Finì che dovettero sottostare alle paure ingiustificate delle due sorelle. Rosa si morse la lingua per evitare di litigarci, e Giuseppa fu costretta a mortificare il suo desiderio di vedere com'era fatta la Subway di *Nuiok*. E hai voglia a correggerla! Per lei si diceva *Nuiok* e *Nuiok* l'avrebbe chiamata fino alla fine del viaggio.

Sarina di conseguenza fu costretta ad adeguarsi alla scelta già decretata, ma l'espressione del suo volto tradiva una delusione inaspettata, oltre all'irritazione per essersi dovuta sorbire la lezioncina sulle metropolitane del mondo.

In taxi raggiunsero la Statua della Libertà.

Mezz'ora e più di viaggio su una monovolume guidata da un indiano, che gli aveva fatto venire la nausea a furia dei suoi zig-zag sull'asfalto. Scansava gli altri automobilisti alla stregua di una gara all'autoscontro.

Mille eccitanti emozioni davanti al monumento americano per eccellenza. E quanto si sentivano minuscole lì sotto. Si fecero immortalare da un tipo che scattava foto per pochi dollari. Quando se le ritrovarono fra le mani rimasero a bocca aperta per il modo in cui le aveva abbellite con una grafica moderna. Emoticon, filtri e in aggiunta, sovraimpressa, la bandiera degli Stati Uniti d'America.

In quel primo viaggio oltreoceano si sentivano felici e libere!

Di ritorno, si fermarono a Times Square per godersi lo spettacolo. Malgrado l'albergo in cui soggiornavano si affacciasse proprio su quella piazza, avevano preferito cominciare il tour della città concentrandosi su altre zone.

Gli occhi non riuscivano a fermarsi, confusi tra la quantità di facce e immagini che gli giravano intorno. Un'orgia di vita che sconvolgeva la testa. E tutto ciò non sarebbe stato possibile prevederlo, nemmeno guardando su YouTube. Un conto erano i video visti da un monitor, un altro era vivere tutto ciò in prima persona.

La folla composta da diverse etnie, il luccichio intermittente dei cartelloni degli spettacoli di Broadway, oltre ai giganteschi video wall che mandavano filmati pubblicitari con i testimonial famosi, si mischiavano alla musica degli artisti di strada, mentre loro continuavano a girare la testa in tutte le direzioni. Un circo umano che pareva una sagra con cento paesi, e forse più, messi insieme.

Giuseppa si sentiva Alice nel Paese delle Meraviglie, e Sarina giurò che non avrebbe mai e poi mai dimenticato quell'esperienza. Infine scoprirono che *Nuiok* era piena di siciliani.

«Per forza!» disse Nunziatina «qui i "nostri avi" hanno lasciato tracce indelebili. E dunque adesso sono rimasti i discendenti.»

«Ecco, brava» aggiunse Giuseppa. «*Cùntini quacchi cosa.*»

«Sarebbe troppo lunga da raccontare adesso, semmai stasera in camera, ma ti anticipo che i siciliani hanno fatto New York, e non scherzo!»

«*Chi voli diri*?» ribatté Giuseppa.

«Che i siciliani non sono stati solo operai qui, ma hanno svolto anche lavori importanti, diventando i padroni dell'economia. Partendo dai primi arrivati, che facevano la fame verso la fine dell'Ottocento, sono riusciti a vantare nella loro comunità, intorno alla metà del Novecento, uomini d'affari che hanno fondato aziende di rilievo, e poi anche artisti, cantanti, attori, politici. Stasera approfondiremo, e resterai a bocca aperta.»

Felici per ciò che avevano visto in quella divertente gita, tra vetrine a Fifth Avenue e negozi più modesti nelle strade meno eleganti, fecero un po' di acquisti prima di rientrare in albergo. Qualche souvenir e delle magliette low cost. Per fortuna i dollari li avevano. Del cambio si era occupata Sarina, chiedendo la cortesia alla sua banca.

Rientrate quasi all'ora di cena, si sdraiarono qualche minuto a letto. Tutte e cinque avevano i piedi abbrustoliti dal caldo e dalla stanchezza.

Strano per loro crederlo fino a qualche giorno prima, ma a New York ad agosto faceva un caldo asfissiante.

Chissà perché avevano previsto altro.

Come da istruzioni precise ricevute da Jane avrebbero cenato in albergo. E per fortuna le era venuta quell'idea. L'indomani per loro era un giorno impegnativo. Il ristorante si trovava all'ottantottesimo piano. Da lì le strade sembravano linee disegnate dalla matita di un bambino, e le auto biglie in movimento. Durante la cena Nunziatina tornò sull'argomento degli emigranti siciliani di fine Ottocento arrivati negli Stati Uniti, e di come con grande caparbietà molti fossero riusciti a garantirsi la scalata verso il successo.

Non tutti, chiaro, ma buona parte di loro era stata in grado di cogliere le opportunità che il Nuovo Mondo poteva offrire. Storie incredibili, qualcuna cruda e senza esclusione di colpi: morti ammazzati, malattie, violenze, e parte di quelle vicende erano state riportate in vari film, tra cui il più bello, *C'era una volta in America*. Duro, sì, e focalizzato sul racconto dell'evoluzione della mafia negli Stati Uniti, eppure molto intenso e così commovente.

«Anche a me è piaciuto tanto, anche se i mafiosi non rappresentano i veri siciliani. Siamo in maggioranza persone perbene. Ma il film è bellissimo e mi ha fatto piangere» disse Sarina.

«Anche a me» commentò Rosa, e Maria le fece eco.

Solo Giuseppa non l'aveva visto, ma ora le era venuta l'urgenza di farlo. Nunziatina le promise che quanto prima lo avrebbe scaricato sul suo computer per permetterle una visione personalizzata. Intorno a loro avventori vestiti elegantemente e luci soffuse che rendevano il locale ancora più rilassante. Un posto in cui era piacevole anche chiacchierare. Più volte i camerieri davanti alle richieste incomprensibili di Giuseppa avevano sorriso. Nunziatina di tanto in tanto consultava il vocabolario per tradurre. Ma era impossibile seguire simultaneamente il loro modo di parlare veloce e cercare tra le pagine scritte con caratteri piccolissimi.

«*Chi dissi*?» continuavano a ripetere ora l'una, ora l'altra, e alla fine aveva avuto ragione Nunziatina: a volte i gesti si rivelavano i migliori alleati per comunicare.

Prima di addormentarsi prepararono gli abiti per l'indomani.

Sarina ringraziò la Madonna per averle permesso quella fantastica avventura.

Rosa inviò un WhatsApp ai figli scrivendogli della sua contentezza. E come poteva immaginare che arrivata alla sua età avrebbe vissuto un'esperienza così bella? Ed erano ancora all'inizio.

Appena sveglie andarono a fare colazione, e lì, nella sala che profumava di grasso abbrustolito e brioche appena sfornate, vissero un'altra esperienza choc.

Mai vista tanta offerta di cibo. C'erano würstel, carne, uova, patate, pancetta, croissant, fette biscottate, pane da affettare caldo e croccante, marmellate, biscotti, frutta, insomma, quasi un pranzo della domenica per chi non era abituato alle colazioni internazionali.

Infatti, Sarina non si era meravigliata più di tanto, avendo dimestichezza con le colazioni dei turisti stranieri.

«Non guardate la gente mentre mangia! Sembriamo cafone che non hanno mai visto la grazia divina!» disse Rosa con il piglio di chi ci teneva a fare bella figura.

Tra le cinque, lei era quella che non perdeva occasione per dimostrare di sapere come funzionava il mondo. Invero, la genuinità di alcuni suoi atteggiamenti – abitudini registrate nel DNA, contro cui nessuna volontà poteva averla vinta – ogni tanto la costringevano a ridere di se stessa, specie quando, messa davanti alla diversità del suo modo di essere, era obbligata a guardare *ddr'amiricani* come astronauti sbarcati da Marte.

«Ma noi siamo paesane!» risposero ancora una volta in coro le sorelle Spadafora.

«*E sempri 'sta risposta m'avìti a dari? Chi fu, si rumpìu u discu?*» Rosa a quel punto si fece una grossa risata e risero anche le altre.

Il pranzo della domenica poteva cominciare.

Giuseppa spazzolò il piatto su cui aveva ammucchiato brioche, pane in cassetta, marmellate varie e anche due fette di torta al formaggio. Quando esclamò che era buonissima, Nunziatina come al solito sciorinò il suo sapere.

«Si chiama cheesecake. Molti sono convinti che sia un dolce di origine inglese, invece non sanno che la prima torta al formaggio di cui si ha memoria venne servita agli atleti partecipanti già durante gli antichi Giochi Olimpici in Grecia. Più o meno nell'ottavo secolo avanti Cristo.»

«*Matruzza, ma comu i sai tutti 'sti cosi*?» le domandò Rosa.

«Semplice, leggo! Ve l'ho detto più volte che la lettura è come una medicina!» e poi aggiunse: «Se volete posso continuare visto che la storia è ancora lunga...».

«Senti, per ora *finemu a colazione e poi iemu a priparàrini ca sinnò facemu tardu*» disse sua sorella, già annoiata di tutte quelle informazioni. Certe volte Nunziatina era proprio insopportabile quando faceva mostra della sua cultura. Ogni tanto andava bene, ma sempre no, diventava una purga...

24

Sedute in limousine si ritrovarono a corto di ulteriori commenti. Avevano già esaurito le scorte di esclamazioni per lo sconcerto e la meraviglia.

La grandezza di quella casa viaggiante, e l'eleganza di ogni dettaglio negli interni, a cominciare dai giganteschi sedili in pelle bianca immacolata, dove pareva brutto pure sedersi, le lasciarono di stucco e gli fecero sbarrare gli occhi.

E che cosa potevano inventarsi ancora, se non i soliti «*Oh, matruzza, Talìa cca, Vadda che bellu*!».

Giuseppa allungò le gambe e si mise comoda.

«*Cummari,*» disse rivolgendosi a Maria «*cca nni putemu puru cuccàri.*»

E Maria di rimando: «*Chista è na navi da crociera*».

Ci fu un momento in cui si guardarono tra loro con un'espressione seria facendo ognuna dentro di sé mille pensieri.

A Maria e Nunziatina brillarono gli occhi, e Sarina sembrava spaesata.

Giuseppa se ne accorse, e non poté evitare di commuoversi allo stesso modo. Rosa cercava di distrarsi guardando fuori dal finestrino.

Era così strano trovarsi a New York, giunte da un puntino insignificante dell'universo. E se non fossero state in cinque a viverlo, nello stesso momento, avrebbero pensato a chissà quale autosuggestione. Un sogno lungo una settimana che al risveglio le avrebbe turbate.

«Ohi, forza, e *chi facìti ora, chiancìti comu a quattru scimunìti*?» disse Rosa con la voce squillante.

«*Parra pianu*» la rimproverò Sarina «*ca sinnò l'autista nni pìgghia pi maleducate.*» Si sentiva obbligata a dire ciò, per evitare che il conducente si facesse una brutta idea di quelle cinque donne arrivate dall'Italia.

Ma per fortuna erano separate dall'autista per mezzo di un divisorio scorrevole che permetteva assoluta privacy. Bastava premere un bottone per collegarsi all'istante.

Intanto, mentre attraversavano la città, si sentivano il cuore in gola.

Il viaggio non sarebbe durato a lungo, perché da Times Square all'indirizzo indicato erano sì e no quindici minuti di strada, traffico permettendo. Nel percorso che fecero, si immersero in un carnevale metropolitano, che gli diede la possibilità di osservarlo con attenzione e consce che occasioni di quel tipo non capitavano a chiunque. Oramai sapevano tutto dell'emittente televisiva per cui lavorava Octavia, anzi di cui era la Regina incontrastata. Era seguita da milioni e milioni di telespettatori in tutta l'America. E soprattutto il suo programma.

Quanti erano milioni e milioni?

Non riuscivano a visualizzarli nella testa.

Già la folla a Times Square gli era sembrata una pioggia di respiri indecifrabili. Figuriamoci il resto.

Lì per lì si domandarono come avrebbero affrontato l'emozione delle telecamere accese, e della responsabilità di parlare davanti a quei milioni e milioni di...

Buonasera a tutti, sono Rosa Marino e vengo da... Vendo arancini nella mia rosticceria, ho quattro socie e ora vi facciamo vedere come li prepariamo. Ecco, così, dovete mettere anche il formaggio e l'olio buono e... mi raccomando... Ah, e poi è importante il riso, sì, la qualità del riso è tutto... Mentre Rosa ripeteva la lezioncina imparata a memoria, le altre sorrisero.

Forse si sarebbe impappinata e tutto il mondo, quei milioni appunto, che immaginava seduti a casa, in stile perfetta-famiglia-americana, coi divani a fiori, il cane che scodinzolava sotto le gambe e la birra sul tavolo, si sarebbero fatti quattro risate, additandola come una sprovveduta mentre annaspava per convincerli che lei era brava a fare gli arancini, sì, la più brava di tutte; e poi sarebbe arrivata Giuseppa e li avrebbe fatti sganasciare.

A cosa stavano andando incontro?

Una *débâcle* che forse avrebbero potuto evitare declinando l'invito.

Ma poi erano state davvero così ingenue? O scegliere di dire sì le avrebbe premiate? Non rischiare le avrebbe lasciate nel limbo dell'incertezza. Meglio allora un grosso buco nell'acqua, che il domandarsi "Chissà cosa sarebbe accaduto" tutta la vita. Questa fu la risposta che Rosa si diede nell'immediato ragionando a voce alta, e le sue socie le diedero ragione perché di lei si fidavano ciecamente.

L'autista fermò la limousine in un'area destinata all'accoglienza degli ospiti. Scese per aiutarle a venire fuori, una dopo l'altra, offrendo il braccio per facilitare le operazioni.

Guardandosi intorno si dissero grate alla vita.

All'improvviso erano miracolosamente sparite ansie e paure.

L'ultima a presentarsi per salutarle in camerino fu July/Octavia.

Accanto a lei c'era John, che in realtà era sempre John, visto che la gente lo chiamava in quel modo. Gli abbracci, nemmeno a dirlo, furono intensi e July/Octavia le ringraziò per avere accettato la sfida.

La chiamò così, proprio sfida. A riprova del fatto che conosceva i timori di ognuna, e che vivere quell'esperienza come una prova con se stesse sarebbe stato il modo migliore per superarla.

Si scusò per avere mantenuto segreta la sua identità quando era in Sicilia, ma ora potevano capire il perché. Libere da condizionamenti e libere di scegliersi solo per simpatia e affinità. Jane traduceva tutto con velocità impressionante.

Rosa se l'era immaginata diversa la signora Jane.

Al telefono pensava che si trattasse di un donnone alto e robusto, e invece era piccola, di colore anche lei, coi capelli corti corti, e gli occhi a mandorla, come quelli di Giuseppa.

Scosse dagli eventi che si susseguivano alla stregua degli zampilli di una fontana, si fecero spiegare dagli autori del programma cosa avrebbero dovuto dire una volta entrate in studio. La diretta presagiva tragedie, pensava Sarina, ma era una considerazione che teneva per sé per non influenzare le altre. Tra tutte se n'era accorta Nunziatina, che stava sempre lì a controllarla, studiando i suoi gesti, le parole che diceva, e come rispondevano gli altri agli input che dava.

«Secondo me l'unica cosa che dobbiamo fare è pensare che non siamo in televisione, e soprattutto non considerare quanti americani ci guarderanno. Tu che ne pensi?» le domandò.

Sarina fece sì con la testa, ma pensava tutt'altro.

Maria, dopo avere ascoltato Nunziatina, se ne uscì con una considerazione alquanto strana:

«Immaginatevi che siamo da Barbara D'Urso. Io di pomeriggio, *quannu non vaiu in rosticceria ma talìu sempri, e mi piaci.*»

«Barbara D'Urso?» replicò contrariata sua sorella. «Ma è un esempio assurdo! Semmai Maurizio Costanzo!»

«Ma *chi nnicchi e nacchi c'entra Maurizio Costanzo? Cca vìnnumu pi parràri di cucina siciliana, e secunnu mia avi cchiù sensu 'u paragone cu* Barbara D'Urso.»

«Va be', *si u dici tu*! *Allura era megghiu ca sciglievi un paragone ca Parodi o cu Cracco!*» replicò indispettita Nunziatina. «Ti volevo solo dire che Octavia è famosa per i suoi servizi giornalistici, per la battaglia sui diritti delle donne, degli omosessuali e delle persone povere. E lei non ci ha chiamate qui solo per cucinare, ma per parlare di donne che malgrado le difficoltà cercano di lottare per i propri sogni. Quello che succede anche nel salotto di Costanzo. *U capisti?*»

«*E puru 'na D'Urso pàrrunu di 'sti cosi*» sentenziò Maria.

«*Sintìti, non cuminciàti attònna*, va bene?» gli ordinò Giuseppa. «*Semu a 'Merica, no a Monte Pepe e cetti discussi fàtili a casa vostra.*»

«Allora amiche mie» aggiunse Sarina per sedare gli animi «ora prendiamo fiato e ci concentriamo per fare bella figura. Ci siamo intese? Siamo venute qua per parlare della cucina siciliana e della nostra storia, e soprattutto per rendere ancora più famosi gli arancini che vendiamo. Forza! Mettete le vostre mani sopra la mia.» Allargò la sua aspettando che anche le altre ci poggiassero i loro palmi sopra.

Sempre unite, sempre insieme, malgrado gli scontri, malgrado le vedute diverse, con o senza Barbara D'Urso che, a pensarci bene, anche a Sarina non dispiaceva. Anzi, le faceva proprio simpatia.

Quando la voce di Octavia annunciò i cinque nomi, Giuseppa avanzò verso la tenda che divideva le quinte dall'arena/studio. Vide nella sua testa i leoni pronti a sbranarla. E mentre Maria camminava su e giù perse l'equilibrio; si piegò su un lato e prese una storta, ma subito si rimise in piedi. Rosa cominciò a sudare. Sarina e le due gemelle erano quasi impietrite, ferme al loro posto, in attesa di essere trascinate verso il centro. Sembravano essersi solidificate per una metamorfosi estemporanea, come ghiaccioli nel freezer, tanto erano agitate. Poi ci fu un blackout nelle loro teste.

Ogni attimo veloce, inaspettato, straordinario, glorioso, e applausi, applausi, applausi.

La storia di cinque donne e un arancino, raccontata da Octavia a milioni di americani, quella sera fu una puntata da non dimenticare.

Parlò delle cinque rosticciere con tale entusiasmo, tale ardore, che anche il pubblico si alzò in piedi per premiare il loro coraggio. La tenacia, l'amore e la passione che ci avevano messo per portare avanti un sogno senza mollare, anche quando – e Octavia usò scientemente quelle parole – le spese avevano superato gli incassi, meritavano il sostegno di tutti.

Un esempio di come non importi il posto in cui nasci o da che famiglia arrivi, ma se hai deciso di farcela non devi distogliere lo sguardo dall'obiettivo che ti sei prefissato, e soprattutto devi scansare quelli che ti dicono di lasciar perdere.

Ancora applausi a pioggia, e Sarina, Nunziatina, Rosa, Maria e Giuseppa non sapevano più come ringraziare la loro dea della fortuna che per una buona volta non era bendata e aveva il volto di Octavia.

La sera a cena in un ristorante dalle luci soffuse (era un'abitudine a New York l'attenzione all'illuminazione nei ristoranti eleganti), e i candelabri d'argento sui tavoli, ringraziarono a dovere Octavia, Jane e John.

E con tutta la confusione che avevano in testa sbagliarono pure a pronunciare i loro nomi.

Arrivati al dolce, Octavia fece una proposta.

Jane nel frattempo traduceva spostando lo sguardo su ogni commensale. Parlava di rimando lentamente per permettere a tutti di assimilare parola per parola con calma.

«Mie care amiche, oggi avete avuto un successo incredibile. Nemmeno io lo avrei mai immaginato. Vorrei sapere se siete disposte a rimanere qui ancora qualche giorno. Potreste cucinare per il mio pubblico. *Cinque stelle siciliane in cucina.*»

«Rosa, tu che ne dici?» domandò Sarina.

Le altre mute. Sorprese e travolte da quella novità impegnativa.

«Io, non so... Voi che ne dite?» E guardò di scatto verso Nunziatina, Maria e Giuseppa.

Octavia le interruppe. Jane si era preoccupata.

«Non ci sono problemi» assicurò l'americana. «Sareste ospiti della produzione e pagheremmo il vostro lavoro ogni giorno. Inoltre cambieremmo domani stesso la data dei biglietti, e per quanto riguarda l'hotel, chiaramente resterebbe a nostro carico.»

Parlò di una cifra indicativa giornaliera per il lavoro di ognuna, che tradotta in euro corrispondeva allo stipendio di un impiegato di banca.

Giuseppa confermò che per lei non c'erano problemi. Anzi, lì sarebbe stata sempre in compagnia, ed era quello di cui aveva bisogno. E Sarina, cosa aveva da perdere? Semmai nel cambio avrebbe avuto la possibilità di mettere da parte un bel po' di soldi. Nunziatina e Maria, invece – e c'era da aspettarselo –, espressero idee diverse. La casa, la madre, le piante, la nostalgia, i nipoti...

«Ma se i vostri nipoti li vedete sì e no a Natale o a Pasqua, *chi nni cuntàti*?» disse Rosa contrariata.

Si era fatta brutta in faccia, perché pur temendo quella risposta non voleva accettarla.

Si trattava di un'occasione unica, e quelle due che facevano? Parlavano delle piante, dei nipoti, come se dei giorni in più in America potessero modificare le loro esistenze! Mentre a modificarle, ma in meglio, sarebbe stata la scelta di restare a New York, senza tirarla troppo per le lunghe!

«Allora non resta che attendere la vostra decisione» disse John, rivolgendosi alle due sorelle.

«Esatto» rimarcò Sarina, con un'espressione un po' ironica e un po' indispettita.

«Ve la daremo domani» rispose Nunziatina. Stavolta il solito coro a due non si era riproposto. Nel frattempo la cena si era conclusa e Octavia, John e Jane erano tornati a casa. Le cinque ospiti presero un taxi direzione albergo.

Rosa non riuscì a nascondere un muso lungo da coccodrillo. Peccato che solo dopo poche ore da un successo travolgente, si trovavano a rivivere un'altra crisi. La prima, che aveva visto Nunziatina andarsene dalla rosticceria per un malinteso, era già roba vecchia. Dunque perché ripeterne un'altra proprio in America?!

«Non rovinate questo momento» aggiunse Giuseppa.

«Sono d'accordo, meglio parlare» suggerì Sarina.

«E che dovremmo fare, allora?» ribatté Rosa. «Io dico che siamo in mezzo alla fortuna e rischiamo di buttarla nella spazzatura!»

«Tu sei libera di fare quello che vuoi» osservarono (in coro, stavolta) Nunziatina e Maria «ma noi abbiamo nostalgia di casa, e vogliamo tornare al più presto.»

«Dormiamoci sopra e domani vi diremo cosa abbiamo deciso» dichiarò Maria, rimasta in silenzio ad ascoltare le altre.

Non appena rientrate in camera, Sarina cercò di rasserenare gli animi. Lei dormiva con Maria e Giuseppa, e Rosa con Nunziatina.

Per cambiare discorso, mentre si spogliava, informò le sue compagne di stanza che le era arrivato un messaggio da parte di Giovanni proprio in quel momento. Lesse il testo, e a ogni parola pronunciata cercò di imprimere il tono della voce di lui, per farne capire le intenzioni. In poche frasi le diceva che senza di lei era triste e che non vedeva l'ora che ritornasse. Non aveva più voglia nemmeno di andare a lavorare.

«*E tu chi c'arrispunni ora*?» le domandò Giuseppa, convinta che Sarina fosse una pazza a farsi scappare un ragazzo come lui.

«Che mi ha fatto piacere ricevere il suo messaggio e lo ringrazio tanto per avermi pensata.»

«*Sulu chistu*?»

«E certo, non è che mi metto a scrivere poemi d'amore a uno che conosco da poco. Non sarebbe serio.»

«*Tu secunnu mia penzi ancora a to maritu*» aggiunse Giuseppa, non paga.

«Non è vero. E comunque sono fatti miei.»

«Certo, *ca sunnu fatti tuoi, però si una ti voli beni ti po' diri puru qualcosa pi japrìriti a testa, o no*?»

Maria assisteva silenziosa al ping-pong del loro botta e risposta.

«Grazie per il consiglio, ci penserò» aggiunse Sarina. «Però non dire più *ca penzu a Melo picchì non è vero*».

Meglio dormirci sopra.

Si tuffarono sui loro letti morbidi e ricoperti da trapunte leggere di lino beige, che sicuramente sarebbero servite durante la notte. A New York l'aria condizionata restava accesa a ciclo continuo, e ovunque la temperatura era gelata, per non parlare dei negozi, dove sarebbe stato utile un piumino per non beccarsi un raffreddore. E quanto ghiaccio mettevano gli americani nelle bibite? Ora capivano perché quando arrivavano in Sicilia morivano dal caldo.

25

Di notte squillò un cellulare in camera di Rosa e Nunziatina. Entrambe li avevano messi in carica nella presa del bagno. Rosa si svegliò all'istante, agitandosi un po' per i soliti timori, figli e nipoti in pericolo, o chissà quale altra tragedia, mentre Nunziatina continuava a dormire nel più soave dei sonni.

Guardando il display vide che si trattava di una telefonata WhatsApp da parte di Nicoletta. Si era dimenticata di certo del fuso orario e forse voleva fare due chiacchiere. Strano però, si disse tra sé, in quegli istanti che le servirono per staccare il cellulare dal caricatore. Non era da lei quel modo svagato di fare.

«Pronto, *giuiuzza*, tutto a posto?»

«Sì, tutto bene, e voi?»

A quel punto Rosa si fece il segno della croce ringraziando *'u Signuruzzu* perché non era accaduto niente di grave.

«Noi pure. Qui procede tutto bene. *'A virità? Stàvumu dummennu.*»

«Oh, scusami, non ci ho pensato. Mi sono appena svegliata e non vedevo l'ora di raccontarti la novità.»

«Non ti preoccupare *nicuzza, cunta, cunta. Chi novità ci su?*»

Il dottore e sua moglie si stavano separando e Salvatore era pronto per tornare alla base. Queste furono le prime informazioni che le diede con la voce scossa.

«*Bedda matri, e chi successi?*» domandò Rosa ancora mezza addormentata.

«Non so altro. Salvatore mi ha inviato un messaggio scrivendomi che per problemi riguardanti i suoi torna a casa e lascia Bologna.»

«*E iddru unni scumpariu tuttu stu tempu?*»

«Dice che ha passato l'estate a Bologna perché non aveva voglia di andare in vacanza, per cui ha studiato e basta.»

«*Puru ad agosto? E a tia picchì non ti chiamau e anzi, staccau u cellullare?*»

«Lui è così. Quando è in crisi sparisce, e poi ha detto che aveva bisogno di riflettere sulla nostra storia.»

«Ma *comu? Quannu isti a truvallu pi fàrici 'a sorpresa era cuntentu, e poi ci vinni 'a crisi*? Va be', ma ora *chi voli fari?*»

«È complicato, ma discuterne per telefono non serve a nulla. Comunque io penso che a me ci tiene. Almeno, lo spero.»

«Nicoletta, *un cuntu è èssiri sicura, e n'autru è sperare.* A ogni modo, *tu chi provi?*»

«Lo sai già cosa provo per Salvatore. Però è meglio riparlarne quando tornate. Ehm, volevo dire ancora che…»

«Dimmi, dimmi, anzi, *iu vulissi sapìri puru di so matri e so patri…*»

«Infatti, proprio di loro volevo parlarti. Salvatore mi ha spiegato che i suoi non si parlano nemmeno più e già suo padre se n'è andato di casa.»

«*Bene ci sta a 'ddra strunza.*»

«No, ma che dici? È una brutta cosa desiderare il male degli altri» commentò Nicoletta.

«Sì, è brutta, ma *pi mia* è bella!» ribadì Rosa.

«Va be'» rispose perplessa la ragazza, e stupefatta per la disinvoltura con cui Rosa non faceva mistero dell'antipatia che provava per quella donna. «Ti ho detto tutto. Se ci saranno altre novità, vi avviserò. E voi come state? È bella l'America?»

«Bellissima, gioia mia. Grande, grandissima, e la gente *pi strada curri sempre. Ma unni vannu*? Mah! Comunque ieri abbiamo avuto un grande successo, *diccìllu a to' matri*. Ah, e *dicci puru ca forse ristamu cca ancora quacchi ghiornu.*»

«E la rosticceria?»

«*E chi sacciu*?» ribatté lei. Ci si metteva pure Nicoletta a farle domande complicate?

Oramai "non sapere" era l'unica certezza della sua vita.

Impaziente di informare le altre tre, mentre Nunziatina dormiva ancora profondamente nel letto di fianco, uscì dalla stanza per bussare a quella accanto. La porta in mezzo s'era bloccata e lei bestemmiò in siciliano per il nervoso. Le aprì Sarina. Per tranquillizzarla la informò subito che si trattava di un pettegolezzo riguardante la moglie del dottore. Maria si svegliò dopo qualche istante, e Giuseppa ronfava e non si era accorta di nulla. Fu Rosa a strattonarla, facendosi una risata. La povera donna, innervosita per lo choc, emise un corposo lamento e poi cercò di riaversi, rimanendo seduta sul letto. Pensò che fosse arrivata l'ora di andare sul set fotografico, e non aveva sentito la sveglia.

Sarina, impietosita, la rassicurò, pregandola di non agitarsi. «Giuseppa, *ruspìgghiti ca Rosa vinni mi nni cunta un curtigghiudu du paisi.*»

«*Sintìti cca*» cominciò Rosa «*u dutturi e so' mugghieri si stannu lassannu. Anzi, si lassàru propriu.*»

«*E chi fu? Picchì*?» domandò Giuseppa. «*Parìunu 'na bella coppia. E iddra sempri accussì elegante...*»

Maria si fece il segno della croce mormorando che oramai il mondo era allo scatafascio completo.

Nell'ascoltarla Sarina allargò la bocca in una risata sguaiata. Era estasi, goduria, soddisfazione, compiacimento, gioia, vendetta. Ora mostrava tutti i denti.

«*U Signuri è ranni*» sentenziò, guardando verso l'alto. E più in alto ancora. Quasi a perforare il tetto.

Cercava *u Signuruzzu beddru* per dirgli grazie.

«*Ma vaia*, Sarina» mormorò Giuseppa. «*Non si diciunu 'sti cosi*!»

«Ah no? E allora *fari i corna o maritu è giustu*?»

«Corna? Quali corna?»

Giuseppa era all'oscuro dei fatti, ma una volta informata della tresca tra Melo e Claudia, e di ciò che era accaduto quando il dottore li aveva scoperti nella villa, cambiò tono, dando della svergognata alla signora. Di Melo invece non voleva parlare. Provava simpatia per lui ed era pure figlio di una sua cara amica. E poi, per il suo modo di vedere, erano sempre le donne a decidere tutto. «*I masculi su pupi ne' nostri mani.*» Quella tesi nasceva da attenti studi. Era convinta di quello che diceva.

«Infatti» ribatté infastidita Sarina «premesso che Melo è un disgraziato, occorre aggiungere che se si trova coinvolto in questa faccenda è soprattutto colpa di sua madre. Lei è la sua rovina, e a furia di giustificarlo non lo ha mai fatto crescere.»

Stava per prendersi la sua grande soddisfazione. Ovvero, parlare male dell'ex suocera e farglielo sapere. Era certa che Giuseppa prima o poi glielo avrebbe riferito. Troppo amiche perché non accadesse. Per anni la madre di Melo l'aveva tormentata con la sua gelosia, e Sarina sul punto aveva molto da dire. E per quanto riguardava Melo, non gli avrebbe mai perdonato di non averla difesa da tanta cattiveria.

«Ma *ora chi c'entra ca avemu a parràri di ddra povera cristiana*?» disse spazientita Giuseppa. «*Lassàtila stari, ca avi i so' problemi puru iddra.*»

Inevitabilmente era esplosa, perché non gradiva che si commentasse su una persona a cui voleva bene e per giunta assente.

Poi Maria, stanca e desiderosa di tornare a dormire le invitò a chiudere il siparietto aggiungendo soltanto: «*Non ghiabbu e non maravigghia*».

«Certo» rispose Rosa «*ma a mugghièri du duttùri fici sòffriri assai a ddr'anima 'nnuccenti di Nicoletta, e unu non avi a parràri di l'autri si prima non si talìa u so immu. Eh? Maria, cetti cosi sannu a diri*!»

Maria scivolò sotto il lenzuolo e si voltò dall'altra parte per non commentare oltre. Senza dubbio tifava per Nicoletta e per la sua storia d'amore con Salvatore. E per il resto erano solo porcherie fra adulti che avevano perso il senso della misura.

Anche Rosa se ne tornò in camera per rimettersi a letto.

Non avere coinvolto Nunziatina, svegliandola, si era rivelata la mossa giusta. Se l'avesse fatto, sarebbero andate avanti fino all'alba.

A colazione, davanti a tre cappuccini e cornetti, Sarina riprese il discorso della notte precedente. Mancavano le due sorelle, che probabilmente stavano ancora confabulando tra loro sul da farsi, ma di certo Maria aveva informato Nunziatina dei discorsi notturni, a proposito del dottore e sua moglie. Non c'era parola che non condividessero, anche se si accapigliavano di continuo.

Dato il tema incandescente, Sarina ritornò a parlare di Melo e di quell'incontro che aveva avuto con lui in rosticceria per salvarlo da un duello certo. Rosa sapeva già tutto, per averlo vissuto in diretta: mentre chiacchieravano seduti all'esterno, lei li aveva marcati stretti dalla cucina, invece le altre avevano pensato a un innocuo chiarimento. Ma Giuseppa, presa dal sonno, non aveva avuto modo di capire fino in fondo la notte prima. Così, dopo che Sarina lo raccontò per la seconda volta, inserendo dettagli necessari, le sembrò di avere le idee più chiare. Non commentò ulteriormente per non attirarsi le sue ire. Sarina in ogni caso c'era rimasta male per il suo parteggiare per la mamma di Melo.

«Io veramente non *pigghiài i parti di nuddru*» rispose Giuseppa.

«Be', per i toni che hai usato e per come la difendevi a me è sembrato di sì.»

«*Ma chi dici, ti sbagghiasti.*»

«Ah, *mi sbagghiai*?» sottolineò Sarina. «La verità è che non dovevo raccontarti niente! Questo è stato il vero sbaglio!»

Alla fine della discussione Giuseppa rimase ferma sulle sue idee, consigliando alla più giovane amica di starsene alla larga da triangoli amorosi e corna.

Sarina lì per lì non rispose, ma le venne fuori un muso lungo che sembrava una pinna. Nel giro di qualche minuto videro comparire Nunziatina e Maria, una appresso all'altra. Avevano facce scure e un passo lento che ricordava i partecipanti a un corteo funebre. L'atmosfera non era delle migliori per avere la pazienza di accettare ancora lagne, e invece, sorprendendole, le due smisero all'improvviso di essere seriose, cominciando a salutare allegramente, e poi dalla voce di Nunziatina arrivò una dichiarazione: «Sentite, insieme siamo partite, e insieme dobbiamo tornare».

Rosa si alzò in piedi per abbracciarle e subito avvampò in faccia. Era evidente la sua commozione. Tutto ciò era il risultato di un sentimento di grande amicizia che annullava ogni piccola incomprensione, legittima peraltro, e innocua. Glielo disse guardandole negli occhi.

«Siamo un gruppo unito e compatto e così dovremo rimanere per sempre» e dopo averglielo detto, poggiò la testa sulle spalle di Maria.

E poi chiese alle altre di poggiare le mani sul tavolo come al solito, per giurarsi fedeltà eterna e reciproco rispetto.

Fu una settimana densa di avvenimenti.

Foto, interviste, cene in ristoranti gourmet, conoscenze di star televisive, e il programma a cui partecipavano, come esperte di cucina tradizionale siciliana, spopolava in ogni dove, raggiungendo picchi di audience altissimi. Per strada molti le riconoscevano, e indicandole con le dita dicevano: «Here they are! Here they are! The riceball ladies!». Furono invitate a firmare autografi persino dentro a Starbucks, mentre aspettavano di essere servite, e malgrado si sentissero ridicole a comportarsi come delle attrici famose, la gente oramai le trattava in quel modo. Il problema era che non parlavano l'inglese, ma più di una volta furono aiutate da americani disinvolti e generosi al pari di siciliani. E intanto avevano stravolto anche le loro *mise* per apparire in televisione. Oramai indossavano solo completi vistosi.

Quando Rosa inviava ai figli delle foto tramite WhatsApp, questi stentavano a riconoscerla, confusa tra le tante paillettes delle sue nuove giacche luccicanti.

Per non parlare delle collane e orecchini che sceglieva. La più stramba però sembrava Giuseppa, che non aveva mai contemplato l'uso di occhialoni e bijoux in vita sua, e ora li trovava indispensabili per i suoi nuovi outfit. Decisamente stravaganti, ma necessari al look studiato dai costumisti di Octavia che si ispirava all'icona della moda over 70 per eccellenza, ovvero Iris Apfel. Solo che Giuseppa era un po' – anzi, un bel po' – più in carne di lei. Ma dai risultati che vedeva, e dai complimenti che riceveva, sembrava che avesse fatto centro. Un successo ottenuto a suon di giacche multicolor e caftani etnici.

Il terzultimo giorno a New York, Jane le avvisò che l'indomani Octavia avrebbe dato un party in loro onore.

«Pure?» commentò Sarina.

«Of course!» replicò Jane.

In che modo avrebbero mai potuto ricambiare tanta gentilezza?

Per l'occasione Octavia gli fece recapitare in hotel dei vestiti da sera che aveva scelto insieme alla sua stylist. Come se quelli che avevano già, appesi negli armadi, non fossero il meglio del meglio.

Si ritrovarono ad aprire custodie porta abiti che contenevano vestiti lunghi e ricamati dai tessuti lamé, in chiffon di seta e voile, e per ognuna la misura perfetta. Octavia non sbagliava un colpo.

Anche Giuseppa, coi suoi bei fianchi pieni, provò la gioia di un abito da sirena, taglio anni '30, che la avvolgeva stile Rita Hayworth. Quasi le veniva da piangere. Tanta era la felicità. Furono truccate da un make-up artist che costava un occhio della testa. Glielo rivelò Rosa dopo che aveva ricevuto l'informazione da Jane. Il dato però non era stato riferito per far pesare la spesa, quanto per riconfermare l'affetto di Octavia nei loro riguardi. Ma se l'interessata l'avesse saputo, si sarebbe contrariata, per cui le pregò di mantenerlo segreto.

Per Sarina fu studiato uno smokey eyes ad hoc, e per le altre vennero scelti colori più tenui. A Maria e Nunziatina toccarono nuance color porpora e rosa, mentre per Giuseppa bastò un sottile velo di azzurro, e per Rosa un blu tendente al lilla.

Di fronte all'ingresso della magione in cui abitava Octavia, le cinque donne non riuscirono a esprimere la loro commozione.

Allora esistevano davvero le case che avevano visto fino ad allora solo nei film!

Era tutto reale. E loro stavano per entrarci dentro!

Ad aspettarle, dopo aver compiuto pochi passi, c'erano proprio Octavia e John, molto eleganti entrambi. Lei indossava un abito rosso acceso, e aveva le spalle scoperte, e il suo fedele socio, nonché amico dai tempi del liceo – finalmente l'avevano scoperto da alcuni racconti di Jane –, era fin troppo affascinante con indosso lo smoking.

Gli furono presentati manager, intellettuali, tycoon e star inavvicinabili ai più, e loro stringevano mani e sorridevano inconsapevoli. Ma giunte al cospetto di alcuni attori e attrici che avevano visto su tante riviste e anche in televisione – e di cui però in quei momenti agitati sfuggivano loro i nomi–, persero la parola. Tutte insieme.

Rosa avrebbe voluto fotografarli, per provare un giorno ai suoi compaesani che tutto ciò che avevano vissuto fosse stato reale, ma si diede subito una calmata, poiché una vocina interiore più responsabile le consigliò di comportarsi come una vera signora!

Su, dài Rosa! Mostrarsi col cellulare in mano pronto a scattare a raffica sarebbe la prova inconfutabile che non sei altro che una cafona.

Furono serviti al buffet (gigantesco davvero, ma tanto in America era tutto esagerato) salumi e formaggi rigorosamente italiani, come italiana era la pasta al pomodoro e al pesto e anche la frittura di pesce. Un vero tributo alla loro tradizione culinaria. E c'erano pure gli arancini!

Impossibile non esaltarsi davanti a tutto ciò.

Prima del brindisi finale, si spostarono in giardino per ascoltare Octavia che stava per fare un discorso. Faceva un caldo pazzesco. Infine, Rosa e le sue socie avevano accettato il fatto che a New York d'estate si soffocava come in Sicilia, e anzi, lì tra il cemento e l'umidità non si respirava proprio. Octavia prese il microfono e cominciò a provare la voce. Gli invitati concentrarono lo sguardo su di lei. Una signora distinta e ingioiellata come una santa si avvicinò a Giuseppa per farle i complimenti. Lei non capì nulla di ciò che le aveva detto, ma intuì con chiarezza che si trattava di parole affettuose. Le sorrise di rimando e trovarono in quell'istante l'intesa perfetta.

«Miei cari amici, siamo qui questa sera per onorare la presenza di cinque "ragazze" speciali. Le mie amiche Rosa, Sarina, Nunziatina, Maria e Giuseppa. Le ho conosciute in primavera in Sicilia, e grazie a Rosa che mi ha accolta in casa sua con molto affetto, ho scoperto il mondo degli arancini. Vero, Rosa?»

E guardò in avanti, per cercare il suo sguardo.

Jane invitò Rosa a rispondere, visto che sembrava imbambolata, mentre con gli occhi pieni di lacrimoni fissava Octavia.

«Ah, sì, yes!» farfugliò subito dopo, mostrando un tenero impaccio.

I presenti le fecero un applauso per incoraggiarla.

«Sapete perché le ho invitate a New York?» continuò Octavia. «Perché credo che quando si scoprono persone intelligenti, volenterose e tenaci, vadano premiate. Inoltre le nostre ospiti sono donne energiche di una simpatia travolgente. Arrivano da un paese talmente piccolo che si può visitare in pochi minuti, ed è lontano da tutto, ma è così bello che sembra la scenografia di un film. Lì hanno fiumi, montagne e tanta storia alle spalle. Ebbene, queste cinque ragazze coraggiose, in quel piccolo e delizioso paese nascosto fra le montagne, hanno aperto un laboratorio di rosticceria, senza aiuti economici. Ci hanno messo tutte le energie possibili e tanta volontà. Accade in ogni parte del mondo, non solo lì, ma questo ci deve far riflettere su quanto sia importante la forza delle donne! Sì, si tratta proprio di una nostra prerogativa. Quando ho assaggiato i loro arancini mi sono detta: "OH MY GOD, tu vuoi farmi morire proprio in Sicilia?"».

Gli astanti sorrisero all'unisono, facendo partire un altro applauso.

«E ora, lasciando da parte il racconto del nostro primo incontro, desidero sottolineare la mia gratitudine verso tutte le donne che fanno della loro vita un'avventura unica. Sia che si tratti di professioniste specializzate, che donne di servizio, insegnanti, operaie, casalinghe, politiche, e ahimè anche disoccupate in cerca di lavoro, nessuna di noi dovrebbe mai permettere ad altri di intralciare la propria strada. *Ehi, tu, togliti da lì che devo passare.*» E con l'indice mimò il senso della frase.

Rosa la guardò commossa e aggiunse: «Grazie! Quanto è importante che sia tu a dirlo. Grazie, grazie, grazie».

Poi Octavia continuò:

«Tra le prime persone che mi vengono in mente, per riconfermare il concetto di cui vi ho parlato, c'è mia madre. Anche lei ha sofferto molto e per lunghi anni ha patito la fame. Eravamo così poveri che io mi vestivo con gli stracci che ci regalavano i vicini...». E a quel punto si asciugò le lacrime.

Le cinque socie rimasero stordite e si guardarono negli occhi incredule. Ora capivano perché Octavia avesse voluto aiutarle con tanta generosità, e perché quel giorno a casa di Rosa si fosse sentita così a suo agio comportandosi come una di famiglia. Poi Octavia disse ancora:

«Credo che d'ora in poi la loro rosticceria sarà un punto di riferimento per i turisti stranieri che andranno in vacanza in Sicilia, oltre agli italiani, chiaramente. Auguriamo dunque alle nostre ospiti la migliore fortuna!».

Si spostò di qualche centimetro, afferrò un calice già pieno di champagne e brindò agli incontri dovuti a chissà quale energia dell'universo. A seguire le invitò ad avvicinarsi.

Jane si mosse per accompagnarle.

Giuseppa pregò Sarina di parlare al posto suo, era troppo commossa, e Maria chiese a Nunziatina di fare lo stesso.

Rosa invece supplicò *'a Madunnuzza* di darle la forza.

Cominciò Nunziatina.

«Quando Rosa ci parlò della sua idea, io ero scettica, anzi, le feci proprio una guerra silenziosa. Mia sorella un po' meno. Pensavo che fosse pazza ad aprire un'attività in un paese che è poco più grande della sala di uno dei vostri ristoranti.»

Qualcuno rise di gusto, compresi Octavia, John e Jane.

«Ma poi proprio mia sorella – che è qui, ma è troppo timida per parlare – mi disse che potevamo tentare, che in fondo non avremmo fatto altro che mettere in pratica ciò che già sapevamo fare. Io fino a quel momento davo lezioni in casa ad alcuni studenti con la testa dura, e cucinare era solo un hobby. Ammetto che temevo l'incognita del fattore età, perché non essere più giovani poteva compromettere i risultati. Ma poi, non so perché, qualcosa mi ha convinta a dire che era giusto provarci. Penso che l'approccio possibilista di mia sorella sia stato indispensabile. Lei, anche se è più introversa di me, quando c'è da combattere, combatte, io invece che sembro la più spavalda spesso me la faccio sotto.»

Sorrisero tutti dopo la sua battuta e fu molto apprezzata proprio per la sua semplicità.

«E allora che altro aggiungere? Ah, sì, che ogni tanto fa bene lasciarsi andare e credere nel futuro. E l'età, cari signori, è solo una stupida questione anagrafica. Grazie a tutti.»

Il tempo di un lungo applauso e poi ricominciò Sarina.

«Io invece ho sempre creduto nel sogno di Rosa, ma non avevo abbastanza soldi da investire. Ho lavorato fin da ragazza, come baby sitter, cameriera, venditrice porta a porta, ma quello che guadagnavo mi bastava a malapena per campare. Negli ultimi tempi invece, non avendo più un impiego, vivevo con la pensione di mia madre. Poi è arrivata Rosa e ha cambiato la mia vita. Sì, una donna l'ha fatto, e non il Principe Azzurro su un cavallo!»

Un uomo dal fondo si disse pronto ad accontentarla.

E giù un altro applauso ed entusiasmo alle stelle.

«Grazie signore, ci farò un pensierino» rispose lei, tagliente al punto giusto.

«In ogni caso, vorrei aggiungere che quello che è accaduto a noi non può essere solo un caso. Io credo in Dio, ma allo stesso tempo penso che anche lo spirito di mio padre ci abbia messo del suo. Mia madre invece dice che è stata la Madonna a esaudire le sue preghiere. Insomma, siamo molto raccomandate in famiglia.»

Octavia ancora una volta si complimentò per l'ironia. Quelle donne sembravano nate per fare spettacolo, altro che arancini!

In pochi istanti Sarina ritornò seria.

«So che mio padre non mi ha mai abbandonata e sento che si è servito di Rosa e di Octavia per rendere migliori le mie giornate. Grazie a tutti per essere rimasti in religioso silenzio ad ascoltarmi. E dire che io mi sento così stupida.»

L'uomo che si era proposto di farle da principe azzurro urlò di nuovo dalla sala per dirle che non solo non era stupida ma che era anche bellissima.

«Allora stasera ho fatto centro, signore. Onorata!»

Un altro applauso l'accompagnò fino a quando non tornò tra gli invitati.

Prese la parola Rosa.

«Se solo due anni fa mi avessero detto che un giorno mi sarei ritrovata qui, a casa di Octavia Cooper, mi sarei fatta una gran risata. Invece stasera vi guardo e mi rendo conto che è tutto vero, e che abbiamo avuto una fortuna sfacciata. Vi confesso un segreto. Quando poco fa ho intravisto fra voi Suzanne London e George Deley – e finalmente si era ricordata dei loro nomi! –, stavo quasi per svenire. Poi ho pensato: "No Rosa, è meglio che rimani vigile per farti firmare due autografi e magari scattare delle foto di nascosto." I selfie no, mi vergogno troppo!»

I due attori, insieme agli altri presenti, si fecero un'altra sincera risata e le domandarono se non avesse già scattato quelle foto.

«No,» rispose lei «per paura di essere fraintesa e tacciata di cafonaggine!»

Suzanne London ripeté CA-FO-NAG-GI-NE come se fosse una

parola buffa, e continuava a ripeterla al pari di un suono magico.

«Cafona?» disse il divo George, che di italiano se ne intendeva, dato che veniva spesso in Italia nella sua sontuosa villa a Capri. «Tu non sei cafona, sei stupenda!»

«Grazie per il complimento, detto da lei vale un Oscar.»

Ringraziò anche Suzanne, che nel frattempo le aveva mandato un bacio soffiato sulla mano.

«Dicevo, io tutto questo non avrei potuto prevederlo, però di una cosa ero certa, durante le mie lunghe notti insonni, che dovevo resistere per portare avanti ciò in cui credevo, ovvero la rosticceria che ho aperto nel mio piccolo paese in Sicilia. A volte basta guardare poco più in là del nostro naso. La fatica non mi ha mai fatto paura, e ora sono pronta ad affrontare quello che verrà. Ma è importante aggiungere un dettaglio, e cioè, che anche se non fosse passata Octavia da noi a cambiarci la vita senza saperlo, io avrei continuato a credere in questo progetto, e avrei fatto di tutto per vendere i miei arancini, pure portandomeli su una *lapa*…»

«*Lapa*?» domandò Jane. «Come traduco *lapa*? Non conosce io *lapa*!»

«Oh, scusa, come lo chiamate voi il motocarro a tre ruote?» Ci fu un attimo di esitazione, ma poi proprio il divo George risolse l'enigma. Anche a Capri e in tutta la Costiera Amalfitana ne aveva viste di carine. Spiegò che era un vecchio modello creato dalla Piaggio – che produceva anche la Vespa –, e che nei paesini di mare del Sud Italia veniva usato per accompagnare i turisti in giro.

«E da noi i campagnoli le usano ancora per andare a lavorare» aggiunse Rosa. Poi passò ai saluti.

«Grazie Octavia, grazie John e grazie anche a Rocco che quel giorno vi ha portati fino a noi.»

«Hai detto Rocco?» ripeté Octavia. «Bene, penso di avere una sorpresa per te e per le tue amiche.»

Alle loro spalle videro avanzare Rocco, con in mano un fascio di rose.

«Allora stasera avete deciso di farmi venire un infarto!» esclamò Rosa. Stava per mettersi a piangere, con il rischio di rovinare il trucco che le aveva creato Mickey.

Ritrovandosi dall'altra parte del mondo fu inevitabile salutarsi con calorosi abbracci e battute in siciliano per smorzare la tensione. Incredibile proprio, e malgrado ciò era tutto vero.

Rocco aprì le danze invitando Sarina a ballare. Il momento perfetto per completare quanto era rimasto interrotto mesi prima in Sicilia, ovvero la possibilità di conoscerla meglio. La strinse forte e non appena la band sudamericana attaccò un bel lento anni '50, *Put your head on my shoulder*, di Paul Anka, la guidò verso il centro della sala. La voce calda del solista cantava i versi che sembravano fatti apposta per fare innamorare chiunque li ascoltasse: "*Appoggia la tua testa sulla mia spalla*". E in effetti, fu il primo gesto di Sarina, troppo emozionata per guardare gli altri ospiti intorno. "*Tienimi tra le tue braccia, piccola, stretto stretto*". Rocco continuò a canticchiare anche il resto della canzone. Quasi sfiorando le labbra di lei, senza troppa pressione.

Avendola così vicina, si fece coraggio e buttò lì delle domande. Quella ragazza lo aveva incuriosito sin dal primo momento che l'aveva vista in rosticceria, gli piaceva per la sua timidezza e per il modo gentile di porsi.

Quel giorno a Monte Pepe non le aveva staccato gli occhi di dosso, ma in quel contesto non aveva voluto mostrare il suo interesse per non metterla a disagio, e così se era rimasto al suo posto, accontentandosi di contemplarla. Alla voce "amore" lei si ritrasse come una chiocciola spaventata. E lì Rocco scoprì una donna che aveva sofferto molto. Sembrava ancora più bella mentre varcava la soglia del suo passato. E ancora più dolce quando ai sorrisi aggiungeva impercettibili lacrime che non venivano fuori, ma restavano dentro ai suoi occhi per non mostrarsi troppo. A distanza, Giuseppa li osservava, sperando in cuor suo che "moglie e buoi...", anche se Rocco faceva la sua bella figura. Però lei tifava per Giovanni, *'u dutturi*. Fortunatamente per il momento si trattava solo di un ballo. Un ballo, niente di più.

«*Talìa comu a strinci*» le mormorò Rosa avvicinandosi.

«*Sì, sì, mi nn'accuggii*» rispose Giuseppa. «*Ma uora chistu di unni nisciù?*»

«*Comu di unni nisciù? È l'autista ca vinni a rosticceria*!» esclamò Rosa contrariata da quel commento al vetriolo.

«*U sacciu, ma accussì c'è pericolo ca u dutturi scumpari*!»

«*E chi voi di mia? Sa vìdunu iddri, su ranni, no*?»

«*Giustu, giustu, megghiu ca mi fazzu l'affari mei*!» concluse Giuseppa.

Sarina e Rocco stavano lì, ancora stretti, ballando sulle note di *Stand by me* di Ben E. King, e sembrava che il mondo si fosse fermato in quel brano di cielo immaginario che li circondava. Niente altro che loro e ciò che si dicevano.

Sempre più perplessa, Giuseppa cercava di guardare altrove, ma i suoi occhi, come per uno strano incantesimo, tornavano sempre lì, sempre a quei due che potevano combinare un guaio grosso.

Bello era bello, Rocco, come un bronzo di Riace, ed era pure siciliano, e aveva un sorriso gentile, ma il farmacista? Che fine avrebbe fatto? Non riusciva a farsene una ragione. Ripensava a tutte le volte che era andata da lui per farsi misurare la pressione ed era stata accolta sempre con grande riguardo. Non si scocciava mai, *u dutturi*, nemmeno per le tante domande che gli faceva un giorno sì e l'altro pure. E mai sbuffando o chiedendole di tornare più avanti. Un *carusu* a modo, educato e adatto per quella professione. Sapeva tutto di malattie, meglio del dottore La Rocca, *poviru curnutu*!

E in mezzo agli invitati, Rosa dispensava consigli sui metodi di cottura per gli arancini, ma pure per la carne e il pesce, esaltando la qualità della cucina siciliana. Qualche signora volle conoscere i segreti della parmigiana, che erano soliti ordinare nei ristoranti italiani, ma a sentire gli ingredienti che usavano per prepararla si sentì quasi mancare.

«No, no, troppo carica, non va bene. La parmigiana deve essere fatta in modo semplice» e intanto elencava il necessario per realizzare la "vera" parmigiana delle massaie della sua terra e non degli chef famosi, bravi solo a dire tanti bla bla bla e *nenti sustanza.*

Jane era esausta di tradurre, ma comunque sorrideva. E Maria e Nunziatina raccontavano della loro Sicilia, aiutandosi con vocaboli in inglese improbabili. Chissà dove li avevano appresi. Nei passaggi più complicati ricorrevano a ogni escamotage per farsi capire. Dalle reazioni che generavano, era evidente l'entusiasmo.

Prima che la serata volgesse al termine, Rosa si fece coraggio e tirò fuori dalla borsa il cellulare. Domandò a Jane se fosse possibile scattare qualche foto da portarsi a casa come ricordo. Ottenuto il consenso, sparì tra le sagome dei camerieri in divisa scura. Le prime vittime furono gli attori che aveva menzionato in giardino, e che ora stavano chiacchierando con altre persone. Vedendola comparire, si dichiararono pronti al martirio. Parlarci a così breve distanza le diede i brividi. A seguire, immortalò ogni cosa che le stava intorno: buffet che ora era colmo di dolci e dessert, piatti e posate di pregio, per non parlare dei bicchieri di Murano con lo stelo lungo e sottile, che parevano spezzarsi mentre si tenevano in mano, e pure i mobili, gli alberi e le piante del giardino. Arrivò anche l'occasione di mettersi in posa con Octavia, John e Jane. Chiamò le altre quattro vicino a sé, affinché non mancassero nello scatto che valeva ogni sacrificio. Una volta rientrate a Monte Pepe avrebbero chiesto al fotografo di stampargliene cinque copie, e una di queste sarebbe stata affissa a mo' di trofeo nella sala consumazioni della rosticceria.

Tutti dovevano sapere!

Un giorno persino loro stesse avrebbero stentato a credere di aver vissuto un'esperienza simile!

Quando erano già pronte per tornare in hotel, Jane si avvicinò a Rosa e le fece cenno di seguirla. Lei pensò che la solerte segretaria volesse salutarla con più intimità, allontanandosi dalla confusione che si era creata all'ingresso della villa, tuttavia le montò addosso un'ansia che conosceva già e che non sempre riusciva a tenere a bada.

Forse aveva sbagliato a fotografare i due attori poco prima?

Si era comportata male e ora Jane le avrebbe fatto una ramanzina?

Eppure non sembrava arrabbiata.

Le passarono in testa sinistri pensieri.

Vide che avanzava con falcate decise, più che altro dava l'idea di una marcia militare adattata per esigenze casalinghe. Un, due, tre, avanti, marsch!

Dopo qualche istante aprì una porta e imboccò un corridoio sul quale si affacciavano altre porte chiuse. Sui muri erano appesi quadri enormi dalle tinte tenui. Qualcuno di questi dava l'impressione di essere molto antico e raffigurava volti femminili con sguardi angelici. La luce che li illuminava partiva dal basso, irradiata da faretti posizionati ad hoc per creare un'atmosfera calda. Proprio alla fine del percorso, entrò in una stanza, invitandola a fare lo stesso.

Octavia era lì ad attenderla.

Chiuse la porta e Rosa comprese di essere entrata nella camera da letto della grande giornalista. La situazione si faceva seria.

Ci fu qualche attimo di silenzio. Ora Rosa stava in piedi vicino a una poltrona di velluto verde chiaro. Fu invitata ad accomodarsi. Octavia si era seduta sul bordo del letto con le gambe accavallate. Jane aveva scelto di rimanere in piedi.

«Rosa, prima che tu vada via, vorrei dirti qualcosa di importante. È un invito che mi parte dal cuore, e credo che potrebbe renderti felice.»

Aveva assunto l'aria dei discorsi solenni, e intanto Jane traduceva con un tono altrettanto concentrato.

«Da giorni ti osservo, studio anche le tue socie. Siete donne meravigliose. Avervi avute qui per me è stato un onore. Mia madre, come avete sentito, era una donna come voi: decisa, forte, onesta. Ha lavorato tutta la vita per mantenere me e i miei fratelli. E questo non potrò mai dimenticarlo.»

Rosa si emozionò per il paragone. E poi ritornò ad ascoltarla.

«E adesso io vorrei dare a te la stessa opportunità che qualcuno ha dato a me tanto tempo fa, permettendomi di diventare quella che sono, e soprattutto di aiutare la mia famiglia. Vorrei che venissi a lavorare qui, a casa mia, come cuoca personale e in più ogni tanto potresti venire a raccontarci i tuoi piatti in televisione. Quella che ti propongo è una buona occasione, da prendere al volo. Nel mio staff andrà via il capo cuoco tra un mese. Ha avuto dei problemi personali, e quando John mi ha informata ho pensato subito a te. Vorrei ricambiare la tua generosità offerta in tempi non sospetti. Ecco perché quel giorno a casa tua ho evitato di dirti chi ero. Per renderti libera di essere te stessa. E sei venuta fuori con la tua natura. Mi hai lasciato un segno. L'ho detto anche in pubblico perché ci tenevo a farlo sapere a tutti. E poi sarebbe un modo per farti guadagnare un bel gruzzolo. Soldi che potresti investire per mettere su altre attività, anche qui a New York, perché no? Con l'esperienza che faresti da me sarebbe tutto più facile.»

Le sorrise, mentre attendeva che Jane completasse la traduzione. E anche per darle tempo di assimilare la proposta. Aspettò qualche istante e aggiunse:

«Non devi rispondermi adesso. Prendi tempo. Mi dirai quando avrai metabolizzato meglio. Secondo me la rosticceria al tuo paese non è un problema. Potresti lasciarla in mano alle tue socie, e ogni tanto tornare per controllare e per stare anche con i tuoi familiari. E loro potrebbero venire qui a trovarti. Ho molte stanze a disposizione per ospitarli. In alternativa ci sarebbero anche le mie due dependance che nessuno occupa da anni. Spero che accetterai. Io aspetterò. In caso contrario sappi che sarò sempre a tua disposizione».

Rosa invece sapeva già cosa rispondere, senza bisogno di aspettare. E pensò che fosse controproducente non dirlo subito. La reazione fu veloce, non si fece attendere. E non si sarebbe pentita di ciò che stava per confidare.

«Io ti ringrazio Octavia, e non immagini quanto. Quello che hai fatto per noi non potrà mai essere ricambiato. Ci penso ogni istante, sai? La tua amicizia, la tua generosità, la cura che hai avuto nell'accoglierci con tanto affetto. Quando abbiamo visto la limousine in aeroporto ad attenderci, ci veniva da ridere e da piangere allo stesso tempo, e Giuseppa si è messa a urlare facendo spaventare tutti. La gente pensava che si fosse sentita male. E invece era solo felicità. Non l'ho mai vista così raggiante. E questo lo dobbiamo solo a te. Solo a te, Octavia.»

Octavia scosse la testa, sottolineando che si trattava di cose da niente.

«Minimizzi perché hai un gran cuore, ma sei la prova che nella vita può succedere di tutto, anche quando sembra che la buona sorte si sia dimenticata di te. In certi giorni tristi me lo ripetevo fino allo sfinimento, ma mai avrei pensato a una grazia simile. La mia ambizione, al massimo, era vendere qualche arancino in più. E non certo essere ospite a New York della donna più famosa e amata d'America. Ho, e abbiamo, già avuto l'impossibile, davvero. Ma adesso desidero tornare a casa e riaprire la mia rosticceria.

Un piccolo sogno realizzato, come ho già avuto modo di spiegarti quando eri a casa mia. Tu sai che per metterla su ho investito fino all'ultimo centesimo che avevo in banca. La amo, è il mio mondo. Amo ogni suo piccolo angolo, persino l'insegna, che a mio figlio invece non piace, perché dice che è troppo vistosa e moderna. Come amo la piazza che abbiamo davanti, con la chiesa dedicata a San Sebastiano a pochi passi. Quando vedo la gente seduta fuori, ai nostri tavolini, il cuore mi si riempie di gioia e soddisfazione. E amo la vallata che si vede oltre la strada. La ammiro a tutte le ore della giornata. È bellissima quando arriva il tramonto. E più di tutto amo servire la mia gente. Saperla orgogliosa del nostro lavoro. Ogni volta che entra qualcuno mai visto prima e chiede un arancino, io ringrazio il buon Dio per aiutarci. È in quei momenti che la speranza, anche se ogni tanto la perdo, diventa di nuovo forte. Dunque, per questi motivi la mia risposta è: non posso accettare. Il solo pensiero di lasciare Monte Pepe mi fa stare male già adesso. Pur sapendo di perdere guadagni importanti e l'onore di stare vicino a te. Ma i soldi non risolvono tutto, almeno non nel mio caso. A me basta quello che ho. La differenza tra il prima e il dopo l'hai fatta tu. Sei stata una ventata di bene nelle nostre vite. Da qualche settimana in Sicilia parlano tutti di noi, e non solo lì. Sappi che la nostra gratitudine non avrà mai fine. Ora però, se posso osare, vorrei chiederti un grosso favore. E non farti problemi a dirmi no se non fosse possibile accontentarmi. Capirei, e anzi, ripeto che hai già fatto anche troppo per noi.»

«Certo, dimmi pure...» la rassicurò Octavia.

E voltandosi verso Jane, aggiunse: «Ti stiamo facendo lavorare molto, eh?!».

«Nessun problema,» rispose lei, grata per la possibilità di partecipare «è interessante ascoltarvi. E tradurre è un vero piacere.»

Rosa riprese il discorso facendo un lungo sospiro.

«Ecco, si tratta di Sarina. Ti chiedo di darle un'occasione. O meglio, vorrei che mi aiutassi a trovarle una sistemazione. È da una vita che sogna un *lavoro elegante*.»

«*Lavoro elegante?*» domandò Jane. «Devo tradurre proprio queste parole?»

«Sì, sì, traduci proprio *lavoro elegante*, e ora spiego cosa vuol dire.»

Mentre Jane traduceva, Octavia sorrise.

Forse aveva già capito il senso della richiesta.

«Ecco,» disse «Sarina sogna da quando era ragazza di raggiungere un obiettivo importante. Vorrebbe trovare un lavoro di cui essere fiera, e non doversi accontentare di lavoretti saltuari come è sempre stata costretta a fare, almeno fino alla nostra conoscenza. La sua ambizione è un lavoro di responsabilità, in mezzo a persone di un certo tipo. È una sognatrice, l'avrai capito, e anche se non si è laureata so che può dare molto. Posso garantire che è una persona intelligente. Anzi, intelligentissima. E poi è ancora giovane, e secondo me dovrebbe provare altre strade.»

Octavia la ascoltava attenta e dal modo in cui la seguiva sembrava partecipe e coinvolta.

Rosa aggiunse nuovi elementi che definivano la personalità della sua amica: «Lei dice di essere contenta di stare in rosticceria, ma a me piacerebbe vederla realizzata in un ambiente più stimolante. Non dico che nella nostra attività stia male, no, affatto. Però pensarla in questa città, magari nella tua casa, o in uno dei tuoi uffici, sarebbe un bel traguardo. Sono consapevole della sua incapacità di cucinare, per cui l'ideale sarebbe un impiego che la porterebbe a stare in mezzo alla gente. Credimi in sala è bravissima, e riesce a coinvolgere i clienti in modo eccezionale. Chiedono tutti di lei. Spero a questo punto di averti fatto capire com'è, e spero anche che potrai darmi una mano».

«Oh, sì, certo» rispose Octavia, e Jane confermò che avrebbero fatto di tutto per trovarle un'occupazione.

Quando smise di parlare, Octavia si alzò dal letto per avvicinarsi a lei.

A quel punto anche Rosa si mise in piedi per abbracciarla.

Jane si spostò di qualche centimetro per rispondere a una chiamata al cellulare. Octavia concluse il discorso dicendo che se Sarina avesse voluto, lei si sarebbe impegnata per aiutarla a realizzare i suoi sogni, e finalmente quel *lavoro elegante* poteva diventare realtà. Intanto, per cominciare, le avrebbe offerto un impiego come aiuto di Jane, così stando a New York sarebbe stato più semplice prendere confidenza con la lingua, e poi sarebbe arrivato il resto... Nessun ostacolo evidente.

Ma Rosa, senza l'intervento di Jane capiva poco di quello che Octavia diceva, malgrado quest'ultima facesse di tutto per risultare comprensibile. Aspettarono che la segretaria rientrasse per finire il discorso.

Prima di raggiungere gli altri in sala, Rosa si ricordò di specificare ancora qualcosa:

«Per me è importante sottolineare che quanto vi ho detto è una mia libera iniziativa. Sarina non sa nulla di tutto ciò e forse mi rimprovererebbe pure per la sfrontatezza. Ma l'ho fatto perché le voglio bene e so che merita una possibilità».

«Certo!» rispose Octavia. «Lo avevo immaginato. Tu sei una grande amica, e Sarina è fortunata ad averti nella sua vita.»

E Sarina invece cosa avrebbe detto?

Di notte, nel silenzio della camera in albergo, Nunziatina disse a Rosa: «Voglio raccontarti una storia, ci tengo ad avere un consiglio da te. Si tratta di Paolo».

«Paolo? E *cu* è?»

«L'edicolante» rispose lei.

«Ah, sì, è *nu bravu carusu*» aggiunse Rosa. Ma del resto non poteva commentare altro.

Poi spensero la luce e Nunziatina raccontò di lui, di sé, di sua moglie, e di… Voleva un consiglio, sì, l'America le aveva messo addosso il bisogno di fare chiarezza. Aveva già sbagliato una volta, fidandosi delle belle parole di quel rappresentante friulano. *Ti amo, non posso vivere senza di te; lascio tutto e vengo a vivere in Sicilia; non abbandonarmi, ti prego; mia moglie si è rassegnata, ora abbiamo un futuro davanti a noi;* e poi era sparito miseramente.

Alla fine del discorso, Rosa le disse che se uno tradiva la moglie era inaffidabile a prescindere.

«Si sono sposati perché lei era incinta» ci tenne a spiegare Nunziatina, come se fosse una scusante necessaria, e per sentirsi meno in colpa.

«E allora doveva parlare subito con lei e lasciarla, e poi sarebbe stato libero di amare un'altra. E per quanto riguarda te, anche se non me la sento di giudicare, non posso essere ipocrita e dirti ciò che non penso, solo per gratificarti, per cui *pi mia sbagghiasti.* Nunziatina, *ascùtimi, cu non parra chiaru cu mariti e mugghieri, potta sempri mali pinzèri.*»

«Dici, Rosa?»

«Sì, e *sugnu cunvinta. Eppuru, mi pareva nu bravu carusu.* Dormi ora, e *non ci perdiri u sonnu.*»

26

Il comandante del volo comunicò ai passeggeri che il viaggio verso Roma sarebbe durato meno del previsto. Rosa si sorprese, non intuendo il motivo, ma poi l'hostess le spiegò che era solo una questione di correnti, e che quindi poteva stare tranquilla.

Aveva intuito sin dall'inizio che si trattava di un gruppo di passeggere non molto esperte, anche se avevano posti riservati in business class. Mentre gli serviva caffè e spuntini, e controllava che tutto procedesse per il meglio, osservava i loro occhi spalancati, fissi a guardare fuori dagli oblò. Quando poi allungarono le poltrone per trasformarle in letto, decise a stare più comode, si avvicinò per fargli qualche domanda.

«Vi è piaciuta la vacanza a New York?» chiese rivolgendosi a Giuseppa.

«Sì, sì, assai. *Nuiok è troppu bella*» rispose.

E subito mentre rispondeva arrivò la prima turbolenza. Ebbe paura. L'hostess, attenta, si premurò di spiegarle l'origine di quelle piccole scosse.

«Stia tranquilla, immagini che siano buche sull'asfalto.»

«Sì, signora, me l'ha spiegato già all'andata una sua gentile collega di cosa si tratta, ma io penso che *se qua pigliamo una buca chiù grossa finemu a mari.*»

L'hostess non poté evitare di sorridere.

«Non succederà, glielo assicuro, abbiamo bravissimi piloti, i migliori che ci siano in giro. Io sto su questi aerei tutti i giorni, e non mi è mai capitato nulla di grave. Davvero, stia serena e pensi ad altro. E per qualunque problema mi chiami pure.»

Maria intanto si era fatta il segno della croce, e Sarina si era stretta la cintura fino quasi a segarsi i fianchi.

«*Si ta strinci ancora chiù assài ti tagghi a peddri*» le fece notare Rosa dalla poltrona accanto, poi le venne una risata nervosa che cercò di camuffare.

«*Penza pi tia,*» le disse Nunziatina seduta dietro «*macari iu mi staiu scantannu!*»

Fortunatamente il ballo tra le nuvole durò poco. Verso metà traversata accettarono un calice di prosecco a testa per stordirsi e dormire.

Dopo un po', mentre Rosa si era assopita profondamente, avvertì una presenza sfiorarle il braccio. Si svegliò di soprassalto. Vide una donna di spalle che si allontanava tornando al suo posto. Si sporse all'infuori per guardarla meglio e quella se ne accorse. Tornò indietro.

«Mi scusi, ma credo di averla vista in TV giorni fa. È lei la signora degli arancini?»

Al suo "sì" partì l'avviso alle amiche che la osservavano dalle loro poltrone e in pochi minuti si formò un capannello intorno a lei e alle sue socie. Diventarono l'attrattiva tra i passeggeri più curiosi. Anche parte dell'equipaggio fu coinvolta. Ora venivano trattate come delle vere star.

Molti si avvicinavano per parlare di arancini e di cucina siciliana. E quei molti, incuriositi, domandavano come fossero riuscite a partecipare allo show più conosciuto d'America.

Quando l'hostess ritornò per ritirare i vassoi, e la piccola folla si era finalmente diradata, volle approfondire sui dettagli della genesi del loro viaggio. Tra un commento e l'altro captato, le era sfuggito il modo in cui avevano conosciuto Octavia Cooper. Per saperlo si rivolse a Sarina. La grande Octavia era il suo mito, la sua giornalista preferita. Inoltre, avendo sposato un americano, seguiva con una certa assiduità i programmi che conduceva.

A quel punto, lusingata per l'interesse, Sarina cominciò a raccontare dalla fase iniziale, ovvero, dall'incontro tra Rosa e Octavia a Monte Pepe, fino a quello che era accaduto dopo.

Mentre srotolava l'appassionante storia, le altre man mano aggiungevano qualcosa, un dettaglio, un aneddoto curioso, una sensazione dimenticata. Si soffermò con vistoso compiacimento sulla fase dell'invito ad andare a New York.

Lì, tutte insieme furono travolte da un'esaltazione ancora troppo viva per essere contenuta. Descrissero i loro abiti, i bijoux, il trucco che aveva studiato e poi realizzato su ognuna di loro con un tocco bizzarro un famoso make-up artist, tra i più conosciuti fra le star hollywoodiane, e ancora gli incontri con gli attori di cui erano ammiratrici da anni, la gentilezza di tutti e gli applausi, compresa la descrizione del party con la band che suonava, e, dettaglio ultimo ed esplosivo, la sorpresa da parte di Rocco (che poi era stata un'idea di Octavia). Spiegò pure che adesso lui non era sullo stesso volo perché aveva approfittato della sua permanenza negli Stati Uniti per andare a trovare alcuni parenti della madre sparsi in varie città, quindi si sarebbe fermato qualche giorno ancora.

Alla fine del racconto, sul viso della bella hostess comparve un sorriso lieto e disse soltanto «Beate voi!».

Più volte guardando le foto sui giornali della Cooper aveva sperato di averla ospite in cabina prima o poi. Almeno per il piacere di dirle che la stimava.

Sapeva che ogni tanto si concedeva una vacanza in Italia per riposarsi un po', però un'occasione simile non le era ancora capitata.

Quando stava per allontanarsi si ricordò di fare un'ultima domanda, stavolta destinata a tutt'e cinque.

La risposta fu unanime.

Già. La sensazione che restava dopo aver conosciuto Octavia Cooper era quella di essersi ritrovati con una vecchia amica.

Man mano che il tempo passava, e l'Italia si faceva sempre più vicina, Giuseppa cambiava umore, assumendo un'aria afflitta, e, cosa di cui si erano accorte anche le altre, comunicava a fatica.

Il motivo appariva chiaro.

Si chiamava solitudine, ed era la sua angoscia continua.

Riusciva a darle forma pure guardando fra le nuvole, mischiandola ad altri fantasmi che aveva nella testa.

Come una malattia dalla quale non riusciva a guarire. E pensare che da giovane aveva tanto amato stare da sola. Ma alla sua età le mancanze pesavano come un macigno.

E dov'erano finiti tutti?

Suo fratello era morto, mentre la sua detestabile cognata viveva lontano, fortunatamente. Peccato per i nipoti, ma lo sapeva, i figli seguivano le madri, anche quando avevano torto. E poi c'erano dei parenti, molti dei quali erano emigrati, chi in Australia, qualcuno nel Nord Europa, altri in Sud America, e tornavano solo di rado. Di sua sorella invece preferiva non parlare, perché anche se viveva a Monte Pepe, in una casa in mezzo alla campagna, era come se fosse morta. Con Gina non parlava da troppi anni, da quando i rapporti avevano subìto uno stop per questione di interessi. E d'altronde, situazioni prevedibili quando c'erano di mezzo i soldi. Una disgrazia capitata anche a Giuseppa di cui non si era mai fatta una ragione. Disgrazia, sì, perché di questo si trattava. Il marito di sua sorella, quel maledetto cognato che non aveva mai avuto in simpatia, aveva continuato a chiamarla ladra anche anni dopo dalla loro prima lite, per colpa di un pezzo di terra in più che le era toccato nell'eredità. E lei glielo avrebbe pure ridato indietro, giusto per rimettere a posto le cose, ma uno dopo l'altro erano venuti fuori altri rancori mai espressi. Non detti che avevano intossicato i rapporti e d'emblée era stata allontanata da tutti e due senza possibilità di difendersi.

Se avesse potuto dare un consiglio ai giovani che stavano per sposarsi, gli avrebbe suggerito di tapparsi la bocca, e le orecchie, anche quando erano convinti di avere ragione. Nelle famiglie servono più che altro la tolleranza e il perdono.

Mentre pensava a quelle cose sentì la voce del comandante che dava l'annuncio.

Stavano per atterrare a Roma e avevano a disposizione due ore per risalire su un altro aereo diretto in Sicilia.

A Rosa il cuore batteva come non mai. Chissà come sarebbe stato il ritorno a casa. E in rosticceria che novità avrebbero trovato? Ma cosa potevano aspettarsi di nuovo? La gente in paese era sempre la stessa!

Nunziatina immaginava l'espressione di Paolo nel momento in cui si sarebbero rivisti. Ah, come sognava di sentirsi dire che aveva già parlato con sua moglie e che... Maria invece pensava all'abbraccio che avrebbe dato a sua madre, e lo stesso immaginava Sarina. Ma la sensazione uguale per tutte era quella di essere mancate da Monte Pepe da una vita.

In aeroporto c'era Giovanni ad aspettarle, e anche Tommaso, il nipote di Nunziatina e Maria. Era stato proprio il dottore a proporsi a Sarina per un passaggio. Con un SUV nuovo di zecca si era fermato nell'area di sosta e guardava di continuo l'orologio. E nell'attesa controllava sul display del cellulare le mail in arrivo. Mentre leggeva notò un messaggio vocale in entrata. Era lei che lo avvisava dell'atterraggio, e ora insieme alle altre si dirigeva verso la sala per il ritiro dei bagagli.

Di corsa scese dall'auto col cuore in gola.

Quando la vide gli sembrò un miraggio. Altroché se gli era mancata! La prova si trovava concentrata nell'ansia che lo stava divorando e che gli impediva di parlare. Quanto era diventata bella in America! Ancora più bella! E aveva pure tagliato i capelli. La strinse forte a sé con un trasporto inaspettato. Lei era lì, vicina vicina, pronta a salire sulla sua auto. Questo contava. Di quel potenziale focoso nessuna avrebbe mai sospettato, soprattutto la destinataria, che pensava di aver conosciuto (almeno fino a quel momento) un uomo restio a slanci teatrali. Sorridendo con un certo disagio gli suggerì di mollare la presa, e soprattutto di darsi una calmata. Stava quasi per soffocarla.

«Uh, *chi sii esagerata*!» la ammonì Giuseppa, strizzando l'occhio a Giovanni.

Lui si scusò per aver concentrato ogni attenzione su Sarina, quindi abbracciò le altre per riparare al danno.

In pochi minuti passò a sistemare le valigie nel bagagliaio. Più che altro tre massicci contenitori di abiti e souvenir. A farsi carico dei bagagli di Maria e Nunziatina, era arrivato Tommaso. Si trattava del primogenito del loro fratello più grande, quello sfortunato, che molti anni prima era stato lasciato dalla moglie, scappata con un giovanotto *spasulatu*, senza arte né parte. Da allora la sua ex consorte si faceva vedere di rado trascurando anche i figli. Le erano bastati pochi sguardi languidi, qualche complimento studiato ad arte, e il playboy con cui si accompagnava aveva avuto il potere di stordirla. Tommaso faceva il pasticciere in un albergo a cinque stelle situato in una località turistica vicino a Monte Pepe, e aveva già fatto una lunga gavetta a Londra, prima di decidere per il ritorno nella sua terra. I colleghi lo chiamavano il re delle granite e dei cannoli.

Andrea, suo fratello, studiava a Milano, alla Bocconi, e stava per laurearsi in economia. Anche lui un ragazzo con la testa a posto che dava tante soddisfazioni alle zie. Quando le vide da lontano, Tommaso le salutò parlando in inglese. Quella trovata le mise di buonumore.

Loro comunque risposero in siciliano.

Salutarono il resto della combriccola e andarono via.

Rimasti in quattro, Giuseppa e Rosa si accomodarono nel sedile posteriore, Sarina, come previsto, prese posto accanto al guidatore. Durante il tragitto lui raccontò le poche novità accadute in paese. Le signore commentarono con qualche sospiro e battuta spiritosa, e poi il dottore entrò nel vivo del discorso più atteso: l'entusiasmo che si era scatenato per la notizia della loro partecipazione al programma di Octavia. La Sicilia protagonista nel mondo.

Nel giro di poche settimane avevano visto il ritorno a Monte Pepe dell'esercito di giornalisti. Gironzolavano intorno alla rosticceria, facendo altre domande per carpire nuove notizie, e quando si stancavano, si sedevano sugli scalini davanti alla chiesa nella speranza che qualcuno la riaprisse. Inoltre, grazie alla condivisione per mezzo dei Social, impazzavano dei video con estratti del programma in cui erano state ospiti. Qualcuno veniva in pellegrinaggio, soprattutto ragazze e signore, lasciando sotto le saracinesche abbassate dei bigliettini. La partecipazione all'"Octavia Night and Day Show", il salotto giornalistico misto a momenti di spettacolo più visto d'America, aveva fatto impazzire tutti. Comprese le TV nazionali che malgrado fosse fine agosto, con le redazioni dei programmi già chiuse, chiedevano a coloro che erano rimasti di turno di telefonare a casaccio agli abitanti del paese per farsi dire qualcosa.

Persino Paolo l'edicolante era stato fermato per strada, e alla domanda «Ci può raccontare dell'incontro tra Rosa e Octavia?» non aveva saputo che dire.

Oramai era una febbre. Si erano ammalati tutti di curiosità per conoscere il passato delle cinque signore degli arancini. Ma quello che più interessava era venire a capo del mistero sul loro primo incontro con Octavia Cooper.

La madre di Sarina in quei giorni era diventata il bersaglio principale. Non ultime Letizia e Nicoletta. Ma le due, discrete e ostinate, non avevano mai parlato.

Megghiu 'na parola in meno, ca parràri assai, era il credo di Letizia.

Misero piede in paese nel pomeriggio.

Carmelo fu il primo a dare il benvenuto a Rosa. Le bussò con due colpi sulla porta, ma lei, già in déshabillé, non poté aprirgli e così gli parlò da dentro casa. Un saluto veloce con la promessa di richiamarlo in serata per fare due chiacchiere. Sarina trovò sua madre ad aspettarla. Piansero insieme e insieme sorrisero, baciando la foto del padre poggiata su un piccolo mobile in cucina. La candela sempre accesa.

Nunziatina e Maria invitarono il nipote a restare con loro per cena. Gli avrebbero raccontato tutto, dall'inizio alla fine. Lui accettò, rallegrando un arrivo che altrimenti sarebbe stato molto triste. Ma quando aprirono il frigorifero si resero conto che era completamente vuoto. Ancora sconvolte da tante emozioni vissute, e dal fuso orario che le aveva stordite, lo mandarono *'a putia* da Letizia. «Dille che poi passiamo noi a pagare.»

Il ragazzo uscì di corsa. Avrebbe approfittato dell'occasione per farsi un giro in piazza. Tornava sempre volentieri a Monte Pepe, e malgrado vivesse a non molti chilometri da lì, capitava di rado di avere la possibilità di rimanerci più a lungo. D'estate poi era impossibile per via del lavoro in albergo. Maria prese subito il telefono per chiamare sua madre, e dopo le passò Nunziatina. Infine, ancora emozionate per la telefonata appena conclusa, andarono in bagno per rinfrescarsi. Tanto, Tommaso si era portato dietro le chiavi, e non sarebbe tornato presto. Lo conoscevano come le loro tasche, e tra saluti ai vecchi amici e una fermata al bar per una granita, non lo avrebbero visto prima di un'ora.

Il silenzio fu la sgradita (e prevista) presenza che aspettava Giuseppa in casa.

E malgrado Rosa avesse insistito perché andasse da lei, dopo aver posato le valigie ed essersi fatta una doccia, aveva rifiutato. Meglio guardare subito in faccia la realtà, senza edulcorarla. Si sarebbe fatta forza ripensando ai giorni belli che avevano trascorso insieme, e poi avrebbe chiamato i figli.

A ogni telefonata raccontò la stessa storia, con la speranza di non dimenticare nulla. *Nuiok* sarebbe rimasta per lei un'avventura unica. E ricordava tutto di quei momenti, comprese le chiacchierate notturne in camera con Maria e Sarina. Quanto le sarebbe piaciuto adesso avere qualcuno in casa con cui parlare. Invidiava questo a Rosa, la sua indipendenza e la capacità di bastarsi anche da sola. Mentre lei identificava la felicità con la necessità di una persona accanto.

Di ritorno dal negozio di alimentari, Tommaso sembrava imbambolato. Disse alle zie che Nicoletta le salutava. Letizia invece non c'era. Allora Nunziatina gli domandò cosa ne pensasse di quella ragazza. Loro le volevano bene come a una nipote vera. Da quello che poterono interpretare, analizzando la confusa risposta, doveva essergli piaciuta molto. Le aveva già chiesto un contatto su Facebook.

«Zia, si dice "amicizia", non contatto.»

«Va be', ora *assèttiti e talìati un pocu di televisione, ca chiù taddu manciàmu, e poi parràmu puru di New York*.»

A tarda sera Rosa telefonò a Carmelo.

Non ne aveva granché voglia, era stanca, ma si obbligò a tenere fede alla promessa fatta. Gli raccontò del viaggio e poi lo pregò di dire anche lui qualcosa. Ascoltò notizie che corrispondevano più o meno ai fatti esposti da Giovanni, solo che il farmacista era stato più divertente mentre parlava in macchina.

Era proprio Carmelo a portarsi appresso una perenne seriosità come una croce genetica, che però ora Rosa non tollerava per niente. Prima di mettersi a letto, telefonò a Beba e Filippo per dargli la buonanotte. Dall'aeroporto li aveva già chiamati per rassicurarli del suo arrivo, ma era stata una conversazione a tratti interrotta per via del frastuono intorno e per questo troppo veloce.

Sua figlia le domandò per l'ennesima volta del party e degli attori famosi che aveva conosciuto, e lei, lieta di rispondere ancora, ripeté la conosciuta filastrocca.

Poi Beba, con la voce rotta, le disse che in quel periodo le cose non andavano granché bene in famiglia.

Rosa si agitò, ma trattenne il respiro per non influenzarla. Allora la pregò di spiegarle meglio il senso della frase.

Era Luigi che ultimamente era freddo, e stava sempre fuori casa.

Pensò che forse Beba stava esagerando e magari era un po' stressata, ma poi si ricordò che mai le aveva parlato di suo marito in quel modo. Le chiese di tenerla aggiornata sulle evoluzioni, e soprattutto di considerarla sempre a disposizione.

«Se hai bisogno prendo un aereo e arrivo.»

«Grazie mamma, ma spero che non ce ne sia bisogno.»

«Me lo auguro figlia mia. Ma ricordati, tante volte gli uomini pensano alle loro faccende e si dimenticano della nostra sensibilità. Luigi è un bravo marito ed è un padre esemplare, vedrai che tutto si aggiusterà.»

«Sì, dài mamma, ne sono convinta anche io, parlare con te mi ha aiutato.»

Filippo, dalla sua casa di Anversa, le elencò tutte le radio italiane, le TV e i siti Internet che avevano parlato delle cinque siciliane alla conquista di New York. Era sempre aggiornato. A Rosa venne spontaneo dubitare che avessero parlato proprio di loro, ma subito dovette ricredersi, perché gli indizi portavano tutti alla stessa fonte, ovvero a lei e alle sue quattro socie.

Come le aveva detto Nicoletta, tempo addietro: «*E invece sì, parlano di voi. E oramai vi conoscono in tutto il mondo*».

Quando riattaccò il telefono tornò col pensiero a Beba.

Spense la luce e si mise a pregare per lei, e per la sua serenità.

La rosticceria ancora per un po' sarebbe rimasta chiusa.

C'erano troppe cose da fare prima di rimettersi in cucina.

27

Tra i vari impegni da affrontare dopo il rientro, c'era anche quello di portare i documenti fiscali dal commercialista, rimasti in sospeso a causa della trasferta in America.

Il suocero di Giusy era una persona gentile, ma fin troppo precisa, come diceva spesso Nunziatina che lo conosceva bene, perché era lei a occuparsi della parte amministrativa. E nel lavoro, il dottor Lo Coco non ammetteva distrazioni, né da parte degli impiegati, né dei clienti.

Tuttavia in quei giorni Nunziatina non sarebbe potuta passare a trovarlo per impegni già presi, quindi aveva chiesto a sua sorella di sostituirla.

All'inizio Maria aveva fatto qualche resistenza, perché di numeri e fatture non ci capiva niente, ma quando le era stato garantito che l'incombenza consisteva nella semplice consegna di una cartella con delle fatture all'interno, senza la previsione di ulteriori *camurrie*, aveva deciso di accontentarla. Una mattina a ora tarda suonò alla porta dello studio con la targhetta di ottone all'esterno, e le aprì proprio lui.

I dipendenti erano appena andati in pausa pranzo. La invitò a seguirlo, e una volta entrati nella sua stanza si ritrovarono faccia a faccia. Lei non sapeva che dire, come animare quel soffocante silenzio. Gli uomini l'avevano sempre messa a disagio, suscitandole agitazione. E però, scoprire di essersi affidate a un uomo così sorridente le aveva dato una scossa di frizzanti sensazioni.

Quella stessa mattina verso le sei, Giuseppa si era svegliata e aveva guardato fuori dalla finestra. Il cielo era colore della lavanda striato di rosa. Quanto erano belle le albe lassù, e tutto intorno il verde scuro delle montagne, più il cinguettio degli uccelli, si presentavano come il miglior buongiorno che ci si potesse augurare.

Aveva preparato un caffè e ripensato con nostalgia ai figli. Loro erano felici per lei e per le sue conquiste, e lei infelice di averli distanti. Da troppo tempo non capitava di stare tutti insieme, da quando Elisabetta, la figlia più piccola, si era separata dal marito e doveva sgobbare per mantenere i suoi bambini. Modena era lontana, e di fare su e giù, come se nulla fosse, non poteva permetterselo. Sua madre l'aveva aiutata con quello che poteva, ovvero limitate risorse. E la pensione che le era toccata era uno sputo di miseria. Adesso però con i guadagni del lavoro in rosticceria qualche euro in più le entrava in tasca, e per mezzo del suo aiuto, Elisabetta poteva prendere fiato e tornare da lei senza l'assillo di mettere da parte i soldi per i biglietti.

Le mancavano da morire tutti, Lino, Vanni, Elisabetta, nuore e nipoti.

A Sarina invece era mancato Giovanni, ma anche Melo.

No, Melo le faceva solo rabbia. Con il favore che ancora le doveva, non si era nemmeno degnato di inviarle un messaggio per darle il benvenuto. Grande cafone! Poi però nei suoi pensieri aveva trovato spazio anche Rocco. Il ballo di quella serata magica, quel modo deciso (e anche romantico) di stringerla. Quando Giovanni l'aveva abbracciata in aeroporto non aveva provato la stessa emozione.

Melo invece doveva dimenticarselo e basta. Non ci poteva essere più spazio per lui.

A cambiarle il verso della giornata ci pensò Rosa, con una visita improvvisa. La madre di Sarina, che le era devota come a una santa (e le sembrava persino una mancanza di rispetto chiamarla per nome), quando la vide comparire le preparò subito un caffè. Poco dopo Rosa disse a Sarina il vero motivo della sua venuta. Da quando erano arrivate non c'era stato tempo per parlare con calma. Sottolineò che aveva un messaggio importante da parte di Octavia.

«E perché non me l'hai detto in aereo?»

«Eravamo troppo eccitate dagli eventi accaduti. Questa invece è una proposta che richiede concentrazione. E poi non volevo che le altre sapessero, prima di una tua risposta.»

«Proposta? E dimmi di che si tratta? Sono curiosa.»

«È una cosa bella. Molto. Anzi, potrebbe proprio cambiarti la vita…»

«E dài, dimmi. Non farmi stare sulle spine.»

«Dunque… Sei pronta per andare a lavorare a New York?»

Donna Mariuccia socchiuse gli occhi, unendo le mani in preghiera. Ora con le dita giunte davanti alla bocca mormorava qualcosa. Sarina restò muta qualche istante. Guardava con aria confusa negli occhi di Rosa.

«Non aspettarti che sia io a dirti quello che dovresti fare…»

«No, chiaro. Ma sono scioccata. È una…»

«Eh, lo so. Una richiesta impegnativa per non sconvolgersi. Comunque hai tempo per pensarci. Lo so, lo so cosa ti passa per la testa: tua madre, gli affetti, noi, la rosticceria. Non è semplice.»

«Io…»

«Non farlo. Non rispondere adesso. Sarebbe un errore. Intanto domattina se per te va bene andrai a fare la spesa e ricominceremo. Dobbiamo sistemare, pulire, e pensare alla produzione. E poi non ho proprio idea di cosa ci aspetta. Se ci sarà più gente, se avremo… Non so, non so davvero nulla.»

«Certo. Faremo così. Ti ringrazio ancora, Rosa mia. Mi hai cambiato la vita e non saprò mai come dirti grazie.»

In quel momento donna Mariuccia si risvegliò dal suo torpore. Disse poche parole rivolte a Rosa. E quelle poche sorpresero Sarina.

«*Spero ca me figghia pensa a so' vita. Io 'a mia già ma fici. Ora tocca a iddra.*»

«Mamma, grazie, così mi fai piangere.»

Vedere con quanto ardore sua madre la spronava a pensare a se stessa le faceva l'effetto di un tizzone ardente conficcato nel petto. Non si preoccupava di altro quella povera donna, perché la sua vita l'aveva già fatta, e lo aveva detto esplicitamente. Era per lei che lottava ogni giorno, e pregava tanto, perché era la sua priorità. Se quella poteva essere la sua felicità, che se ne andasse pure senza voltarsi indietro. Ma solo a lei spettava la scelta. Mentre Rosa le salutava per fare ritorno in rosticceria, il dottor Lo Coco invitava Maria a prendere una granita al bar.

«Veramente io...»

«Il bar è proprio qui sotto.»

«Sì, ma rischio di perdere il bus per Monte Pepe.»

«E qual è il problema? La riporterò io a casa. E se posso osare, credo che sia arrivato il momento di passare al tu, non crede?»

«Be', perché no?»

A Maria era capitato già una volta negli ultimi mesi di decidere con la propria testa. A cominciare dal viaggio con Nicoletta. E ora ripeteva lo stesso copione da donna disinibita e coerente.

Dire: "Ok, mi sta bene, ho deciso io!" al dottor Lo Coco, o meglio, a Pietro, la faceva stare bene.

Si chiamava così il commercialista. Le piaceva quel nome: importante, raffinato, nobile. Gli stava a pennello, per l'uomo distinto che mostrava di essere.

Un po' le ricordava Humphrey Bogart.

Durante il tragitto verso il paese, arrivati alle ultime curve lei scoprì che era vedovo da più di un decennio, ma ancora prima della malattia della moglie i rapporti tra loro non andavano granché bene, e difatti, avevano vissuto da separati in casa, rispettandosi comunque, soprattutto per amore dei figli. «L'amore non è un gioco» disse lui all'improvviso «ma forse pretendo troppo.»

«Pretendere non è bello» commentò lei.

«L'ho detto con ironia, per sottolineare che in tempi in cui la gente si innamora chattando, uno come me, che crede ancora nel potere degli occhi e del cuore, si sente un pesce fuor d'acqua.»

«Se è per questo allora pretendo anche io» rispose Maria sorridendo.

E all'ultima curva concesse un altro sì, accettando il suo invito a cena.

Bonificare le paludi piene di indugi era la sua nuova regola. Niente le avrebbe impedito di rinascere dopo tanto silenzio. E quel giorno aveva avvertito intorno a sé come un canto di uccellini radunati a festa.

Nelle stesse ore Nunziatina comprese che con Paolo era stato tempo perso.

Davanti all'edicola lo vide che chiacchierava amabilmente con sua moglie, mentre lei teneva per mano il figlio più piccolo.

Quale altra prova aspettare?

Aveva ragione Maria. Si era fidata troppo. E quel fatidico momento a cui aveva pensato mentre sorvolava l'oceano, *il tempo delle domande che avrebbe dovuto porsi*, era arrivato adesso. Ma senza dubitare più di se stessa, né ignorare l'importanza della sua dignità.

Eppure, solo Neruda era in grado di tradurre il suo tormento attuale. Già, quella poesia…

Nell'attimo del dolore le sembrava un balsamo indispensabile, anche se era un inno all'amore vero.

Ah, l'amore. Cos'altro le rimaneva se non quelle parole piene?

Toglimi il pane, se vuoi,
toglimi l'aria, ma
non togliermi il tuo sorriso.

Poco prima che facesse buio, Melo inviò un messaggio a Sarina: *Ti ho messo nella pianta vicino alla porta di casa una busta. Aprila e leggi, se puoi. E non rispondermi. Mi basta sapere che sai la verità.*

La busta era seminascosta in mezzo alle foglie e ai fiori di una piantina di ciclamini.

Sarina mia,
mi sei mancata. Ogni giorno che pensavo a te così lontana mi sentivo un cretino. Lo so che ho rovinato tutto io, ma se puoi perdonami. Non ti meritavo, non ero degno di una donna come te. E se vuoi aiutarmi, offrimi la possibilità di rimanere tuo amico. Farò di tutto per farmi perdonare. La colpa è della mia incapacità di essere me stesso e di dichiararti il mio amore sincero. Lo so, ho fatto tanti errori, e io stesso non riesco a capacitarmi. Spero di ricevere la tua comprensione. Ti prego, e te lo ripeto, almeno restiamo amici. Sono felice dei tuoi traguardi. Ti meriti ogni successo. Ti stimo e ti voglio bene. No, anzi, ti amo. Tuo Melo.

L'errore, pensò lei dopo aver letto tutto d'un fiato, era stato non parlarsi, non chiarirsi, non dirsi come stavano le cose per porre rimedio. E oramai, che fare?

Troppo dolore lasciato fluire senza prendere provvedimenti. Con quel foglio in mano pianse. Le dispiaceva vedere umiliato un sentimento che le era appartenuto, e che aveva coltivato con tutta se stessa. E per quanto Melo le facesse rabbia, provò compassione per lui. Solo questo.

L'amore invece, ah, sì, l'amore, non sapeva che fine avesse fatto. Ma non voleva indugiare facendosi altre domande. La rabbia oramai aveva divorato tutto, meglio conservare quello che di buono era rimasto. Forse l'amicizia, un giorno, forse… Ma ora era difficile.

Dopo una settimana accettò l'invito di Giovanni a uscire insieme.

Al solito gli chiese di andare lontano da occhi indiscreti, fuori da Monte Pepe, dove la gente parlava e parlava, e darle un motivo in più per farlo non le andava proprio. E poi c'era sempre la possibilità di incontrare Melo.

Nel bel mezzo della cena Giovanni si dichiarò innamorato perso di lei.

E qual era la novità? Glielo aveva già detto mille volte. Ma i suoi dubbi invece erano rimasti fermi nel solito fosso di incertezze.

Ancora con la pizza fumante sotto il naso, spostò il piatto e poggiò i gomiti sopra il tavolo. Ora lo guardava con tenerezza. Non aveva previsto che lui potesse lanciarsi in un grido d'amore tanto disperato, specie in un locale così affollato con i clienti seduti vicini vicini. Nessuna riservatezza, solo rumore. Giovanni però aveva fretta, per questo si era dichiarato nell'arco di un battito di ciglia. E poi non c'era più tempo da perdere. Aveva cominciato l'assedio già in aeroporto. Un tentennamento di troppo e per lui sarebbe stata la fine. Gli bastava un piccolo cenno di compiacimento per porgerle l'anello che aveva in tasca, preso in una gioielleria di lusso mentre lei era all'estero.

«Non ho legami, sono un professionista con un futuro sicuro e guadagno bene, e soprattutto sono sincero. Credo di amarti.»

E intanto il cofanetto che conteneva l'anello premeva per uscire allo scoperto.

«Credo? Allora non sei certo.»

«Ti prego, non prenderti gioco di me. Ho detto *credo* perché...»

«Perché?»

«Ho sbagliato. Ok, allora lo dico meglio. Io ti amo.»

«E come fai ad amarmi se non mi conosci?»

«Ti conosco quanto basta. Dài Sarina, sii seria. A me tremano pure le mani.»

Di ritorno a casa, con l'anello ancora nascosto in tasca, Sarina gli confidò i suoi dubbi. Lui li conosceva bene.

«Per otto anni di differenza tra noi? Ma che c'entra? L'amore se ne frega di queste stronzate.»

«Lo dici tu!»

«C'è di mezzo Melo. Lo sento.»

«Non è vero, ora mi offendi.»

La loro prima litigata in pompa magna, e Sarina non gli rispose più al telefono, evitando anche di salutarlo quando entrava in rosticceria. A spaventarla non era l'età, no. Era la sua confusione, anche se sapeva che Giovanni non sarebbe rimasto ad aspettarla tutta la vita. Ciononostante non si sentiva pronta per dirgli sì. Aveva scelto la strada più impervia, che però le sarebbe tornata utile per non addossare a nessuno eventuali pentimenti, e soprattutto era fiera di non avere abiurato alla sua voglia di onestà, cedendo alla paura di restare sola.

Colpa anche di Rocco? Forse sì, forse no.

Quando sarebbe ritornato da New York avrebbe pensato se accettare o meno di rivederlo, e intanto si sarebbe presa cura di se stessa. La prima persona a cui finalmente voleva dedicare il suo tempo.

Oramai davanti al locale la fila cominciava la mattina e rallentava solo a notte inoltrata. Clienti e curiosi arrivavano da tutte le città siciliane, e pure dalle regioni vicine, oltre ai turisti che si trovavano già in Sicilia per le loro vacanze, tra cui molti stranieri. Aumentavano di giorno in giorno, complice la scia di un'estate prolungata che manteneva un caldo afoso. Il cassetto dei guadagni bisognava svuotarlo di continuo per fare spazio ad altri incassi.

Le cinque socie in quel periodo furono raggiunte telefonicamente da alcuni autori televisivi che volevano invitarle nei loro programmi che sarebbero ripartiti nelle settimane successive. L'interesse principale era fargli raccontare l'incontro con Octavia Cooper e la ricetta segreta dei loro arancini. La notizia di quel successo suscitò per forza di cose cattiverie e critiche gratuite da parte di alcuni chef siciliani conosciuti. Si sentivano surclassati dalla fama di cinque inesperte beneficiate solo dalla buona sorte.

Un coppu di culu fu! E basta!, disse uno di questi. Vennero a saperlo perché le maldicenze volavano attraverso le bocche dei pettegoli.

Tuttavia la notorietà del gruppo cresceva a dismisura.

Firmavano autografi a destra e a manca, venendo trattate come personaggi di tendenza. Miracoli che sembravano prolungare lo stato onirico dei giorni trascorsi a New York. Anche qualche rivista patinata si fece avanti, costringendole a mettersi in posa per delle foto che si rivelarono magnifiche una volta pubblicate. E poi arrivò la telefonata che Maria non si sarebbe mai sognata, quella di Barbara D'Urso, che attraverso il suo capo autore le invitava per la prossima metà di settembre.

Maria fece salti di gioia, e Sarina era contenta quanto lei.

Rosa un po' meno, e con lei Nunziatina e Giuseppa, perché questo significava spostarsi ancora e perdere giornate di lavoro. Ma rischiare di mettersi contro Maria – non tanto Sarina che si rassegnava facilmente – voleva dire vederla afflitta per giorni.

Finalmente avrebbe conosciuto la beniamina che seguiva da anni in TV, non poteva rinunciarci!

Dopo qualche giorno Rosa comunicò al capo autore che accettavano l'invito, ma solo dopo aver partecipato ad altri due noti talk show della notte, e presto dovevano rilasciare un'intervista anche per un TG nazionale. La risposta non fu delle più entusiaste, in quanto l'uomo con molta diplomazia le fece intendere con qualche *be', però, ehm, ma,* la delusione sua e dello staff della presentatrice. Rosa comprese all'istante che voleva dire, e per questo cercò di usare una provvidenziale diplomazia. Dopo poche ore gli confermò di essere riuscita a spostare le date, facendogli però pesare il braccio di ferro a cui era dovuta sottostare per poi spuntarla alla fine.

Mentre tutto si trasformava di continuo nella loro quotidianità, al locale non si faceva in tempo a mettere gli arancini in vetrina che gli avventori se li portavano via come pepite d'oro. I bus scaricavano clienti a tutte le ore, riempiendo il paese di gente. Venivano in macchina, in moto, e pure in taxi. Tutti volevano una foto sotto l'insegna psichedelica, che per mancanza di tempo non avevano ancora sostituito, ma superstiziosa com'era, Rosa non l'avrebbe mai rimpiazzata con un'altra.

Aveva portato bene, eccentrica o no, eccessiva o meno, inappropriata anche troppo, ma alla fine le piaceva.

Stava accadendo quello che per mesi e mesi avevano sognato.

Le strade affollate di curiosi che camminando si godevano il panorama delle montagne, e il Monte Pepe da lassù, a mille metri d'altezza, dominava ogni cosa. Salendo fino alla cima ci si trovava immersi in un'oasi di pace e lo sguardo poteva spaziare fino alle coste calabresi.

Per far fronte alla mole di lavoro presero altri collaboratori, tra cui Carmelo, che col benestare del gruppo fu incaricato di occuparsi delle consegne a domicilio, in coppia con Damiano che lo aiutava guidando la sua Fiat Punto rossa, e in aggiunta arrivò anche Cettina, la vedova dell'assessore morto da poco. A lei il compito di preparare *pane cunzatu e cuddruruni,* le sue specialità.

Quando arrivava l'ora di chiudere, e non accadeva mai prima delle due di notte, abbassavano le saracinesche guardandosi negli occhi soddisfatte. Quanto sarebbe durata?

Speravano di andare avanti ancora per anni, anche se erano già a corto di energie. Ma i guadagni gli facevano brillare gli occhi. Seppure non era l'avidità a spingerle a proseguire. No. Il denaro era una soddisfazione secondaria. Strano ammetterlo, ma era la verità. La prima fonte di contentezza derivava dall'aver creato un'occasione di benessere per il paese. Casa loro, il loro mondo.

Ora erano gli alberghi di lusso a telefonare per assicurarsi guantiere colme di arancini, e così i ristoranti e i circoli privati che li prenotavano per gli eventi più in, compresi matrimoni e feste di compleanno.

Una sera, una di quelle poche in cui erano riuscite a chiudere in anticipo, Rosa pregò le sue socie di accompagnarla in un posto a lei caro, appena fuori dal centro abitato.

Camminarono un po', immerse nel silenzio, per ritrovarsi dopo poco nei pressi di una chiesetta abbandonata. Le domandarono perché le avesse portate proprio lì.

Lei non rispose subito. Impiegò qualche minuto per tirare fuori dalla borsa un astuccio di pelle. Ne estrasse alcuni oggetti che al buio non si distinguevano, ma Sarina prontamente li illuminò con il cellulare. Sotto il bagliore notarono che si trattava di cinque medagliette per collane. Su ognuna il volto della Madonna impresso sopra. Rosa cominciò a parlare.

«Ti ricordi Nunziatina, quando un giorno in cui eravamo molto tristi, perché il lavoro non andava bene, tu dicesti: "Vedrete, questa estate i clienti aumenteranno, me lo sento. Intanto, preghiamo *'a Madunnuzza*". Io in quel periodo ero veramente disperata, anche se lottavo con me stessa per non farvelo vedere. Allora me ne venivo qui e pregavo. E non importa che sia una chiesa sconsacrata. Dio è ovunque. Questo posto è magico. Mette una serenità incredibile. Non so se è stata la Madonna ad aiutarci, ma a me piace pensare questo. Come mi piace credere che anche i nostri *murticeddri nni dèsiru 'na manu*. E se invece non fosse così, *allura voli diri ca c'entra u distinu*. Io però prego, e prego sempre perché mi dà la forza per andare avanti. L'importante è non chiudere le porte alla speranza.» Poi le abbracciò e si commosse insieme a loro.

Da quando erano arrivate, non avevano avuto ancora il tempo di fare una chiacchierata con Letizia e Nicoletta.

Solo un saluto veloce e la consegna di qualche souvenir. Tuttavia Letizia, per quel poco che l'avevano vista, aveva una faccia piuttosto contenta. Pensarono che Nicoletta si fosse riavvicinata a Salvatore. E invece…

Una mattina, prima di andare al lavoro, Rosa decise di passare in negozio a trovarle.

C'era solo la ragazza che serviva una cliente.

Aspettò il suo turno e quando Nicoletta passò di qua dal banco la strinse a sé. «Come stai? Come va il lavoro? Ci vediamo col gruppo una di queste sere per andare in quella pizzeria che ci era piaciuta tanto?»

«Ho lasciato Salvatore» disse la ragazza all'improvviso.

«Ma come? *Accussì mu dici*?»

«Sì, e sono contenta della mia decisione.»

«Ma *picchì*? *Ti fici quaccosa di brutto*?»

«No, non mi ha fatto niente. Ma forse è proprio per que-sto.»

«Non ti *capisciu. Chi voi diri?*» insistette Rosa.

«Non ha fatto niente di particolare, appunto, né si è preoccupato di difendermi quando sua madre mi buttava fango addosso. E così ho pensato che se lui non mi ha difesa allora, quando ce n'era bisogno, non l'avrebbe fatto nemmeno dopo, e io la sera che sei venuta a casa mia ti ho ascoltata attentamente. Mi hai fatto capire che devo avere rispetto di me. Quelle persone non valgono un soldo, anche se sono ricchi e vivono in una bella villa, ma per il resto, credimi, sono infelici.»

«Però tu mi avevi fatto capire che lui stava tornando a vivere qui.»

«Sì, ma non tornava per me, lo faceva solo perché glielo aveva imposto sua madre, per i problemi che avevano in casa. E poi quando è venuto fuori lo scandalo con Melo, la signora si è anche abbassata a venire in negozio per chiedermi scusa. Io ho accettato, ma è stato in quel momento che ho deciso di interrompere il fidanzamento. Anzi, avevo già deciso di lasciarlo quando aveva staccato il cellulare e non si era più fatto sentire. Troppo schiavo di certe situazioni, ma più che altro schiavo di se stesso, e del suo carattere debole. Non sarà mai libero, e finché non si ribellerà a sua madre avrà le catene ai piedi, e io ho deciso di andare per la mia strada.»

«Brava Nicoletta, hai fatto bene. Sono orgogliosa di te.»

Quella benedetta figliola, anche se così giovane, le aveva dato una bella lezione. E ora toccava a lei parlare chiaro con Carmelo, che stava lì ad aspettare un suo piccolo cenno.

Ogni giorno, con la scusa delle consegne a domicilio, se li sentiva addosso certi sguardi languidi. E non era solo gentilezza, c'era dell'altro.

Quando rientrò in rosticceria, trovò ad attenderla un distinto signore.

«Buongiorno Rosa, sono sicuro che non ti ricordi di me.»

«Buongiorno a lei. No, in effetti…»

«Eh già, lo immaginavo. Sono Enzo…»

«Enzo?» e mentre lo diceva le scappò una risatina nervosa. La stessa che le veniva fuori nei momenti drammatici.

«Già, Enzo, il figlio del carabiniere e…»

«Non dire altro, ho capito.»

Un incontro che aveva il sapore di un tuffo nella sua giovinezza, di una strana messinscena del destino per scuoterla. Eh già, quell'uomo affascinante, vestito in jeans scuro e camicia bianca, l'aveva messa in soggezione, forse perché oramai era passato remoto, e non pensava a lui da anni. Ma poi non era affatto vero. A Enzo ci aveva pensato eccome, solo che il tempo era trascorso e non si era fatta più illusioni. D'istinto gli guardò le mani per cercare un dettaglio importante. La fede non compariva al suo anulare. Però poteva essere uno di quelli che non la portava per abitudine, o per trarre in inganno le donne ingenue.

Intanto Sarina cominciò a parlare con il nuovo cliente del più e del meno.

E in mezzo al discorso Enzo buttò lì delle frasi che volevano trasformarsi in messaggi. Disse che da quando viveva da solo le rosticcerie erano diventate un felice ripiego, perché spesso pranzava e cenava fuori casa. Poi ricominciò a punzecchiare Rosa. Lei lo ascoltava, facendosi intanto delle idee, e non tutte positive. E anche alcune domande.

Dove viveva?

Perché era lì?

E che cosa si era messo in testa?

Ma soprattutto com'era riuscito a trovarla?

Di certo c'era che lei aveva il suo lavoro da portare avanti.

Di là, in laboratorio, la stavano già aspettando decine e decine di vassoi di arancini pronti da friggere.

Sempre concentrato a osservarla, Enzo le disse che era davvero felice di rivederla.

«Non mi chiedi niente?» aggiunse subito dopo per stuzzicarla.

«È che sono sorpresa e incredula» rispose lei poco convinta.

Man mano che l'uomo parlava, nella testa di Rosa si formava una strana resistenza.

«Allora ti confido un segreto» continuò lui «mi vedrai spesso qui, perché per lavoro sono stato trasferito in zona e ci resterò ancora un bel po'. Vedi? La vita è capricciosa! Ci tiene lontani per anni e anni e poi all'improvviso ci avvicina.»

Già, rifletté lei alquanto perplessa.

La vita era capricciosa e bizzarra davvero, ma mai come in quel momento aveva capito che i primi amori restavano belli solo se vissuti nei ricordi.

«Allora benvenuto a Monte Pepe» commentò. «Io passo di là in laboratorio… Ci si vede! Fai tutto con Sarina. Per oggi offre la ditta.»

Nel mezzo giro che fece per voltarsi comprese il resto e si scrollò di dosso ogni dubbio e tentazione.

28

L'ultimo tassello di Rosa

Il pensiero di Carmelo era come una morsa che da giorni la opprimeva. Ogni istinto passato nella testa, ogni gesto compiuto a fatica. Si sentiva sottosopra, confusa in una ambiguità dannosa. Da un lato le veniva naturale mostrarsi gentile e affabile con lui, dall'altro ne avrebbe fatto volentieri a meno, al punto tale da non sapere quale tra quegli atteggiamenti fosse il più sincero.

L'incontro con Enzo però le aveva chiarito un punto essenziale: non era la semplice ricerca di un uomo che avrebbe risolto la sua scontentezza sentimentale, quanto il riconoscere in un papabile corteggiatore una persona di cui fidarsi, e sentirsi libera di essere come un libro aperto, senza per questo subire giudizi.

L'abbozzo di un identikit – seppure ammetterlo l'avesse fatta sentire in colpa nei riguardi di Pippo – lo aveva intravisto il giorno in cui, appena arrivata in Sicilia, si era ritrovata Carmelo vicino alla porta di casa. Le era bastato un saluto, il suo sguardo sfuggente, e quella ritrosia all'antica, per capire che era un tipo a posto. Poi, ahimè, i malintesi tra loro, le attese bruciate, i patemi per quei non detti rimasti incompiuti anche dopo, con l'aggravante della lettera scritta a metà, o meglio, scritta male, sotto un impulso smarrito in un percorso storto avevano ingarbugliato tutto.

Arrivata a quel punto, con l'acqua alla gola, si era detta che doveva prendere la situazione in mano, accettando anche il rischio di un'ulteriore delusione. Trovò il coraggio di telefonargli per chiedergli un incontro. Sul posto di lavoro non era pensabile farlo.

Lì per lì lo sentì perplesso. Ma probabilmente si trattava del timore di creare altri malintesi con lei, rischiando di perdere ancora una volta la sua fiducia. Alla fine però aveva accettato l'invito. Rosa oramai era certa dei propositi con cui l'avrebbe affrontato. Il vero nodo della questione era che non aveva più senso continuare a illudersi, e le parole per dirlo sarebbero state ponderate per non ferirlo. Ci teneva a non essere percepita per l'arrogante che non era. Dopo l'incontro con Nicoletta, inoltre, aveva rinforzato il valore di un concetto essenziale, ovvero, che la chiarezza era la carta vincente in ogni rapporto.

«Allora ti aspetto a casa mia alle otto» gli aveva detto. «Bussa alla porta senza suonare, mi raccomando» e poi si era affrettata a riattaccare. La discrezione prima di tutto.

Che lo aspettasse impaziente per una cenetta intima a lui era sembrato un miracolo.

A parte una breve visita a casa della sua vicina nei mesi precedenti, con la scusa di ammirare i lavori di ristrutturazione che aveva eseguito da poco, più qualche sbirciata ottenuta per pura casualità incontrandola per strada, non si era mai sognato di entrarci con tutti gli onori del caso, come gradito ospite, né di essere ricevuto per sedersi a tavola con lei, chiacchierando occhi negli occhi. Mai e poi mai avrebbe ambito a una grazia simile, pur sapendo che era una donna avvezza ai costumi cittadini.

Prima di uscire tornò davanti allo specchio una decina di volte. Ora un ciuffo dei capelli appariva moscio, ora si spostava allegramente sulla fronte. E poi la camicia che faceva difetto sul collo, e i pantaloni blu troppo larghi in vita, e quegli altri neri drammaticamente corti che si fermavano sopra le caviglie.

Quando suonò al campanello il cuore gli batteva così forte che temé per la sua incolumità.

Sarebbe svenuto davanti a lei facendo una figuraccia?

Inspirò a lungo concedendosi il beneficio di una preghiera. Non appena gli comparve di fronte come un miraggio, il suo respiro allentò la pressione affannosa.

Entrò in casa e fu avvolto da un odore rassicurante. *Ciàuru* di cose buone, di famiglia, di ricordi lontani che lo riportarono alla felicità delle riunioni in campagna con nonni, zii e cugini. Quando anche lui si era sentito parte di qualcosa. In mano stringeva un pacchetto, ma l'intento di sbarazzarsene fu bloccato dalla frenesia di Rosa nel dargli il benvenuto, indicandogli al contempo dove si trovava il bagno.

E finalmente arrivò il momento della consegna. Lì, con uno scatto, Carmelo abbassò la testa. Lei era ancora ferma all'ingresso e lo fissava, e intanto gli sorrideva per ringraziarlo del pensiero. Di conseguenza fu costretto ad adeguarsi all'entusiasmo e dunque ad alzare lo sguardo.

«Ho capito di che si tratta» commentò Rosa sorniona.

«L'ho preso per te quando ero a Palermo» rispose lui d'impeto, come se fosse necessario specificare la provenienza.

«È un libro, l'ho sentito al tatto, ma sono curiosa di sapere chi l'ha scritto e perché lo hai scelto per me. Ne parleremo dopo cena, intanto...» E gli voltò le spalle per indicargli il percorso.

Alla vista di tutto quell'ordine e della pulizia in casa, Carmelo rimase sbalordito. E dire che ogni giorno lei era affaccendata in rosticceria fino a notte inoltrata. Immaginò che faticasse dopo il rientro dal lavoro, o la mattina presto, per assicurarsi di non trascurare nulla. Ogni oggetto lindo, splendente, comprese le pentole sui fornelli dove aveva appena cucinato, e così anche i pavimenti, le tende e i vetri delle finestre. Sopra un mobile di noce, accanto alla televisione, vide la foto di un uomo che associò subito al suo defunto marito. Era un'immagine troppo attuale per pensare a qualche avo a cui era affezionata. Senza che lei potesse accorgersene, rallentò lo sguardo per studiarne meglio le linee del viso e l'espressione. Gli sarebbe bastato poco per farsi un'idea. All'istante ne dedusse la sensazione di una persona determinata. Il suo esatto opposto, insomma. Forse era quello il motivo per cui non era stato semplice comprendersi tra loro sin dall'inizio. Si poteva trattare della frustrazione di Rosa per una rottura netta con il passato, abituata a condividere la quotidianità con un principe azzurro forte e risoluto. Per non parlare dei limiti oggettivi che lui sapeva di avere, patrimonio controverso di cui però non sarebbe mai riuscito a liberarsi. Discutibili convinzioni che lo obbligavano in un recinto dai confini tragicomici. Tra questi compariva la sua atavica avversione per le mode imperanti, e l'obbligo tassativo a non omologarsi ai costumi moderni. Un no secco dunque alla dipendenza da Internet, e un no anche a portarsi appresso un telefono in tasca per essere rintracciato dappertutto, ma poi da chi? E un no convinto anche alla maledetta mania di farsi un profilo Social, per stare in contatto con degli sconosciuti, peraltro tutti sboccati e pettegoli. Il suo no determinato proseguiva poi con la rigida imposizione di non spendere inutilmente per comprare vestiti alla moda. A lui bastava indossare roba pulita e ordinata. Non aveva nessuna importanza che fosse stata scelta qualche anno prima. E infine il suo no all'impudicizia dei sentimenti. Quello che aveva nel cuore doveva rimanere segreto. A meno che non fosse arrivata una donna in grado di fargli cambiare idea. E quella donna era arrivata da un pezzo, inutile negarlo. Ce l'aveva davanti e gli piaceva da morire.

Al bis di parmigiana, Rosa gli domandò se avesse voglia di raccontarle come andava con Damiano. Da settimane oramai, lui e l'anziano ex carpentiere avevano formato un sodalizio ammirevole che sembrava proseguire a gonfie vele. Perlomeno era quella l'idea che davano a tutti. Carmelo non rispose subito. Invece tornò a farle altri complimenti per le pietanze cucinate. Lei tagliò corto, dicendo che si trattava di una normale e monotona ripetizione di ciò che aveva visto fare a sua madre, la quale, a sua volta, aveva imparato dalla nonna, che prima ancora aveva appreso dalla bisnonna, e così via, fino a perdersi nella notte dei tempi.

«Non ho inventato nulla, credimi...»

Dopodiché Carmelo aggiunse un commento ponderato da una veloce riflessione, che smentiva una fin troppo semplicistica teoria. Non bastava avere appreso un'arte familiare. C'era al contrario molta della sua fantasia nel rendere uniche le ricette che preparava, e che lui aveva fatto sparire nel giro di pochi minuti dal piatto. Altrimenti non si sarebbe potuto spiegare nemmeno il successo della rosticceria.

A quel punto Rosa si sentì autorizzata a dire la sua.

«Se non fosse stato per Octavia, forse avremmo chiuso.»

«Sai che non è vero!»

«Che intendi?» domandò incuriosita e col petto già gonfio di orgoglio.

«Che non ti saresti mai arresa, io credo di conoscerti.»

«Ne sei convinto?»

«Sì, e sai che sto dicendo la verità.»

Sì che lo sapeva. Il suo piano studiato di notte, poco prima dell'incontro con Octavia, prevedeva la visita a tutti i direttori degli alberghi di lusso della zona, e anche a sindaci e assessori per convincerli della sua buona causa. Non avrebbe lasciato niente di intentato. Gli arancini semmai li avrebbe venduti anche porta a porta, se la gente avesse continuato a snobbarla. Era certa della genuinità e bontà dei suoi prodotti, e avrebbe continuato a bussare anche a preti, personalità di spicco dei paesi del circondario, e signore della buona società, e chissà a chi altro, dando la caccia a chiunque potesse aiutarla. Aveva investito quasi per intero il piccolo gruzzolo che aveva da parte in banca, non voleva affondare. E la sorte malvagia non sarebbe riuscita a piegarla. Che poi, il vento cattivo si combatteva a colpi di allegria e buoni pensieri. E anche se qualche volta si era buttata giù, restava la donna determinata che già troppe volte era stata messa alla prova.

Carmelo la vide alzarsi per prendere dai fornelli una padella con altro cibo tenuto in caldo. Stavolta si trattava di polpette fritte tra foglie di limone. Gliene adagiò cinque nel piatto, ma altre erano pronte per un atteso bis. Accanto aggiunse delle patate al forno, profumate al rosmarino e pepe nero. E pane caldo e croccante che tirò fuori dal forno. L'intingolo delle due pietanze bagnò il cibo come un mare calmo e dorato. Carmelo ci affondò dentro un pezzo di quel pane che lei aveva spezzato con le mani, evitando volutamente di usare il coltello.

«*Accussì è chiù bonu*» disse sorridendo.

Mentre si godevano tutto quel ben di Dio, con i sensi del gusto e dell'olfatto oramai coinvolti in un'estasi crescente, Carmelo si ricordò della questione rimasta in sospeso.

«Approfitto della nostra cena per dirti ancora una volta grazie. Non sai che gioia mi hai dato quando mi hai offerto la possibilità di aiutarvi in rosticceria...»

«Mi fa piacere, e so che non hai accettato solo per il guadagno...»

«Esatto. Con la mia pensione ci vivo degnamente, però...»

«Però?»

«Però non è la stessa cosa. Ora mi sento utile, ho uno scopo...»

«Infatti è il motivo che mi ha portata a tentare questa avventura. Uno scopo per vivere» disse lei con gli occhi lucidi.

Carmelo la stava sorprendendo. Ma riuscì a sconvolgerla del tutto quando, dopo aver parlato con toni commoventi di Damiano e della grande amicizia che li legava, raccontò di sé.

Si aprì come mai aveva fatto nella vita. Forse il buon vino di gradazione alta, forse la serata calda, forse Rosa che faceva di tutto per metterlo a proprio agio, ridendo a ogni sua battuta, lo spinsero a sciogliersi e a presentarsi con tutta la sincerità di cui era capace. Non fu per niente difficile. Pentito anzi di non averlo fatto prima.

Gli amori della giovinezza, una madre troppo esigente, i sensi di colpa, la timidezza eccessiva, quel padre che gli era mancato nell'età più difficile, quando stava per diventare uomo, e poi un lavoro che non gli era mai piaciuto, ma svolto per necessità, tenendoselo stretto vista la penuria di opportunità nella loro terra, i rimpianti, la voglia di riscatto, i sogni ancora non del tutto svaniti. Un po' si vergognò di quell'ultima frase. Rosa lo intuì e cercò di andargli in soccorso.

«Perché mai, Carmelo? Sogno pure io... ancora.»

Si soffermò con un piglio evidente su quella parola. Le era così cara.

Ancora, il beneficio di cui nessuno poteva privarsi.

Ancora, che spostando l'accento si trasformava nel salvataggio delle anime in pena.

Ancora, per ricordare a tutti che niente era mai davvero perso.

«Io... ancora... ho tante cose da fare» disse per suscitargli un sorriso.

«Anche io. Mi hai convinto!» rispose lui a tono.

Stavolta sorrisero insieme.

Non si era mai accorta della bellezza e della tenerezza dello sguardo del suo vicino. Occupata più che altro a rintracciarne i difetti e le mancanze.

Parlarono di lavoro, degli sciocchi pettegolezzi del paese, e quando lui entrò nel merito dei rapporti con le sue socie, vide nel viso di lei una commozione forte.

Giuseppa, Maria, Nunziatina e Sarina erano state davvero la sua salvezza.

«So che con loro avrò sempre un posto sicuro dove rifugiarmi. Non ci sono solo i figli a farti coraggio quando il tempo si fa scuro, o a farti sorridere quando tutto va bene. Gli amici, caro Carmelo, rappresentano il prolungamento della famiglia. Anche loro ci rendono la vita bella. E io ringrazio il buon Dio di averle accanto a me ogni giorno.»

«Ma Sarina secondo te accetterà di andare in America?» le domandò Carmelo, assecondando una curiosità che non aveva osato esternare prima di allora davanti ad altri.

«Non credo proprio. È troppo legata a Monte Pepe. E qua c'è la sua vita…» rispose convinta di ciò che diceva.

«Già, immaginavo. Ci lamentiamo tutti di questo paese, ma poi arrivati al dunque non vogliamo lasciarlo.»

«E sai perché?» continuò lei. «Per un motivo ben preciso. Quando c'è da scegliere per la propria felicità, è impossibile separarla dalle persone a cui vogliamo bene, specie se abbiamo passato una certa età. Da giovani è più semplice programmare il futuro, accettando anche di allontanarsi dai propri cari. Ci sono altre energie. Ma dopo la maturità si diventa sentimentali e fragili.»

«Sì, però Sarina non è mica vecchia» replicò lui.

«Hai ragione, ma alle spalle ha anche esperienze difficili. Un matrimonio finito male e una madre anziana a cui badare. Ripeto, malgrado l'occasione sia ghiotta, e sua madre la spinga ad accettare, non credo che lascerà la nostra terra per tentare la fortuna in America, anche se io mi auguro che cambi idea.»

«Davvero preferiresti che andasse via?»

«Sì. No. Cioè… Intendo che…»

Carmelo sorrise e poi mandò giù l'ultimo boccone. Tra loro si era creata una sintonia perfetta, che non richiedeva l'utilizzo di strategie, né astuzie. Rosa infatti non tentò di convincerlo a crederle. Era preferibile dire la verità. L'unica che aveva da ammettere.

«E va bene. Vuoi che ti dica cosa penso? Quando ho chiesto a Octavia di aiutarmi a trovare un lavoro per Sarina, ero distrutta al solo pensiero di perderla. E non è egoismo il mio, ma affetto per lei. Immenso. Però sapevo che dovevo farlo. Per lei, per il suo futuro. Così ho tentato. È lo stesso principio che muove ogni genitore a lasciare liberi i figli quando hanno l'età per spiccare il volo. Amare significa fare sempre un passo indietro. E accontentarsi anche delle briciole. Questo è tutto.»

«Le vuoi un gran bene, eh?»

«Esatto. Come ne voglio a Maria, Nunziatina e Giuseppa.»

«E secondo me c'è il tuo zampino anche nella scelta di Nunziatina di lasciare Paolo.»

«E tu che ne sai di lei e Paolo?»

«So, so. Però mi faccio i fatti miei.»

«No, ti prego, dimmi perché lo sai.»

«Perché Paolo si è sempre confidato con me. E mi ha raccontato della loro storia. Ma una cosa posso dirla con certezza. Lui ama Nunziatina, solo che è massacrato dai sensi di colpa verso i figli. E non è vero che se rinunci a qualcuno per non fare del male a un altro, vuol dire che non ami abbastanza. Casomai significa il contrario, e in questo caso indica che Paolo è un padre sensibile e responsabile. Io lo capisco, anche se non ho figli. Non è difficile mettersi nei suoi panni. I suoi bambini hanno ancora quattro e sei anni. Come si fa?»

«Già. Come si fa?» commentò Rosa.

E mentre lo diceva pensò a Beba e alla loro ultima telefonata.

L'inquietudine percepita nel tono della sua voce era un chiaro segnale di richiesta di aiuto, ma allo stesso tempo un modo per dirle che anche se non andava granché bene tra lei e Luigi, era certa di poter superare quel brutto momento. Non aveva mai accettato intromissioni nel suo ménage familiare, nemmeno da parte di sua madre. E poi era troppo orgogliosa per farsi compatire. Ma Rosa sapeva, lo sapeva nel profondo del cuore, che se fosse accaduto qualcosa di grave, Beba non avrebbe perso tempo a confidarsi con lei. Dopo essersi distratta qualche istante, ritornò alle chiacchiere in sospeso.

Ora Carmelo le stava dicendo che Nunziatina gli stava simpatica, anche se ogni tanto lo faceva innervosire.

«Lei è fatta così» commentò Rosa, quasi a volerla giustificare. «Assomiglia a quei cagnolini che abbaiano tanto ma poi non sanno mordere. Ed è buona come il pane. Solo che almeno una volta alla settimana ha bisogno di sfogarsi. Forse è colpa di tutte le poesie che legge...» e mentre faceva quella battuta leggermente acida bevve un altro sorso di rosso che la fece vibrare. Era già al terzo bicchiere. E la compagnia di Carmelo la invogliava a mandare giù quel nettare delle vigne di suo cugino Franco, tanto buono, ma potenzialmente pericoloso se non dosato con parsimonia.

Lei stessa, appena messo giù il calice, offrì a Carmelo una performance degna della Duse. Si alzò in piedi per declamare dei versi imparati in rosticceria grazie alla pazienza di Nunziatina.

Il più bello dei mari
è quello che non navigammo.
Il più bello dei nostri figli
non è ancora cresciuto.
I più belli dei nostri giorni
non li abbiamo ancora vissuti.
E quello
che vorrei dirti di più bello
non te l'ho ancora detto.

«Così mi sconvolgi» disse lui. «Sono parole bellissime.»

«Non le ho scritte io, eh?»

«E chi?»

«Ehm, un poeta straniero, mi pare sia turco, si chiama Nazir, Nazim, boh, non ricordo bene, ma tanto conta che la poesia sia capace di suscitare emozioni profonde. E se ho cominciato ad amare ciò che scrivono i poeti lo devo proprio alla mia coltissima socia.»

«Anche Maria e Giuseppa sono donne eccezionali. Ho imparato a conoscerle in rosticceria. Le osservo e vedo la loro gentilezza e serietà.»

«Sono persone esemplari» commentò Rosa «e secondo me la vita non è stata abbastanza generosa nei loro riguardi. Comunque c'è tempo per tutto, chissà...»

Giuseppa però aveva chiuso ogni partita con gli uomini, e pensava solo a lavorare e ad aspettare una visita dei figli. E di Maria non sapeva ancora nulla. Di quell'incontro avuto con il dottor Lo Coco, per essere precisi. Per timore che potesse dissolversi nel nulla, lei non ne aveva parlato nemmeno con sua sorella. Troppo sorprendente per credere di meritarsi una chance alla sua età. Si sentiva già vecchia, eppure aveva soltanto quarantacinque anni, e aveva trascorso gran parte del suo tempo a rimuginare su come sopportare la nostalgia dei momenti più belli. Ma Rosa avrebbe fatto di tutto per farle cambiare idea. *Nemmeno un minuto da sprecare,* era il suo motto, ora più che mai. Senza immaginare che invece Maria lo stava già facendo.

E poi dopo aver chiacchierato ancora d'altro, tra entusiasmi dettati dai ricordi del viaggio a New York, contentezza per aver trovato in Octavia un vera amica – e a tal proposito la giornalista era riuscita a fare innamorare dei loro arancini anche una star della musica del calibro di Lady Dasha, che da poco aveva scritto un post su Instagram promettendo di andarle a trovare presto –, Carmelo e Rosa arrivarono al dunque.

Dopo aver messo in tavola il dolce che aveva preparato nel pomeriggio, lei afferrò il pacchetto di Carmelo e cominciò a scartarlo.

Ne tirò fuori un libro con una copertina molto bella. Su uno sfondo scuro, spiccava il volto di una donna attraente che un po' le somigliava.

«Ma io questo titolo l'ho già letto da qualche parte. Forse la locandina di un film, però non ricordo la trama. Sai, noi quasi sessantenni dimentichiamo un sacco di cose, come avrai notato.» Fece una smorfia spiritosa per avvalorare quanto detto, ma allo stesso tempo decisa a smorzarlo. «E dimmi, perché lo hai scelto apposta per me?»

«Quando ho chiesto al libraio di Palermo di consigliarmi una storia per una donna a cui tengo molto, mi ha fatto delle domande, e io ho risposto. Subito dopo è andato in un'altra stanza e poi è tornato con questo. Ascoltando di che si trattava ne sono rimasto affascinato. Penso che ti piacerà. *Dona Flor*, la protagonista, è amante della vita quanto te, e in più adora cucinare e crede nel potere della magia e dell'amore. Può bastare?»

«Eccome!» disse lei. «Mi hai già incuriosita. Comincerò a leggerlo stanotte.»

Ma la prima magia si stava già avverando.

Carmelo non le sembrava più quel musone indeciso e oppresso da timori inconcludenti. In quel preciso momento lui le accarezzò una mano, e le sue dita risalirono lentamente verso il polso, e poi più su, scorrendo sulla pelle del braccio. Ogni indugio si sbriciolò mostrando una netta inconsistenza. Ora quella scomoda timidezza, compagna di una vita, aveva smarrito la forza di bloccargli l'istinto. Si spostò in avanti, lasciando la spalliera della sedia, e con una spinta decisa le sfiorò il volto respirandole addosso. Naso a naso socchiusero le palpebre entrambi e si baciarono. Un tocco caldo e vellutato li travolse. Era ciò che desideravano da tempo, senza dirselo apertamente. Il resto accadde come certe scene viste nei film.

Solo che quella era vita vera.

Ma tra il vero e l'immaginario nessuno saprebbe distinguere, perché il rischio di sbagliare è sempre dietro l'angolo.

MISTO
Carta da fonti gestite
in maniera responsabile
FSC® C023419

Stampato presso Lego S.p.A.
Stabilimento di Lavis